内省と遡行

karatani kōjin
柄谷行人

講談社文芸文庫

目次

内省と遡行

言語・数・貨幣

内省と遡行

内省と遡行

Introspection and Retrospection

序　説

「主観が主観に関して直接問いたずねること、また精神のあらゆる自己反省は危険なことである」と、ニーチェはいっている。《それゆえ私たちは身体に問いたずねる》（「権力への意志」）。このようにいうとき、彼は、意識への問い、すなわち内省からはじまった「哲学」がすでに一つの決定的な隠蔽（いんぺい）の下にあることを告げている。《私たちが意識するすべてのものは、徹頭徹尾、まず調整され、単純化され、図式化され、解釈されている》（「権力への意志」）。意識に直接に問いたずねるということにおける現前性・明証性こそ、「哲学」の盲目性を不可避的にする。だが、ニーチェは同時に「意識に直接問わない」ような方法をも斥けていることに注意すべきである。たとえば、彼が「身体と生理学とに出発点をとること」を提唱するとしても、それは意識を意識にとって外的な事実から説明するということではない。というのは、そうした外的・客観的な事実は意識の原因ではなくて結果であり、すでに「意識」にからめとられてしまっているからだ。意識に直接問わないで身体に問うということは、意識に直接問いながら且つそのことの「危険」からたえまなく迂回しつづけるということにほかならない。重要なのは、ニーチェがその問いによって何を明らかにしたかではなく、彼の問い方あるいはそれを不可避的にするような問題なのである。彼の遡行的問いは文献学や系譜学と名づけられてもよいが、むろんそれらはいわゆる文献学や系譜学とは異なる。ニーチェの遡行は、外的な（物理学的・生物学的・歴史学的）な事実性においてあるのではなく、内省のなかでしかありえないのであり、しかも内省の拒絶としてしかありえないのである。

ニーチェの著述を特徴づけてしまうこの困難は、けっしてとりのぞかれるべき背理ではない。なぜならあるものを背理とみなすとき、いつも理性あるいは矛盾律が前提されてしまうからだ。[1] おそらくニーチェのテクストほど〝背理〟にみちたものはないが、それこそニーチェのはじめた問いがいかなるものかを告げている。[2] それは哲学という「問い」のはじまりを問うことのはじまりなのだ。彼のテクストは、いわば哲学に対する挑発的な迂回の運動としてである。そこに何らかの統一的意味を見出そうとする企ては、ニーチェの「哲学」を蘇生させてしまう。

われわれはニーチェの「哲学」ではなく、ニーチェにおいてはじめられた「問い」の圏内に属している。[3] このことはニーチェが創始者であるという年代記的事実を意味するのではない。意識あるいは内省の「始原」における隠蔽が過去であると同時にいつも現存的なものであるとすれば、それに対する「問い」のはじまりは過去であると同時に現存的なも学」の継承者によってではなく、一見して彼とは疎遠な一人の「哲学者」によって問われたということである。フッサールをニーチェの側からみることは、まさに〝影響〟というフィクションに訴えることができないがゆえに、また彼らの志向が相反するがゆえに、彼らを強いた問題の所在を照らしだす。そして、逆にニーチェをフッサールの側からふりかえることは、「哲学」に対するニーチェの戦略的姿勢を照らしだすといってもよい。

意識に問うかわりに身体に問うというニーチェの方法は、生理学や生物学に訴えることではなく、フッサールの言葉でいえば一つの「態度変更」にほかならない。たとえば、フッサールは実験心理学について、「実験的方法はいかなる実験をもってしてもなしとげることのできないものを、すなわち意識そのものの分析をすでに前提している」(「厳密な学としての哲学」)という。そこで、フッサールは「何ものかについての意識」におけるその何ものか(対象物・事実)を現象学的に還元し、「純粋意識」そのものを注視しようとする。もちろんフッサールは心的体験が生ずるためには必然的に身体が前提されるということを否定するのでなく、心的生活を生理学的事象の「因果的」結果とみる視点が、ニーチェのいう「結果を原因とみなす」遠近法的倒錯であるがゆえに、「純粋意識」そのものを前もって考察するために生理学的・心理主義的な事象を還元(カッコ入れ)するのである。

フッサールにとっては、哲学的態度とは内省的態度以外のものではない。そのかぎりで、彼はニーチェが批判する「哲学者」であり、彼自身またそれ以前の哲学を「哲学から現象学への転換」における予備学とみなしてはばからなかった。しかし、彼の内省は、意識の志向対象をカッコに入れることによって、意識体験そのものを注視するような「態度変更」であって、それは内省の徹底化として、内省そのものの反転――すなわち遡行(リトロスペクション)をはらんでいる。彼のいう還元とは実は遡行であり、遡行は還元としてのみ可能なのだ。

フッサールは、そのような現象学的還元にもとづいて、新たな還元、つまり「純粋に心的領域全体の本質形態」あるいは理念的同一性をとりだす「形相的還元」へと進む。これは、十九世紀後半において支配的だった物理的な音声学に対して、ソシュールが物理的な音声の弁別が実際は暗黙(あんもく)に「意味」を前提していると批判し、内省的にとりだされる「意味」からそれを弁別する機能としての音韻を画定しようとしたことと対比されうる。ソシュールのいう言語記号の差異性(さいせい)は、イデア的同一性としての意味を、さらに構造論的に還元することによって得られる。ヤコブソンがいうように、音韻論(おんいんろん)が真に確立されるためには、フッサールの現象学的還元が不可欠なのである。

しかし、フッサールにおいては、還元のなかでの新たな還元すなわち、現象学的還元・形相的還元からさらに「超越論(ちょうえつろん)的還元」がなされ、超越論的主観性すなわち「あらゆる超越的（客観的）対象性を構成する主観性」が見出される。さらに、それは、晩年のフッサールにおいてであるが、イデア的同一性の起源、もっと具体的にいえば「幾何学の起源」への遡行的問いとなる。このことは、元来数学から出発し哲学史あるいは歴史に関心をもたなかったフッサールが歴史的な問題にむかって転換したということを意味するのではない。彼は歴史家として幾何学のあいまいな歴史的事実を探るのではなく、完全にできあがった幾何学から出発しその起源の意味をたずねるのである。

通常の事実史という様式をもつ哲学史や個別科学史は、原理上それ自身の主題について本当はなにも理解させることができない。なぜなら真正の哲学史、真正の個別科学史とは、現在与えられている歴史的な意味形象およびその明証を——記録された歴史的な遡及的指示の連鎖にそって——それらの根底にある原的明証という隠蔽された次元にまで引きもどすことにほかならないからだ。その場合、本来の問題は、まさしく、考えうるすべての理解の問題の普遍的源泉として歴史的アプリオリに訴えることによってのみ、理解にもたらされるべきものである。諸科学において、真の歴史的説明の問題は、「認識論的」基礎づけないし解明と一致するのである。（「幾何学の起源」田島節夫他訳）

フッサールにおいて確認されるのは、歴史的な遡行が内省的な還元・遡行においてしかありえないということである。事実的歴史を放棄することによって、逆に歴史性の意味が問われうるのだ。フッサールの現象学が、一般に記述的な〝人間学〟として受けとめられているのとはちがって、ニーチェ的な問い——イデア的同一性はいかにして形成されたかという遡行的問いに近接してくるのは、ここにおいてである。そして、フッサールがニーチェと全く背馳してしまうのもここにおいてである。フッサールの超越論的現象学は、結局、未開人であれ、東洋人であれ、どんな型の人間性、どんな型の社会性も、「人間的な〝普遍的なもの〟というその本質的構成要素のなかに、次のような一つの根を、すなわち、歴史性全体を端から端まで貫いている一つの目的論的理性がそこにおいて告知されるところの根をもっている」という地点に到達する。

　こうした「歴史的アプリオリ」あるいは「理性の目的論」は、まさにニーチェにとって最も否定さるべきものにほかならなかった。だが、超越論的なものの〝起源〟に遡行するということは一つの循環なしにはすまされない。フッサールはそのことを誰よりも理解していた。《こうしてわれわれは、一種の循環に落ちこむことになる。端緒を理解するには、与えられた学の今日の形態からその発展へと遡らねばならない。しかし、端緒を理解することなしには、この発展が意味の発展であることにはならない。そこでわれわれに残されているのは〝ジグザグ〟に前進したり、後戻りしたりしなければならないということである》（「ヨーロッパ諸学の危機と超越論的現象学」）。

したがって、ニーチェの系譜学は、それが事実的歴史としての遡行でないことが明白であるとすれば、現象学的遡行と近似したものであるほかはなく、事実そうなのだ。(4) ニーチェは「理性における目的性はひとつの結果であって、原因ではない」というのだが、このような転倒が本質的なものであるためには、この「目的性」は現象学的還元だけが照明しうるようなものでなければならない。フッサールからニーチェをふりかえってみるとき、逆にニーチェにおける遡行的問いの意味が鮮明になるだろう。

ニーチェの遡行は、現象学的遡行であると同時に、そのつどそれがもつ目的論的な構えを反転するものとしてある。「身体に問いたずねる」というニーチェの言葉は、あらためてここからみられなければならない。「問いたずねる」という言葉は、それが内省=還元的な問いであることを意味しているが、同時に「問いたずねられる」のが「意識」ではなく「身体」であることに注意すべきである。ここでいう「身体」は、現象学的な還元において見出されるものではなく、反対に内省的な明証性そのものを拒絶するものとしてある。したがって、「身体に問いたずねる」という言葉は一つのメタファーなのだ。それは、現象学的な遡行であると同時に、それを可能にする目的論的な統合性の解体でもある。

ニーチェは、フッサールがおそらく「超越論的自我」とよんだものについて、次のようにのべている。

私たちの「自我」が、私たちにとっては、私たちがそれにしたがってすべての存在をつくりあげたり理解する唯一の存在であるなら、それもまことに結構！　そのときには、ある遠近法的幻想が――一つの地平線のうちへのごとく、すべてのものをそのうちへとひとまとめに閉じこめてしまう見せかけの統一が、ここにはあるのではなかろうかとの疑問がとうぜんおこってくる。身体を手引きとすれば巨大な多様性が明らかとなるのであり、はるかに研究しやすい豊富な現象を貧弱な現象の理解のための手引きとして利用するということは、方法的に許されていることである。

主観を一つだけ想定する必然性はおそらくあるまい。おそらく多数の主観を想定しても同じくさしつかえあるまい。それら諸主観の協調や闘争が私たちの思考や総じて私たちの意識の根底にあるのかもしれない。支配権をにぎっている「諸細胞」の一種の貴族政治？　もちろん、たがいに統治することになれていて、命令することをこころえている同類のものの間での貴族政治？

主観を多数とみなす私の仮説。（「権力への意志」原佑訳）

こうして、ニーチェはフッサールが超越論的自我とよんだものに、抑圧的・隠蔽的な中心化をみいだす。だが、右のような光景はすでに経験的でも明証的でもない。(5) ニーチェのこうした考察に特徴的なのは、「手引き」・「想定」・「仮説」といった言葉に示される留保(りゅうほ)である。それは、ニーチェがもはや明証的でも経験的でもない領域、しかも一義性や客観性がその派生物でしかないようなカオス的・多義的領域へ遡行(リトロスペクト)しているということを示している。彼はもはや明示しえないものを明示しようとするだけでなく、そのことによって明証性そのものを「誤謬(ごびゅう)」として明示しようとする。だが、彼は明示せねばならず、且つ何一つ明示してはならないのだ。明示することは、彼を彼が拒絶する当のものに送りかえしてしまうからである。

《真理とは、それなくしては特定種の生物が生きることができないかもしれないような種類の誤謬である。生にとっての価値が結局は決定的である》(「権力への意志」)。が、このような断定は、あたかも真理を誤謬とするようなもう一つの「真理」を措定(そてい)してしまう。たとえば生物学が「真理」であるかにみえる。しかし、実際には、彼にとって、生物学は一つの「手引き」でしかない。べつの断片では、彼はたちまち生物学を、それがすでに「生」についての定義を先取りしているがゆえに、批判するのだ。ニーチェにおいて、「生物学」は真理としてではなく、逆に真理が隠蔽してしまうものとして、すなわちメタファーとしてある。

同じことが物理学についていえる。《われわれの認識は、数と量を利用しうるがゆえに科学的なものとなった。力の数量的階梯によって諸価値の科学的秩序をうちたてることはできないかを見て行かねばなるまい。それ以外のいっさいの価値は偏見であり、素朴であり、誤解である。そういうものはいつでもこの数量的階梯に還元することができる》。しかし、彼は量的な「力(クラフト)」という概念についてこうのべるだろう。「力という勝ちほこった概念は、それで現代の物理学者が神と世界を創造したもので」あり、「かつてすでに力が立証されたことがあろうか？　否である。立証されたのは結果であり、これがまったく縁もゆかりもない言葉へと翻訳されているのだ」と。彼は、物理学のいう「力」の根底に、価値あるいは解釈を見出すのであり、「あらゆる量は質の徴候(ちょうこう)だということはありえないだろうか？　いっさいの質を量に還元しようなどというのは狂気の沙汰である」と逆転するのだ（以上「権力への意志」）。「力」という概念は「権力への意志」の派生物でしかない。

だが、「権力への意志」とはなにか。それは「権力」と「意志」をべつべつに考えることによっては理解できない。「超人という私の比喩(ひゆ)」というニーチェの言葉にしたがえば、むろん「権力への意志」とはメタファーである。「権力への意志」とは、権利上「意識」に先行するような諸権力の関係・闘争の場であり、そこにおける中心化が意識・主体・真理（同一性）としてあらわれるような場であるが、すでにのべたようにそれは明証的でも経験的でもない。

要するに、ニーチェの著作は、明証的なもの・一義的なものを誤謬・幻想として批判すると同時に、この批判が陥るもう一つの明証性・一義性をただちに斥ける、たえまない移動の軌跡にほかならない。ニーチェのテクストに、なんらかの整合性・体系性を見出そうとする企ては、失敗に終ることを約束されている。

「意識に直接問いたずねる」のをやめることは、外的な経験的な事実に訴えることではありえない。たとえ彼がいつもそうしているかのようにみえても、それは「手引き」であり「手段」でしかない。ニーチェの戦略は、意識に問いながらそこから身をかわしすりぬけること、中心を解体しながらその解体作業がひそかに前提する〝中心〟をさらに解体することである。彼が提示するのは窮極的に「比喩」である。それが比喩でしかないということは、非難さるべきことではなくて、哲学的な言語が一義性・同一性をめざすものである以上、その徹底的批判は自らメタファーたらざるをえないのである。

たとえば、ハイデッガーは、ニーチェのいう「権力への意志」が政治的に解釈されることについて、「実はこの政治的解釈が権力への意志の本質を——抹殺とまではいわないにしても——歪曲する最大の原因となっている」(『ニーチェ』)といっている。むろん彼はナチズムのことをいっているのだが、しかし、「権力への意志」という言葉が依然として政治的な意味をもつ以上、そのような多義性を切りすてるべきではない。「真理への意志」が「権力への意志」であるというとき、ニーチェは、ミシェル・フーコーがいうように「知の権力」を意味している。ハイデッガーは、「政治的解釈」を避けたために、逆に真理の「政治学」をみおとすのである。

ニーチェの「生物学主義」を形而上学的に解釈しなおそうとしたハイデッガーは、ニーチェにおける生物学というメタファーを一義的な意味に解釈したのであるが、そのために彼はこの浮動するメタファーを静態化してしまう。その結果、ニーチェを西洋形而上学の「完成者」としてみることになってしまう。

ニーチェが彼以前のどの形而上学的思索よりも、ギリシャ精神の本質に接近したから、そして同時に、彼がどこまでも、そしてもっとも厳格な首尾一貫性をもって近代的に思惟したからという理由によって、一見彼の思惟において西洋的思惟の始原との対決が遂行されているようにみえるかもしれない。だが、しかし、それはただ近代的対決であって、右にのべられたような真の対決ではない。それはむしろ、不可避的にギリシャ的思惟のたんなる反転（はんてん）となる。反転を通してニーチェは、より決定的に反転されたもののなかに巻きこまれるのである。事は対決にまではいたらない。始原的立場を歩み出、しかもそれを放擲（ほうてき）するのではなく、この始原的立場に自らを支えつつはじめてその唯一性と有効性を蘇生せしめるような、ひとつの根本的立場が樹立されるには至らないのである。（「ニーチェ」薗田宗人訳）

しかし、読まれるべきなのは、一つの場所にとどまることのない反転に次ぐ反転なのである。[6]プラトン主義との「真の対決」は、矛盾律の「強制」をたえず戦略的に迂回していくことにおいてしかない。それに対して、ニーチェを存在論的に解釈しなおしたハイデッガーは、インド・ヨーロッパ的な「存在」という語に逆に巻きこまれ閉じこめられている。存在とは解釈にすぎない、とニーチェはいうのだ。ニーチェの言説は、それ自体が非中心化であり循環的・連鎖的なのであって、そこに「根本的立場」あるいは最終的審級を見出すことはできない。厳密であろうとすると同時にそれを笑い、根底的であろうとすると同時にそれをすりぬける、そのような終り(エンド)のないニーチェの著述は、まさに目的(エンド)に対抗するぎりぎりの戦略にほかならない。したがって、われわれはニーチェの「哲学」にではなく、彼の「問い」に先取られた地点に立っていることを認めねばならない。

註

(1)《ここで矛盾することはできないという主観的強要は、ひとつの生物学的強要である》。《論理学は真なるものを認識せよという命法ではなく、私たちにとって真とよばれるべきひとつの世界を定立し調整せよとの命法であるといえるだろう》(ニーチェ

「権力への意志」）。

（2）《人類がこの最も無気味な、最も危険な誤謬の形態に対してとっくの昔に警告されなかったということが、どうして可能でさえあるのか？　――人類が私によってはじめて警告されるということが》（ニーチェ「権力への意志」）。

（3）われわれがニーチェ的問いの圏内にあるほかないというのは、世界的に支配している西洋的な思惟と諸科学の圏内にとじこめられているということである。われわれはそれに対して、「東洋的なもの」を即自的に対置することはできない。なぜなら、「東洋」はすでに「西洋」のなかで措定され存在させられたものだからである。

（4）《自分が語っているものが何であるかを知り、「いかにして」という問いから「何ゆえに」という問いへ移行することができるためには、このような予備学が権利上完成されていること、あるいはその事実的な終端が予想されていることが必要である。まさにこの点ですべての哲学的言説は現象学の権威を借りねばならない》（ジャック・デリダ「『幾何学の起源』序説」）。

（5）ここからフロイトのメタ心理学的な「仮説」、すなわち自我・超自我・イドという「同類のものの間での貴族政治」をみることができる。が、それはマルクスが『資本論』で比喩的にのべている商品間における「王と臣下」の政治学、つまり貨幣としての一商品と諸商品の関係についていっそうあてはまるだろう。これもまた非経験的な領域において遡行的に見出されるのである。

（6）この意味において、マルクスの言説はヘーゲル主義の「たんなる反転」として読まれ、したがって西洋形而上学に閉じこめられてしまう危険性を多分にもっている。たとえば、イデオロギーの批判はただちに「真理」としての何かを措定してしまうことになる。そこでフランスの「新哲学者」たちはマルクスを批判するのだが、マルクスにおいても「真理の意識」こそイデオロギーであり、「真理への意志」は「哲学者の支配意志」なのである。さらにいえば、『資本論』はもはやたんなるイデオロギー批判ではありえない。マルクスがそこで遡行的に問うているのは、貨幣形態という超越論的な理念的同一性の〝起源〟にほかならない。

第一章　主知性のパラドックス

1

われわれは主観性のパラドックスというべきものの上に立たされている。ギリシャの哲学者たちが、あるいは東洋の哲学者たちがそれをまぬかれており、またそれを突きぬけているようにみえるとしても、そのようにみえること自体が主観性のパラドックスにほかならない。メルロー＝ポンティはそれを理解していた。《あるいは、こうもいえよう——哲学は一度或る思想に「感染」するや、もうそれを取消すことはできないのであって、それ以上の思想を発明することによってそれから癒えるほかはないのだ、と。今日、パルメニデスをなつかしみ、自己意識の発生以前にそうであったような〈われわれと存在との関係〉をわれわれに回復しようと望む哲学者ですら、当の原初的存在論についての感じ方や好みをまさしく自己意識に負っているのだ。主観性とは、それを越えようとしても、またそれを越えようとすればとりわけ、その手前に引き返すことができないような思想の一つなのである》(「シーニュ」)。

このパラドックスは、われわれが主観性を歴史的な幻想・病だと断定し否定したとしても、それもまた主観性にすぎないということだけでなく、逆に、主観性に対する最大の批判は最も主観的な領域からしか生じえないということを意味している。「意識」をこえた構造を見出す構造主義も、結局はこのパラドックスに属している。つまり、それが「主体」をとりのぞきえたとナイーヴに信ずるとき、実は超越論的な主観性に依拠していることを忘却しているのであり、逆にいえば、そのような〝構造〟は、主観性のただなかでしかとり出しえないのである。ソシュールの場合が明らかにそうであった。一冊の書物も残さなかったソシュールは、このパラドックスを熟知していたようにみえる。

むろんソシュールはこのパラドックスをのりこえてはいない。だが、それをのりこえようとすること、あるいはわれわれが〝感染〟した病から癒えようとすることは、それ自体病の一部ではないだろうか。われわれに必要なのは、そこに深く入りこみながらしかもそれを反転しつづけるニーチェの戦略ではないだろうか。それは「身体に問う」というメタファーにいいあらわされる。ところが、それは「意識に問う」ということの「危険」をおかすことなしにありえない。ソシュールという「矛盾」そのもののなかに、われわれは、いわば反転に次ぐ反転を見出すのである。

しかし、さしあたって、われわれはソシュール言語学がどこにはじまっているかをみきわめねばならない。初期のフッサールは、自然科学的な心理主義とディルタイ的な歴史主義を、それらがいずれもあらかじめ超越論的なものを前提しているにもかかわらず、まるでそうでないかのようにみなしているという理由で批判している。《共同主観的な事実の連関の固定が問題とされている場合にはどこでも実験的方法は不可欠のものである。とはいうものの実験的方法はいかなる実験をもってしても成し遂げることのできないものを、すなわち意識そのものの分析を前提しているのだ》。《実験心理学は、いわば価値のある精神物理的な事実や規則を確定しようとしている一つの方法であるが、心理的なものを内在的に探求してゆく体系的意識学がないならば、これらの事実や規則を、より深く理解し決定的に科学的に利用することはできないのだ》(「厳密な学としての哲学」)。

フッサールが哲学において直面していた状況は、ソシュールが言語学——物理学的な音声学と歴史的言語学が支配的であった言語学において直面していた状況と平行している。ソシュールの課題も、まず言語学はいかにして「厳密な学」たりうるかということにあったといってよい。そして、彼がとったのは、音声学や通時的な言語史ではなく、「意識に問いたずねる」という方法であった。このことは、おそらく彼らが表面的には無関係であったがゆえに、いっそう重要である。

ヤコブソンはすでにフッサールを知っていたために、ソシュールによる音韻論(おんいんろん)の確立の哲学的意味を自覚していた。《ソシュールの偉大な功績は、つぎのことを正確に理解した点にある。すなわち、発声行為を研究して音声単位をとりあげ、言連鎖の音を境界画定するときは、すでに、ある外在的データが無意識のうちに存在しているということである》（ヤコブソン「音と意味についての六章」）。いうまでもなく、これは「意識を自然化する」自然科学的なナイヴィテに対するフッサールの批判を踏襲しているのだが、ソシュール自身においてはどうであったのか。《ソシュールの学説の数々の矛盾にもかかわらず、われわれが音の機能的研究のための第二の本質的観念、音素の相互関連の観念、要するに音韻体系の観念を負うているのは、彼とその学派である》（ヤコブソン）。ヤコブソンのような視点からだけ読まれるならば、ソシュールは、決定的な転換をしたとはいえ、自然主義的・心理主義的な残滓をとどめた、つまり過渡的な段階にあり、克服さるべき限界を露呈していたということになってしまう。しかし、一冊の本も書かなかったソシュールの「沈黙」は、彼のなかに「厳密な学」をめざすとともにそれを解体せずにおかない志向が共存していたことを暗示している。それは、いいかえれば、彼が「意識」に問いながら、且つそのことの「危険」を迂回しつづけたということである。このことは、彼のノート、とりわけ『アナグラム』の研究ノートに注目したジャック・デリダによって強調されている。しかし、それはソシュールが矛盾した志向にひきさかれていたということではないし、また現象学的な、すなわち音声中心主義的（デリダ）な志向がそれによってのりこえられたということでもない。ソシュールは、そこになんら確定的な決着をつけていない。したがって、むしろわれわれが読むべきなのは、ソシュールの思考の〝ジグザグ〟な運動なのである。

　そのような〝ジグザグ〟は、『アナグラム』だけでなく、『一般言語学講義』そのものにあらわれている。ヤコブソンの不満は、一言でいえば、ソシュールが〝充分に〟現象学的でないというところにある。しかし、それが理論的未熟によるものであるか否かが問題なのだ。先に私は、フッサールからニーチェをふりかえってみることがニーチェを明らかにするばかりでなく、フッサール自身を明らかにするといったが、ヤコブソンからソシュールをふりかえってみることはそれと同じ意味をもつだろう。ソシュールが現象学的であったことは明白であって、それはまず彼が言語学の対象をラングとして見出したということにあらわれている。《ラングは実在体ではなく、ただ語る主体のなかにしか存在しない》。すなわち、ラングは、外在的なものではなく、語る主体の意識に問いたずねることによって、いいかえれば一つの現象学的還元によって見出される。重要なのは、言語学の対象が、主観性において、いわば共同主観性（フッサール）として見出されたということである。

　たとえば、音韻は音声とちがって外的に存在するものではない。音韻は、すでに意識において何らかの意味が存在する場合、またその場合にのみ、その意味を弁別する形式として見出される。記号は何らかの意味をあらわすという伝統的な考え方を、ソシュールはしりぞけている。「話す主体」にとって意味があるときには、必ずその意味を弁別する体系があるが、その逆はなりたたないからである。言語の体系・構造は、もはや外的なものとしてではなく、たえず「意識」に参照することによって見出されるほかはない。こうして、ソシュールの言語学は、どんなに意識あるいは主観性を捨象しているようにみえても、まず現象学的な内省からはじまっている。たとえば、彼は言語の考察において、オグデン＝リチャーズとちがって、指示対象(レファレント)をとりのぞく。このことは指示性あるいはレファレントが否定されたということではなく、現象学的に還元されたということである。ソシュールのいうラングは、音声やレファレントのような外的な存在物をカッコに入れるところに、定立される。つまり言語学の対象としてのラングは、外的な対象をカッコに入れ、「意識体験」を注視するような「態度変更」において見出されるのだ。したがって、ラングあるいは記号体系は、経験的に見出されるものではなく、内省的にのみ見出されるものなのである。

フッサールは、表現（有意味的記号）と指標（指示的記号）を区別し、後者を排除(はいじょ)する。コミュニケーションとしての言語には指示作用があるから、純粋に表現（有意味的記号）と意味を考察するためには、「孤独な心的生活における表現」に向かわねばならない。そこでは、記号はもはや現実に存在せず、たんに想像的に表象されるだけのものにすぎなくなる。《言葉が実在していなくとも、われわれの妨げにはならない。それに言葉の非実在は、われわれの関心も引かない。なぜなら表現そのものの機能には、それは全く関係がないからである》(「論理学研究」第二巻)。

ソシュールが対象的な音声と区別して「聴覚映像」とよんだものは、まったく同じ手つづき、すなわち現象学的還元によってとり出されている。しかし、フッサールがイデア的同一的な意味をとりだす方向にすすみ、したがって記号に関心をもたないのに対して、ソシュールは逆に意味を宙づりにし、それを可能にする差異的な記号体系を見出す。フッサールの形相的還元に対して、われわれはそれを構造論的還元とよんでもよい。それらは決定的に異質であるともいえるし、また見かけほどちがっていないともいえる。

ひとまずわれわれが確認しておくべきことは、記号の本質が現象学的還元においてはじめて問われうるということである。それは外的な記号を考察することによっては不可能である。たとえば、記号は、それが発信者をもつか否かで区別され、また記号が指示・代理している対象物との関係で、徴候(インデクス)・図像(イコン)・記号(サイン)の三つに分けられる。狭義の記号は、対象物や概念といかなる有縁性ももたないものとされる。しかし、このような区別は外在的であって、記号一般がまず記号でありうるための前提がそれに先立って明らかにされねばならない。たとえば、黒雲から雨の徴候を意識するとき、黒雲は記号であるが、そうでなければ、黒雲はたんに黒雲にすぎない。それが「意味」として意識されるかぎりで、黒雲は意味するもの(シニフィアン)となりうる。この場合、記号の発信者がいようといまいと関係がない。明らかに発信者がいても、その意味がまったく理解できないならば、それは記号ではない。また、黒雲であれ、表情やしぐさであれ、絵画であれ、それらの「意味」が了解されるかぎりで記号であるとすれば、外的な記号一般について考えるまえに、記号を記号たらしめるものがなにかを明らかにしなければならない。

ソシュールの考えでは、記号の記号性は、差異性にしかない。この意味で、ソシュールが文字を排除してしまったのは音声中心主義だからではない。彼はむしろそのことによって音的なものをも排除してしまい、差異性のみをとり出すことになるからだ。文字であれ、音声であれ、他の記号であれ、そのような外在的相違をいったん還元することによって、記号の記号性が問われることができるのだし、そのような現象学的手つづきが先行しないかぎり、われわれは心理主義をまぬかれないのである。ソシュールは現象学的還元によって、還元不可能な差異にたどりつく。だが、このことは外的な記号、文字、テクストに固執(こしつ)しているかぎりはありえない。外的な記号を排除することによってのみ、記号の外在性が真に〝問題〟となる。したがって、ソシュールが音声中心主義を脱しうるのは、たとえば彼の『アナグラム』のように文字言語に関する考察に向かうことによってではなく、逆に彼がいわば音声中心主義的であることによってである。デリダはこの逆説を正確につかんでいる。

……まさにソシュールがもはや文字言語(エクリチュール)をはっきりとは取扱わず、この問題についてはもう決着をつけたのだと信じたその時にこそ、彼は書差学(グラマトロジー)一般の分野を解き放つのである。この学は、もはや言語学から排除されないばかりでなく、それを支配し、自己のうちにそれを含みこむであろう。そのときには、境界外に追いやられていたもの、言語学から追放されていたこの迷えるものは、言語の第一のより親密な可能性としてたえず言語につきまとっていたのがわかるのだ。そのとき、かつて語られたことのけっしてなく、言語の根源としての書差(エクリチュール)自身以外の何ものでもないものが、ソシュールの言説の中に書きこまれる。(「グラマトロジーについて」足立和浩訳)

2

くりかえしていえば、構造論的還元は現象学的還元のなかでなされる新たな還元であって、このことを理解しないために、さまざまな誤解が生じている。たとえば、時枝誠記はソシュールのような方法を自然科学的な「客体的立場」とよび、彼自身の方法をフッサールにもとづいて「主体的立場」とよんでいるのだが、ソシュールにおける音韻は音声ではなく、いつも意識における「意味」を弁別する機能として〝主体的(主観的)〟にとり出されているのだ。音韻は、すでに何らかの意味が〝主体〟において存する場合、またその場合にのみ、その意味を弁別する形式として見出される。くりかえしていうと、言語の構造は、外的なものとしてではなく、たえず意識に参照することによって、さらにそれを構造論的に還元することによって見出されるのである。ラングの言語学に対して、ただちに生きたパロールの言語学を対置するのも同じような誤解にすぎない。それはラング体系を「意識」から外的に独立した何ものかであると考えてしまうことからくる。また構造言語学の「意味」を還元するという方法を、意味を無視するととりちがえた者は、意味論を残された課題として見出すし、また、「意味」がすでに現象学的還元によって見出されていることを見ない者は、こと新しく、指示対象物との関係を論議したりするだろう。これらの誤解は、すべて方法的な還元の意義をみないことによっている。

にもかかわらず、ヤコブソンが批判するように、ソシュールは中途半端で「矛盾」にみちている。ヤコブソンの観点からみれば、ソシュールは現象学的-構造論的還元を画期的に切りひらきながら、なお自然主義・心理主義的な側面をとどめているようにみえる。しかし、われわれはそう考えるかわりに、そこにヤコブソンによってつらぬかれた現象学的-構造論的還元への「反転」を見る。たとえば、ヤコブソンにとって、音韻とは意味を弁別する機能であり、構造は機能・目的と切りはなすことはできない。彼がみとめる差異性は、「上位のレベルの実在体（形態素、語）を互いに判別するために用いられる差異」である。同じいい方をすれば、文という構造は、言述を弁別する機能として見出され、次に、語は文を弁別する下位構造として見出される。つまり、文はたんに消極的な辞項ではなく、下位構造としての語に対しては積極的なのである。同じことが語についていえる。こうした階層構造にあっては、その最下位単位である音素のみが、純粋に差異的なものとしてとり出される。しかし、ソシュールはそうではなかった。

ソシュールは、音素の純粋に示差的、消極的な性格を完全に理解していた。だが、彼は結論を性急に一般化して、あらゆる言語実在体に適用しようとつとめた。言語には積極的辞項を欠いた差異しかない、と彼は断言するにいたった。ソシュールの観点からすれば、文法範疇(はんちゅう)もまた消極的価値にすぎず、重要な唯一のことは、これと対立する範疇との不一致性である。ところで、この場合、ソシュールは二つの異なる観念を混同するという重大な誤りをおかした。(ヤコブソン「音と意味についての六章」花輪光訳)

だが、ソシュールが「言語には積極的辞項を欠いた差異しかない」と断定したことは、何を意味するだろうか。それは、ソシュールが一方で構造論的還元によって下位構造へと下向しながら、他方でそのような還元にともなう目的・機能論的な構えを解体しようとしたということである。「言語には差異しかない」というこの断定は、〝厳密〟でもなければ明証的でもない、一つの独断である。現象学的に接近するかぎり、それが否定されるほかないのは当然である。ソシュールが言語学の「二大原理」という恣意性(しいせい)と線条性(せんじょうせい)に関して、ヤコブソンが批判するのも同じ意味においてである。

ソシュールは、「諸言語の存在そのものが、言語記号の恣意性を証明する」といっているが、ヤコブソンは、「しかし、実のところ、能記と所記の恣意的連関、または必然的な結びつきの問題は、ある特定言語の特定状態に身を置かないかぎり解決できない」という。もともと「意識」に問うかぎりで記号体系がみいだされるのだとすれば、そして「意識」がすでに特定言語の特定状態にあるのだとすれば、エミール・バンヴェニストがいうように、「能記と所記のあいだでは、結びつきは恣意的ではない。それどころか必然的である」し、「両者はわれわれの精神のうちに、一緒に刻みこまれた、両者はどんな場合にも、一緒に喚起される」というほかはない。そして、ヤコブソンは、ソシュールのように能記と所記を切りはなすことによってではなく、話し手の意識において、つまり所記と結合された能記のなかで、所記との関係において純粋に示差的に機能するものを音素においてのみ見出すのである。

たしかに、諸言語(ラング)の存在そのものが言語の恣意性を証明するというのはあやまっている。ある同一の所記が諸ラングで異なる音声記号で表示されるということは、まずフッサールのいうような意味のイデア的同一性を前提するというほかない。だが、ソシュール自身はそのような同一的意味をみとめないのである。こうした「矛盾」はヤコブソンにはありえない。彼において、記号の差異性はあくまで意味に仕えるものであって、意味それ自体を疑うことはないからだ。「言語には差異しかない」というソシュールの断定は、むしろ彼が現象学的な「聴覚イメージ」からはなれてしまっていることを意味する。デリダは、フッサールのイデア的意味が「現象学的な音声」と共犯的であることを明らかにしている。逆にいえば、ヤコブソンのいう音素は、イデア的意味と共犯的なのである。ソシュールのいう差異は、もはや経験的・明証的なものではありえない。それは現象学的‐構造論的な構えそのものをくつがえすものとしてある。

ここにおいて、ソシュールのいう恣意性の概念が再考されねばならない。彼がそれを同一性から〝証明〟するかぎりでは、明らかにプラトン主義的な形而上学に属している。しかし、一方で、ソシュールが「恣意性」を、同一性‐差異性という相補的な地平に先行するようなものとしてみていたことも明らかである。この意味での「恣意性」は、明証性に訴える、つまり「意識に問う」方法に訴えるかぎり否認されるほかない。しかし、だからこそ、ソシュールのいう「恣意性」と「線条性」の二大原理が重要なのだ。ソシュールの考えでは、恣意性はいわばカオス的であり、それを制限し規則化・秩序化するものとして線条性が考えられている。

およそ体系としての言語に関係のあることがらはすべて、この観点、すなわち恣意性の制限ということから論及さるべきであると、われわれは確信する。言語学者はこれをほとんど無視するのだが、これこそ最上の基礎である。事実、言語の体系はすべて、記号の恣意性という、もし無制限に適用されたならばこの上ない紛糾をもたらすにちがいない不合理な原理にもとづくものであるが、幸いにも精神は、記号の集合のある一部に、秩序および規則の原理を引きいれてくれるのである。これが相対的有縁性の役割にほかならない。もし言語の機構がまったく合理的なものだったとすれば、それをただそれとして研究することが可能であろう。しかるに、それは本来混沌たる体系の部分的修正にすぎないのだから、ひとはこの機構を恣意性の制限として研究するときは、言語の本性そのものが課する観点をとりあげるのである。（『一般言語学講義』小林英夫訳）

ここで、恣意性と線条性という言葉は、ヤコブソンが考えるようなものとはまったくちがってしまっている。ソシュールは、一方でイデア的同一性から恣意性を証明しておきながら、今や恣意性を、同一性が派生物にすぎないことを証明する手段に用いている。このような意味の移動がソシュールの思考を特徴づけるものだが、それはニーチェをある意味で想起させる。「身体に問いたずねる」というとき、彼は一方で生物学・生理学・物理学によって明らかにされる身体から出発しながら、他方でそのような身体を攻撃する。「身体」は、この意味移動によってメタファーとなる。ソシュールのいう「恣意性」と「線条性」についても同じことがいえる。というよりも、ソシュールのいう「恣意性」とは、ほとんどニーチェのいう「身体」なのである。ニーチェが「身体」にみるのは、多様且つ過剰な諸力の関係なのだが、この力はむろん物理学的なものではなく、むしろ意味に近いなにかである。だからこそ、それは「権力への意志」というメタファーで呼ばれなければならない。われわれは「意識」においてそれに接近することはできない。意識にとって明証的なものは、一義的・同一的であり、そこでは、もはや多様な非方向的な関係の闘争・戯れは中心化され抑圧されてしまっている。「権力への意志」とは、権利上、意識に先行する一つの場、あるいは網目状組織である。ニーチェにとって問題だったのは、この「権力への意志」としての多様な、多義的な場が中心化されるプロセスであって、彼がそれをどのレベル――僧侶、哲学者、概念、数……――で問うたとしても同じことなのだ。

しかし、もっと重要なのは、ニーチェがそれを語のメタフォリカルな変容によってしか語りえなかったことである。ソシュールについても同じことがいえる。ソシュールの「恣意性」という語は浮動的できわめて不安定である。彼はそれを現象学的‐構造論的還元によって導出しながら、他方でそのような構えを反転するものとして見出している。まさにそのゆえに、ソシュールの言語学は、「厳密な学」から逸脱するのである。

このときソシュールがいわば「身体に問う」ているのだとすれば、現象学的な明証性のなかにとどまるヤコブソンにとって、そのようなヴィジョンは不可解であるばかりでなく、許容しがたいものであった。彼は、「言語には差異しかない」というソシュールの主張をもっぱら音韻に限定するだけでなく、ソシュールにとって乱雑な諸関係の体系にすぎなかった音韻の基底に、論理的な弁別特性の束を見出している。《どんな特定言語の、どんな音素の、どんな差異も、単純で分解不可能な二元的対立に完全に解離される》(「音と意味についての六章」)。ソシュールにおいてカオス的な諸関係だったものは、根本的にはいわば0と1の二項対立の束に還元されうるのである。レヴィ＝ストロースは、根底に論理的なものがあるというこの認識に衝撃を受け、それまで前論理的なものとみなされた未開の思考や制度を、音韻論を導入することによって解明可能なものとした。構造主義はそこからはじまるのであって、ソシュールを構造主義の祖とよぶのは、マルクスやフロイトをそうよぶのと同じ意味合いにおいてでしかない。しかし、構造主義がもはや「意識主体」なしに存立するような超越論的な「規則」を見出したとしても、それは依然として現象学的構えに内属している。

事実フッサールは前科学的な生活世界に超越論的なもの、理性的なものを見ようとしたのであって、二項対立を超越論的なものとして見出したヤコブソンは現象学的‐構造論的な還元・下向において同じことをやっているのである。つまり、それは「理性」の再建にほかならない。しかし、ソシュールのいう「恣意性」は、それによって廃棄(はいき)されてしまうようなものではない。それはいっそう根源的なものであって、ヤコブソンのいう論理的な「対立」は、「恣意性」を制限する「線条性」としてみられることができる。

たとえば、ソシュールは「線条性」を分析して、パラディグム（連合）軸とシンタグム（統合）軸を見出している。しかし、それらはすでに決定されている一つのラングを還元的に下向するときに見出されるものである。つまり、パラディグム軸とは、一ラングにおいてすでに統合規則によって固定されてしまった、恣意的な諸関係性である。したがって、一ラングの内部で見出される、パラディグムとシンタグムは、より根底的な「恣意性」と「線条性」のあらわれである。

ソシュールは、一方で「意識」あるいは一つのラングから出発して、構造あるいは階層的構造を明らかにする。むろんそのような構造は、目的論的・機能的なものであって、すでに統合化・中心化されている。だが、他方で、ソシュールは、現象学的‐構造論的還元においては一方向的に閉じられてしまうほかない構造を、恣意的な・偶然的な・多方向的なものが制限されたものとして、あるいは選択的に排除された結果としてみるのである。彼は「意識」からはじめると同時に、「意識」を「本来混沌たる体系の部分的修正にすぎない」ものとしてみるのだ。まさに、そのために、彼の叙述は混乱しているようにみえるのである。

3

「ラングは実在体ではなく、ただ語る主体のなかにしか存在しない」（ソシュール）とすれば、彼のいう「共時性」は、物理学的または歴史学的な時間における同時性と似て非なるものであることは明らかである。共時的な体系は、線的な歴史から切りとられた瞬間的断面ではけっしてない。それがしばしば誤解されてしまうのは、ソシュール自身がそのような図示を与えているからである。それは視覚的な説明モデルがしばしば誤解を与えるということの一例である。また、彼は歴史的言語学が通時的で、普遍文法学が共時的であるかのようないい方をしている。しかし、ソシュールが共時性によって意味したものは、そのいずれをも批判することである。

共時性は同時性ではない。逆に、それは同時性という自然科学的概念、あるいはそれにもとづく歴史学的概念が隠蔽（いんぺい）するものを明るみに出すためにとられた一つの「態度変更」なのである。すでにのべたように、ソシュールが物理的な音声に対して現象学的な音声（音韻）をとりだしたとき、それは経験的にとらえられる音声が実は意味を前提してしまっていることへの批判であった。つまり現象学的還元は、原因と結果の「遠近法倒錯（えんきんほうとうさく）」（ニーチェ）への批判をはらんでいる。同様に、共時的言語学は、一見するとたんに静態的な分析のようにみえるが、実際は歴史的言語学がもつ目的論的説明を批判するためにこそ不可欠なのだ。それはむしろ「歴史性」に対するソシュールの鋭い意識をあらわすものである。

体系はけっして直接に変更されるものではない。それ自体では不変である。ただある要素のみが、それを全体に結びつける連帯と無関係に変化したのである。（中略）総体がずれたわけではない。一つの体系が他の体系を発生せしめたわけではない。前者の一要素が変化したままでである。しかも、それでもって、他の体系を生ぜしめるに充分である。（中略）このように観察して、われわれは状態がつねに偶生的なものであることを、よりよく理解するのである。言語というものは、われわれがややもすれば抱きたがる謬想とは逆に、表現すべき概念を顧慮して創造し、配備した機構ではない。われわれはかえって、変化から生じた状態は、それがあらたにとりこんだ意義をしるすべく運命づけられたものではない、とみるのである。ある偶生的状態が与えられる（fōt : fēt）と、ひとはこれを、単数・複数の区別を立てるために流用するのだ。fōt : fēt は、fōt : fōti に比べてべつにすぐれているとは思えない。おのおのの状態において、与えられた資料に魂がふきこまれ、活がいれられるのだ。（「一般言語学講義」小林英夫訳）

右の説明が進化論的であることはいうまでもないだろう。ダーウィンのいう突然変異は、ちょうどシステムの要素における変化に対応しており、これはシステムと無関係に生じる。そして、その変化が「他の体系を生ぜしめる」場合、結果的にあたかもその変化が目的論的にみえるとしても、そうではなく、たんに「他の体系」の均衡において意味づけられるものにすぎない。ダーウィンの理論と同様に、ソシュールは言語システム（種）の進化が、非方向的・非目的論的であると同時に、あたかもそれが定向的・目的論的であるかのようにみえる「結果と原因の転倒」（ニーチェ）を、説明しようとした。要するに、ソシュールは、歴史的言語学における目的論を追放したのであって、それは言語をシステムとしてみること、言語の変化をシステムの進化としてみることによってのみ可能であった。彼にとって、言語のある「状態」は必然的ではなく、偶生的なものである。しかし、変異の本質的な非方向性、非目的性と同時に重要なのは、変異を選択的にうけいれて合目的化してしまう装置、あるいは変異を選択的にしりぞけてしまう装置、いいかえればシステムの自己保存的なメカニズムであろう。だが、システムの内部でいかにして要素の変化が生じるのか。しばしば、次のような説明がなされる。ラング（システム）は社会的でパロールは個人的であるから、個人のパロールのレベルでの実践がラングを変えるのだ、と。このような考えは、ソシュールが考えようとした問題性とは無縁である。ラングとパロール、体系と出来事が相関する弁証法は、彼の問題ではなかった。なぜなら、彼はすでにパロールや出来事を還元したところに見出される共時的なラングにおいて考えているからである。だから、むしろこう問わなければならない。言語が個々人のパロールにおいて偏差（へんさ）・変異が生じうるのだとすれば、それを可能とするようなシステムはいかなるものでなければならないか、と。つまり、自然言語の構造はいかなるものなのか、と。

ソシュールは、現象学的‐構造論的な還元によって見出された構造に満足しなかった。そのような構造は結果において目的論的であるとしても、恣意的なものの選択と排除の下にある。したがって、彼は、構造論的還元からさらに、構造を構造たらしめている統合化・中心化を還元するという方向に進まねばならない。それは中心化された構造ではなく、権利上それに先行するであろう「自然成長的」（マルクス）な、セミ・ラティス的な構造を見出すことである。それは、フッサールによる「起源」への問いが、結局「理性‐非理性」の対立に権利上先行する理性的なものを見出すことだとすれば、逆に非理性的なものを見出すことになるだろう。フッサールはこういっている。

ここで、われわれに関心のある科学、すなわち真理をめざし誤りを避けるように方向づけられた思考の領域においては、当然のことながら、連合的な形成の自由な戯れには初めからきわめて慎重に閂を差しておくような配慮がなされる、ともいわれるだろう。精神的所産は、さしあたりはただ受動的に再受容されて任意の他者に引き継がれうる永続的な言語的獲得物という形で不可避的に沈澱していくため、連合的形成は絶えざる危険として残る。人は、現実的な蘇生可能性をただ単に後になって確かめるばかりでなく、当初の明証的な創設以来すでに、それを蘇生させる能力とこの能力を持続的に保持しているという保証をもつことによって、この危険に対処する。このことは、言語的表現の一義性を心にかけ、当該の語、命題、命題連関などを綿密細心に確定し、一義的に表現さるべき成果を確保するように配慮することによって行われる。（「幾何学の起源」田島節夫他訳）

フッサールにとって「危険」である「連合的形成の自由な戯れ」こそ、ソシュールが見出した言語の始源（しげん）なのだ。むろんこの「始源」は、事実的歴史における遡行（そこう）において見出されるのではない。フッサールの「幾何学の起源」への遡行的問いがそうであるように、それは出来上がった言語からしか問うことができないし、事実的歴史を還元することによってしか問うことができない。それがソシュールの言説をジグザグな運動たらしめるのである。

第二章　下向と上向

1

くりかえしていうと、「ラングは実在体ではなく、ただ語る主体のなかにしか存在しない」（ソシュール）ということは、ラングが「語る主体」において現象学的‐構造論的還元によってとりだされた下位構造だということである。この下位構造は、ラカンの言葉でいえば、「実在的なもの」でも「想像的なもの」でもなくて、「象徴的なもの」だといってよいだろう。というのは、それは、ある言語の意味を了解するとき、〝実在的な〟音声や〝想像的な〟意味作用からはなれて、そのような了解を可能にする示差的な下位構造としてとり出されるものであり、ある抽象的な現実性だからである。厳密な意味では、われわれはラングが〝在る〟ということはできない。たとえば、ラングとしての文は、実在的に在るわけではない。しばしば文はパロールと混同されがちであるが、ラングとしての文は、パロールまたは言述に対する示差的な下位構造にすぎないのである。ラングとしての文は、それ自体では意味がなく、たんに示差的関係として〝在る〟だけだ。それはあくまでも下位構造であって、まず言述が先行していなければならない。

たしかに、言述の意味は文脈依存的である。しかしラングは、まず言語が意味了解されたあとから、文脈的なものを還元することによって得られる形式である。ラングが実在的にあって、それが実際の言述のレベルで文脈依存的に意味がちがってくるというのではない。孤立的にとり出された文はすでに言述のレベルにあるのであって、ラングとしての文は関係としてしか在りえない。この意味で、ソシュールが、「言語には消極的な差異しかない」ということ、つまり統辞論（文）と形態論（語）をとくに区別する必要をみとめなかったのは正しい。下位構造としてのラングは、一種の理論的実在であって、もともと差異的関係としてしか在りえないからである。

たとえば、チョムスキーは文形成における統辞規則をつかもうとするが、ある文が文法的である（有意味的である）か否かの判別は、言述のレベルでしかなされえない。チョムスキーのいう規則は、還元的に見出された下位構造において、上位に対する関係（統合関係）にほかならない。そうだとすれば、統辞論だけが特別に扱われねばならない理由はない。語のレベルでも、音韻のレベルでも、同じことがいえる。ヤコブソンは、文や語のレベルでは「積極的なもの」があり、音韻だけに「消極的な差異」があるというが、もともとラングとしての構造はたえずそのつど「積極的なもの」を還元するところに見いだされる。逆にいえば、「積極的なもの」が先行することなしには、構造を規定することができないのである。

ラングとしての言語は、文、語、音韻といった階層的構造として考えられる。しかし、それらが階層的構造をなすということは、つぎのような意味である。たとえば、音韻は物理的実在としての音声ではなく、語の意味を弁別する下位構造であるが、このとき語が「積極的なもの」として上位にある。また、語のレベルをラングとして考察するときは、「積極的なもの」としての文を参照するほかない。したがって、ラングとしての言語の階層構造は、経験的・分析的にとり出される文、語、音韻といったカテゴリーとは決定的にちがっている。文であれ、語であれ、音韻であれ、それらはいずれも下位構造であって、それぞれ上位を前提するのである。バンヴェニストは、「言語単位は、より上位の単位の中でこれを同定しうるときにのみ、それとしてうけいれられる」といっている（「一般言語学の諸問題」）。すなわち、ひとつの階層単位がそれ自体で〝在る〟ことはありえない。それは、構造が下位単位として還元的にみいだされるものである以上、当然のことである。マルクスの言葉でいえば、階層的構造は〝下向的〟に見出される。

だが、問題はそれを〝上向的〟にみるときに生じる。言語学者はしばしば音韻を実在的なものと混同しがちであるが、ヤコブソンが注意したように、それは意味を弁別する機能としてのみとり出されたものである。下位構造としての音韻は、自然科学的なアルケー

（基本物質）ではなく、ヘーゲル的にいえば、上位に媒介されたアルケー（始元）にほかならない。始元は結果から考えられる、つまり下位構造は機能（目的）として見出されるかぎりにおいて、上位に媒介されている。

ここで「上向」は一つの論理的問題を不可避的にもたらす。下位構造が還元的に見いだされているあいだはよいが、そこから「上向」するとなると、問題が生じるのだ。われわれは、音韻から語が形成され、語から文が形成されるというような見方をもはや許されていない。音韻も語も文も、もはや経験的な対象物ではなく、現象学的‐構造論的還元によってとり出された一つの理論的実在であるから。

ヘーゲルの論理学における上向は、現実の事柄の発展を扱っているのではないが、かといって、たんに理念の自己展開として神秘的なものとしてあるわけではない。そこにはあたかも理念の自己展開であるかのように叙述されねばならない必然があって、われわれはそれを簡単に斥けるわけにはいかないのである。たとえば、言語学者は、ヤコブソンのようにそれが現象学的還元によって見出されたものだということを自覚している場合でさえ、やはり音韻を経験的な始元（基本物質）とみなしがちである。このことは、ヤコブソンが音素の弁別特性の束を、物理学における量子論との類推で考えていることからもいえる。しかし、下位構造としての音韻は、結果（終り＝目的）から目的論的に見いだされたものであって、もはや経験的な事実ではない。

たとえばヘーゲルはいっている。《純粋学（論理学）は、思想が事柄そのものであるかぎりにおいてこの思想をふくむのであり、あるいは事柄そのものが純粋思想であるかぎりにおいてこの事柄をふくむものである》（「大論理学」）。いいかえれば、ラングとしての音韻、語、文は、いわば思想＝事柄としてあるのであって、その場合の階層的〝上向〟は、メタ・フィジック的問題を要請せずにいない。

思惟の最初の抽象的な普遍性を考えるとき、哲学の発展が経験に負うところがあるということは、正しくかつ根本的な意味をもっている。なぜなら、第一に、経験的諸科学は個々の現象の知覚にとどまっているものではなく、思想によって普遍的規定、類および法則を発見して哲学のために材料を作り、特殊なものの内容を哲学にうけいれられるように準備するからである。第二に、経験的諸科学は、このことによって、思惟が自分自身で具体的な諸規定へ進むことを強要するからである。思惟が、この内容になお附着している直接性および所与性を除去しながらこの内容をうけいれることは、同時に思惟の自己発展を意味する。このように哲学はその発展を経験的諸科学に負いながらも、目前にあるものおよび経験された事物をそのままに是認するのではなく、諸科学の内容に思惟の自由（超越論的なもの）という最も本質的な姿と必然性の保証を与え、事実をして思惟の本源的な、かつ完全に独立的な活動の表現および模倣たらしめるのである。

（「小論理学」）

われわれはむろんヘーゲルの右のような見解を否定するつもりである。だが、言語学という個別科学において見出されたものがもはや「経験的な事実」ではない以上、われわれはヘーゲルと無縁であることはできない。それどころか、構造言語学が言語学にとどまらず、〝構造主義〟として、ヘーゲル的弁証法への批判に転化していった所以もまた、「構造論的還元」という行為そのものにひそんでいる。

構造論的還元、つまり下向は、上位における積極的なものをカッコにいれて、差異的な関係をみいだすことである。静態的にみるかぎりは、この関係構造は、同位における連合関係（パラディグム）と上位に対する統合関係（シンタグム）から同定されるといってよい。しかし、もともとソシュールの意図は、全面的な恣意性から、線条性（秩序化）をみることであり、したがって、上―下の目的論的構えを〝理論上〟解体することにあった。だからまた、彼の問題は、共時的な階層体系をみいだすことで足りるのではなく、また、現実的な形態の通時的変化を共時的構造という視点を導入することによって捉えなおすことに尽きるのでもなかった。彼の課題が、階層的な「上向」において目的論的構えを逆転することにあったがゆえに、ソシュール的な意味での「構造」は、たんに静態的なものではありえず、時間あるいは発生の問題をはらんでいる。

ドゥルーズはつぎのようにいっている。

> 構造主義における時間とは、つねに実現の時間であり、この時間にしたがって潜在的共存の諸要素は多様なリズムをとるのである。時間は潜在的なものから現実的なものへ、つまり構造からその実現へと赴く。一つの現実的形態から他の現実的形態へではない。あるいは少なくとも、二つの現実的形態の継起関係として考えられた時間は、構造あるいはこの二つの形態のうちに深く現実化される諸構造の内的時間、またこれらの時間のあいだの差異の関係を抽象的にあらわすだけで満足する。そして、まさしく構造は、時間、空間のうちで差異化されることなしには、したがってさらには、種とそれを現実化する部分とを区別することなしには実現されないために、その意味で、構造はそれらの種とそれらの部分そのものを産出するといわねばならない。そういうわけで、時間を構造に対立させえないのとおなじように発生を構造に対立させることはできない。時間とおなじく発生は潜在的なものから現実的なものへ、構造からその実現へと赴く。
> （「構造主義」中村雄二郎訳）

ここでいわれている「時間」や「発生」は、実は下位構造から上位（現実的なもの）への「上向」においてのみ考えられる。ヘーゲルがそれを理念の自己産出と考えたのと似た意味で、ここではそれが構造の自己産出であるかのように考えられている。しかし、ここには背理がある。構造主義的な「発生」論にしたがえば、下位構造は、それ自体は意味のないものの諸関係であり、上位における積極的な意味は、たんに前者の排除的結合の結果にすぎない。だが、もともと下位構造は、結果から、つまり上位における積極的な意味を構造論的に還元することによって見出されたのではなかったか？ それとも、構造はそれ自体超越論的なものとして存在するのだろうか？

このような循環論的困難は、ヘーゲル弁証法における「円環」において解決されている。ヘーゲルにおいて始まりは終りにおいて見出されるのであり、始まりは契機にすぎない。しかし、このような「解決」をみとめないからこそ、困難があるのだ。ソシュールの困難は、超越論的還元によって見出された下位構造によって、上位すなわち超越性を撃とうとするところにある。これは、マルクスが『資本論』において、商品という下位構造（価値形態）から、貨幣の「生成」をみるときに出会った困難と同じことになるだろう。『経済学批判序説』において、マルクスは、下向と上向を区別している。それについて彼の与えた説明に私は必ずしも満足しないが、すくなくともそこで明らかなことは、ヘーゲルにとって下向がそのまま上向になってしまっていることである。そこでは、始元は終り（目的）から見いだされ、また、始元は終りを実現するものとしてある。したがって、ヘーゲルに対して、下向と上向を区別すること自体が重要なのである。

ポール・リクールは、記号論から言語学へ、さらにテクストの解釈学へと「上向」する方法を示している。彼にとって、構造は記号論的レベルにのみ存するのであり、言述においては「話す主体」が、さらにテクストのレベルにおいては解釈学的問題があらわれる。

2

この地平線からみた場合、われわれの研究は一つの確信によって導かれているものとみえよう。その確信とは、言語活動の本質的なものは諸記号の彼岸においてはじまるということである。われわれが要素、一覧表、語彙、そして下位の組み合わせへと降りていくということは、諸記号の囲みのうちにいるということである。下位語彙的諸単位に向かって言語活動の深みのうちに入りこむため、われわれが顕示の次元から遠ざかれば遠ざかるほど、われわれは言語活動の閉鎖を実現させる。われわれが分析によって明らかにする諸単位は何も意味しない。それらは、たんなる結合の可能性にすぎない。それらは、何もいうものではなく、ただ結合させ、また分離させるだけなのである。しかしながら分析と統合間を往還する運動において、帰りは行きにひとしいわけではない。帰結において、諸要素から本文へ、詩全体にもどっていく過程において、文と単語の曲り角で、構造論的分析を排除する傾向をもつ問題が表面に出てくる。

論述（ディスクール）の次元に固有なこの問題性、それが「話すこと」なのである。われわれの会話内への話すことの突然の出現は言語活動のなぞそのものである。話すこととは、それを私は言語活動における開放、または開きとよぶ。（ポール・リクール「構造・言語・出来事」）

たしかに、「帰り」（上向）は、「行き」（下向）にひとしいわけではない。リクールは、階層それぞれを〝契機〟とするのではなく、それらの固有性を認めている。構造が超越論的還元によって見出されるものである以上、下位構造からの上向は、超越的であり、したがって、構造から「話すこと」への上向は、「突然の出現」としてみられるほかない。しかし、このような上向によって、構造言語学の限界を出、それなりに実りのある考察がなされていることは明らかだとしても、それがさきにのべたソシュール・マルクス的な困難を回避（かいひ）してしまっていることも明白である。後者にとっては、上位レベルへの移行を、「言語活動の謎」として片づけるのではなく、そのような移行＝超越の必然性を隠蔽としてて解きほぐすことが課題だからである。一方、リクールは、結局のところ想像力＝自由に「帰る」にすぎない。いいかえると、彼にとって「構造」は理論的な〝契機〟でしかなく、ヘーゲルと同様に〝自己意識〟――ヘーゲルとちがって絶対知にいたらず解釈学的不透過性にとどまるとしても――の超越性を再確認することに終ってしまう。

下位構造が上位によって媒介されたものだということから生じる「上向」の困難を回避しようとするとき、リクールとは別の方法がある。それは「下向」の終りに、超越論的な構造を見出すことである。このことは、ヤコブソンが、ソシュールをこえて、音韻を規制する二項対立的な弁別特性の束を見いだしたときにはじまる。構造が論理的な対立の束として超越論的なものに還元されるのであるならば、それはもはや上位に依存しないからだ。レヴィ゠ストロースは、それについてこう述べている。

音韻論は種々の社会科学に対して、たとえば核物理学が精密科学の全体に対して演じたのと同じ革新的な役割を演ぜずにいないのである。この革命的変化は、そのもっとも一般的な含みにおいて考えるとき、いかなる点にあるのだろうか。この問いに対する答えを提供するのは、音韻論の大家N・トルーベツコイのことばである。音韻論のプログラムをのべた雑誌論文のなかで、彼はこの学問の方法をほぼ四つの基本的なやり方に帰着させている。まず第一に、音韻論は意識的言語現象の研究からその無意識的な下部構造の研究へと移行する。それはまた項を独立した実体として扱うのを拒絶し、項と項の関係を分析の基礎とする。第三に、それは体系の概念を導入する。「現代の音韻論は音素がつねに体系の要素であることを明言するにとどまらず、具体的な音素体系を明示してその構造を明らかにする」のである。最後に音韻論は一般的法則の発見を目的とする。これらの法則は時には帰納によって発見されるが、「時には論理的に演繹され、そのことがそれらに絶対的な性格を与える」。

こうして、一つの社会科学が、はじめて必然的な関係を定式化するにいたったのである。これがトルーベツコイの最後の文章の意味であり、それに先立つ三つの規則は、この結果に達するために言語学はいかなるやり方をするべきかを示すものにほかならない。（『構造人類学』荒川幾男他訳）

レヴィ＝ストロースを震撼(しんかん)させたものが、音韻論における「一般的法則」とその「絶対的な性格」であったことはいうまでもない。こうして、彼は人類学において、その当事者の「意識」からはなれて、相異なる親族構造や神話がその組みかえにすぎないような基礎的構造（二項対立の束）を、普遍的・絶対的なものとして解明する。彼の見いだす「意識されない構造」は、実際は、「時には帰納的に」発見されるものであるためにあいまいさをまぬかれないが、基本的には、経験的な事実と無縁に見出される代数的構造である。[1] いいかえると、レヴィ＝ストロースは「下向」の終りに、数学的な超越論性を見いだすのであり、その「絶対的な性格」に立脚(りっきゃく)するのである。彼にとって、「上位」あるいは「上向」はもはや問題にならない。たとえば、各種族がその親族構造に対して与えている〝積極的な〟意味づけの多様性はいかにして〝生成〟するのかというようなことは、彼にとって問題ではなく、その底に普遍的な超越論的構造を見いだすことだけが問題なのである。彼は超越的な上位——そこに積極的・実体的な意味が出現する——を必要としないのであって、というのも構造がすでに超越論的なものだからである。ポール・リクールが、レヴィ＝ストロースを「超越論的主体なきカント主義」とよんだのは、そのためである。音韻論の与えた「革命的変化」は、しかし、人類学においてよりも、分子生物学においてもっと劇的にあらわれている。レヴィ＝ストロースの把握がついに検証しえない仮説の地位にとどまるのに対して、遺伝子における二項対立の束はそれが化学的物質として実証的なものであるだけに、「超越的主体なきカント主義」に客観的根拠を与えたかのようにみえる。たとえば、カントにおける先験的形式は、そこでは遺伝的なプログラムとして〝客観化〟されるのである。チョムスキーの普遍文法もそのような実体的基礎づけを与えられている。だが、それは、カントのいう先験的形式が数学にほかならなかったように、窮極的には、物質にではなく代数的構造の超越論性にもとづいている。

さきに私は、『幾何学の起源』におけるフッサールが、前科学的世界（生活世界・未開社会）そのものに超越論的なものを見いだすことによって、ヘーゲル的な「理性の目的論」に帰着したことを指摘した。もちろん、構造主義は目的論を拒絶するだろう。しかし、それはべつの意味で、〝絶対的〟な超越論性のなかに安住するのだ。これは、ホワイトヘッドがいうように、世界が構造的に可知的だという西欧に固有の「信念」の問題であって、「事実」の問題ではない。[2] しかし、いわば「数学者が世界を作った」かのようにみえるとしても、数学者自身はそのことに対して懐疑的である。

数学的構造は正確な枠組みと、便利な演算の手段を提供するが、しかし、人は我々が今学んだ構造について、その語彙とその「シンタックス」の乏しさにおどろかされるであろう、そして我々がこの類比を採用した意図もそこにある。自然言語のシンタックスの複雑さは、人間の諸科学の構造の豊かさと、数学者の構造の一般的な乏しさとの対照を示す極端な場合である。この対比から、数学的模型のきわめて大きな有効性は、それが適用される現象を、人間科学の中でまれにしか遭遇しないような単純さに還元するという犠牲をはらって得られているのだという事実が明らかになる。現実が複雑であるとき――物理科学の現実は一般にそうであるが――そのような現実の状態に数学が適用されるためには、その現実の問題になっているいくつかの特徴だけを保持している見地から、現実を見ることができねばならない。ところが、われわれは、社会科学の中では、一般的にいってそういった特徴を決定しうるような状態にはないのである。（マルク・バルビュ「数学における《構造》という言葉の意味について」伊東俊太郎訳）

逆にいえば、社会科学（生命科学も同様だ）がとりだす「構造」は、超越論的還元という犠牲によって可能なのであって、それは下向－上向の区別を不可避的にするのである。われわれは、リクールとレヴィ＝ストロースという互いに対立する方法において、彼らが本当は「上向」の困難を回避し、超越論的なものにそれぞれ依拠してしまっているのをみることができる。しかし、その両極からみれば、ソシュール的な「構造」がどのようなものかが浮き彫りにされるはずである。それは彼が「恣意性」と名づけた構造的多様体であって、下方に二項対立的な構造に還元されることもできないし、また上方に移行することが排除的統合化にほかならないような何かなのだ。だが、われわれはそれをポジティヴに提示することはけっしてできない。それはいつもネガティヴ（消極的）に提示されるほかない。

すでにいったように、われわれが見いだす構造は、目的論的な構えのなかにあるし、またそのようにしかわれわれは構造をとりだせない。このとき、ヘーゲルの弁証法的上向におけるように、下位構造がたんなる契機になってしまうのを拒むとすれば、下位構造がより複雑な過剰な多重構造だということを示さなければならない。しかし、構造がいつも下位構造として見いだされるものである以上、そのような多重構造を明証的に示すことはできない。かくて、明証的に論じようとするかぎりそのような構造を示すことができないと同時に、他方で、明証的な接近なしにそれを消極的に示すこともできないのである。

突破口はどこにあるのか？　言語学は構造論的な接近方法を与えることはできるが、それ自体からは、何も出てこない。哲学（現象学）も同様である。だが、ヘーゲル的な上向（発展）を批判しうる論理は、発展（統合化）が破綻に終るような症候例において自らあらわれる。たとえば、マルクスは恐慌や革命において、フロイトは神経症や夢において、ニーチェは宗教・道徳において、それぞれ上位への移行が隠蔽でしかないような病理学的症候を見いだした。彼らはそこから、ヘーゲル的な下向即上向においては単純化されてしまうほかない多重構造を想定したといえる。現象学と構造主義は、あるいは現象学的‐構造論的還元は、それ自体では、もはや刺激的なものではありえないし、結局は超越論的哲学に帰着するほかない。しかし、すくなくとも、それは、そこから〝反転〟しなければならないとしても、マルクス・ニーチェ・フロイトがもっていたものよりも精緻な理論的手段を与えていることは確かである。

註

（1）この点について、川田順造はレヴィ＝ストロースのあいまいさを指摘している。《レヴィ＝ストロースは仮説的なモデルとしての構造を設定するが、いつのまにかそのモデルが分析の対象と同一視されるというフォーテスの批判は、レヴィ＝ストロースの構造分析が含む根本的な問題点をするどくついている。人文科学の大部分で、「解釈」というものがもってきた運命を、レヴィ＝ストロースの構造分析は、正負いずれの面でも、かえってはっきりした形で示しているともいえるのである。仮説の検証ということをめぐってのレヴィ＝ストロース自身のあいまいさ、分析者の知的整合性がそのまま対象のもつ客観的性質と同一視されうるのかどうかという疑問までは、レヴィ＝ストロースのおびただしい業績のあとでもなお、消しさることができない。レヴィ＝ストロース自身のあいまいさは、彼が当事者によって「意識されない構造」に高い価値を与えていながら、研究者の「演繹的な」推論によってえられた解釈が当事者の解釈と一致することを、ばあいによっては、解釈の正しさの支えとしているという事実にあらわれている》（「人類学の視点と構造分析」）。

（2）　構造人類学であれ、分子生物学であれ、その「成果」の新しさにもかかわらず、それが本質的に示しているのは、理性というデカダンスである。ニーチェはいっている。《ソクラテスがやったように、理性を暴君にする必要があるときには、何か別のものが暴威をふるう危険が小さくはないにちがいない。合理性はその当時救い主であると推測されていたが、合理的であることは、ソクラテスにもその「患者たち」にも勝手にできることではなかった。——それはやむをえない de rigueur なことであり、それは彼らの最後の手段であった。ギリシャの全思索が合理性に身を投げかけた狂言は、ひそかに一つの困窮状態を示していた。すなわち、人は危険のうちにあり、ただ一つの選択しかもっていなかった、徹底的に没落するかそれとも——不条理なまでに合理的であるかのいずれかであった……。プラトン以降のギリシャの哲学者たちの道徳主義は病理学的に制約されている。彼らも同じく弁証法を尊重した。理性＝徳＝幸福とは、たんに人はソクラテスにまねて、暗い欲望に対して一つの日の光を——理性の日の光を永久に打ちたてなければならないということにほかならない。人はあらゆる犠牲をはらって、賢明、明晰、清澄とならなければならない。だが、本能に、無意識的なものに譲歩することは、いずれも、下降せしめる……》(「ソクラテスの問題」)。

第三章　知の遠近法

現象学的ｰ構造論的還元は、一つの見とおしを与えるとはいえ、それ自体一つの遠近法に閉じこめられている。すでにのべたように、「ラングは実在体ではなく、ただ語る主体のなかにしか存在しない」（ソシュール）が、ヤコブソンのいうように、「ラングのなかでの「語る主体」にとって、能記と所記は恣意的ではありえない。したがって、言語記号の恣意性・差異性をみるためには、相異なるラングをもってこなければならないが、もう一つのラングは「語る主体のなかに」存在するのではない以上、実はラングではない。われわれは二つの「ラング」を比較する立場に立つことはできないのだから、「言語には差異しかない」という構造論的還元に先立って、一つのラングにおける所記を超越的なものとして還元しなければならない。具体的にいうと、日本語の話し手は、犬は日本語でinuというが英語ではdogという、と考えるが、英語の話し手はdogは英語でdogというが日本語ではinuという、と考える。能記をともなわない所記をわれわれは考えられないからだ。それゆえに、言語記号の恣意性をいうためには、たんなる比較によってではなく、超越論的な所記をまずとり出さねばならない。言語の階層構造は、このような超越性によって可能なのである。

通時的視点においても同じである。それは個々の移り変わりをみるのではなく、体系としての変化をみるものであって、そこでは言語の進化（ソシュール）はやはり階層的・成層的なのである。この場合、われわれは現在のラングと過去のラングを〝比較〟することはできない。なぜなら、ラングは実在体ではないからだ。したがって、通時的視点においても、共時的視点においてあった諸問題がそのままあらわれる。言語学が現象学的‐構造論的還元によるものである以上、われわれはそれを避けることができないが、もはや言語学の内部ではそれを突破することができないのである。そこで、われわれは現象学的‐構造論的還元が与える見とおし（パースペクティヴ）ではなく、逆にそれを可能にすると同時に限界づけている遠近法（パースペクティヴ）を問題にすべきである。

1

われわれは深さ（深層）という考えになれている。マルクスやフロイト以後の諸科学は、深層あるいは奥に隠された構造の発見と名づけてもよいかのようにみえる。だが、まずわれわれはそのことの自明性を疑う必要がある。「深さ」はどのようにして存在するにいたったのか。ある時期から突然「深層」を問題にするにいたったのはいかにしてであるか。たとえば、プラトンにとって、われわれにはその影しかとらえられない〝隠された〟イデアは、けっして深層すなわち下方にあるのではなく、いわば〝上方〟にある。また、十八世紀西欧の知において、ひとびとは、空間的な分類に関心をもっており、「深層」を意識しなかった。はじめてわれわれの知の自明性を考古学的に疑ったルソーにおいても、彼のいう「自然状態」は「かつてあったこともなくこれからもあることはない」仮説であり、それは「深層」への関心ではない。深層（下方）に、あらわれとはちがった構造を見出そうとするわれわれの知の方向づけは、どこからくるのか。

この問いは、「深層」に何が見出されたか、またこれから何が見出されうるかという問いに先行されなければならない。たとえば、近代の遠近法が確立されるまでの絵画には、「奥行」がない。この奥行は、消失点作図法という、芸術的というよりは数学的な努力の過程で確立されたのであって、それは現実に、いいかえれば知覚にとって存在するのではなく、もっぱら〝作図上〟存在するのである。この作図法は、「幅・奥行・高さのすべての値をまったく一定した割合に変え、そうすることによってそれぞれの対象に、その固有の大きさと眼に対するその位置とに応じた見かけの大きさを一義的に確定する」（パノフスキー「〈象徴（シンボル）形式〉としての遠近法」木田元訳）。この遠近法空間に慣れるや否や、われわれはそれが〝作図上〟存在するということを忘れて、〝現実〟をそれまでの絵画がみていないかのように考えがちである。

同じことが「深層」についていえるはずである。深層は〝現実に〟あるいは〝知覚〟にとって存在するのではなく、やはり一つの遠近法的〝作図法〟において在らしめられたものなのだ。近代絵画における奥行は、一つの中心的な消失点に対する事物の配置において出現する。つまりわれわれに奥行を感じさせているのは、ある種の配置なのである。同様に、われわれに深層を感じさせているのも、ある種の配置なのだ。だが、いっそう「深層」を見きわめようとする知の方向が、そうした遠近法的配置にもとづいていることは忘却されてしまっている。マルクスやフロイトの仕事を「深層の発見」として位置づけてしまうとき、実は、われわれは深層を在らしめている遠近法的配置を温存し強化し、彼らの仕事――それはいわばこの配置を非中心化することにあった――を封殺してしまうことにしかならない。

絵画における遠近法への反撥は、遠近法における「等質的空間」が作図によって与えられたものであり、あるいは、「すべての空間点から出発して、あらゆる位置、あらゆる方向に同じ作図がおこなわれうる」という幾何学的要請によって存するものであって、直接的な知覚空間と乖離しているという意識にはじまっている。キュービズムや表現主義としてあらわれた反遠近法の動きは、おそらく、哲学における知覚または身体に対する現象学的な注視に対応しているといってよい。

パノフスキーはこうのべている。

正確な遠近法的作図は、精神生理学的空間のこうした構造を原理的に捨象している。直接の空間体系がなんら知ることのないあの等質性と無限性とを空間描写において現実化し、精神生理学的空間をいわば数学的空間に変換するということは、たんにその結果ではなく、それこそがその規定なのである。かくて、正確な遠近法的作図は、前と後、右と左、物体と空隙（空虚な空間）の区別を否定し、空間部分と空間内容の総体をただ一つの「連続量（クワントゥム・コンティヌウム）」に解消してしまう。この遠近法は、われわれが固定して一つの眼で見るのではなく、つねに動いている二つの眼で見ており、そのため「視野」が球面状になるという事実を見落している。この遠近法は、可視的世界がわれわれに意識される際の心理学的に条件づけられた「視像」と、われわれの物理的な眼球に描かれる機械的に条件づけられた「網膜像」との重大な区別を考慮にいれていない。

パノフスキーがいうように、近代遠近法の空間はデカルト的空間であるが、それに対する批判が、それと知覚空間との*ずれ*への注視から生じていることは、何を意味するだろうか。あるいは、哲学において、現象学が近代認識論の主観－客観という遠近法（パースペクティヴ）を批判したとき、ある場合にはハイデッガーのように現存在分析・存在論へ、ある場合はメルロー＝ポンティのように知覚論・身体論へいたろうとしたことは、何を意味するのか。われわれは、平行するこうした運動を、けっして「深層」への探求と混同してはならないのだが、実際には、それらは「深層」への探求として受けとめられている。というのは、知覚空間を見きわめようとする現象学は、それを「主観性」への沈潜によってなすというパラドックスをもっており、その構え自体が遠近法的配置をもっているために、「深さ」を不可避的に現出させるからである。キュービズムまたは現象学の出現は、それまで奥行や深さを与えていた配置を、奥行や深さとしてでなく配置そのものとしてみることにあったにもかかわらず、それが再び「深層」を生みだすような配置に帰結してしまわざるをえなかったのである。「奥行」としてであろうと、「深層」としてであろうと、われわれは依然として強固な遠近法に支配されている。

2

このような遠近法はどのようにして出現したのか。われわれはそれをもう一度美術において考察してみよう。まず取りのぞくべき偏見は、古典古代、あるいは日本（東洋）、未開社会などにおいて遠近法が欠けているという見方である。その偏見は、西欧にあらわれた近代遠近法自体が与えたものにすぎない。したがって、問うべきことは、遠近法一般ではなく、ある特定の遠近法がいかにして出現したかということになる。

パノフスキーは、近代遠近法が、古典古代の遠近法の延長または再生（ルネッサンス）としてではなく、それに対する完全な拒否、すなわち中世美術からしか出てこないことを指摘している。古典古代の遠近法には、あの「等質的空間」が存在しない。《古典古代の芸術は、純粋な立体芸術であった。これは、たんに見えるというだけではなく、手でつかむこともできるようなものだけを芸術的現実と認めるのであり、また素材の上でも三次元を占め、機能や均衡の上でも固体として規定されており、したがってつねになんらかの仕方で擬人化されている個別的要素を、しかも絵画的に空間的統一体に結びつけるのではなく、建築的ないし彫塑的に群構造に組み上げるものであった》(パノフスキー)。

古典古代の美術において、個物が「空間」とはべつにあった、あるいは諸個物が不均等な空間に属していたとすれば、中世美術はそれら個物の実在性をいったん解体し、平面の「空間的統一体」のなかに統合する。ここにおける世界は「等質的な連続体」に改造される。それは「測定不可能」で「無次元的な流動体」であるが、測定可能な近代の体系空間はそこからのみ出現しうるのである。《芸術がこのような単に無限で「等質的」だというだけでなく、また「等方的」でもある体系空間を獲得するということが(後期ヘレニズム-ローマ期の絵画がどれほど見せかけの近代性をもっていたにしても、やはり)どれほどまで中世の展開を前提として必要としているかも、明らかに見てとれよう。というのも、中世の「大規模様式」によってはじめて、表現基本の等質性もつくり出されたのであってこの等質性がなければ空間の無限性のみならず、その方位に関する無差別性も思い描かれえなかっただろうからである》（パノフスキー）。

逆説的なことは、近代遠近法における「奥行」が、いったん古典古代的な奥行が否定されることによってしか出てこなかったということである。古典古代において、プラトンは、遠近法は事物の「真の大きさ」を歪め、現実やノモスのかわりに主観的な仮象（かしょう）や恣意をもちだすという理由で、それを否定していた。遠近法を斥ける中世の「体系空間」は、いうならば、「知覚空間」を拒絶するプラトニズム-キリスト教的な形而上学のなかで形成されるのである。

そうだとすれば、測定可能な近代空間、奥行、あるいは認識論的な遠近法（パースペクティヴ）は、プラトニズム-キリスト教的な形而上学に対立するのではなく、まさにそれにもとづいていることが明らかとなる。ある意味では、パノフスキーのいう古典古代の遠近法は、プレソクラティックスに対応しているといえる。その観点からみれば、ハイデッガーがいう、プラトン以後の「存在喪失（そんざいそうしつ）」と「世界像の時代」なるものは、「知覚空間」が隠蔽（いんぺい）されたことに対応している。だが、西欧の形而上学にかんするハイデッガーの思想史的展望（パースペクティヴ）――それまでの哲学史的パースペクティヴを解体する――は、直接に古代に向かうのではなく、現象学的な「現存在分析」によって切りひらかれるほかないのである。

ここで、あらためて注意すべきことは、デカルト的な認識論的パースペクティヴへの批判、つまり「奥行の形而上学」への批判が、きまって「深さの形而上学」に転化してしまうことである。一般にハイデッガーに対する読解もまたそれをまぬかれていない。したがって、問題は、「深さ」を感じさせる一つの遠近法的配置がいかなるものであり、いかにして生じたかということである。

3

「深層」の心理学は、フロイトの精神分析とともにはじまるといってよいのだろうか。ミシェル・フーコーは、フロイトが十八世紀の古典主義的な「理性と狂気」の分割に対して、狂気を言語の次元でふたたびとりあげ、「非理性との対話の可能性」を復活させたという。ただフロイトは、医師と病人という、「分割」は解消しえなかったとしても。しかし、フロイトによる「深層の発見」——それが理性と狂気の「分割」を融合するかのようにみえる——をいうまえに、つぎの点をみておかねばならない。フーコーがいうように、十八世紀における「分割」は文字どおり空間的な排除(はいじょ)・監禁(かんきん)として生じている。この「分割」において注目すべきことは、狂気または狂人がもはや、〝聖なる次元〟に属さないということ、したがって「分割」は理性と狂気がすでに等質の空間にあるがゆえに可能だったのだという点である。古典古代にも、中世にも、理性と狂気の区別はある。しかし、それが空間的な「分割」となるためには、均質な空間が前提として必要なのである。あるいはこういってもよい。狂人が異質な場所に隔離(かくり)されるためには、狂人がもはや〝異質な次元〟に属するのではなく、ただの〝人間〟であることが認知されていなければならない。つまり、この「分割」は、一つの遠近法にほかならないのである。
フロイトが、それに対してやったことは何だろうか。さしあたって、精神分析として一般にみなされている理論においては、狂気とは、ある発達史的な段階における統合化の挫折の結果、より低次の段階にとどまる（退行する）ことである。このことは、いわば、狂気が alien なものとして排除されていた十八世紀的な「空間」を、いわば時間的なものとして階層化することである。しかし、それは実はヘーゲルによってすでに考えられている。ヘーゲルは狂気を異質なものとして排除するのではなく、それを低次の階層レベルへの固執または自律としてとらえたのである。

肉体的病気は個体的生命の一般的調和に対して或る器官または或る組織が固定化することのなかに存立している。そしてこのような障害および分離は時にはたいへん広範に進展する。それで、或る組織の活動が、有機体のその他の活動を自己のなかへ集中させるある中心点、すなわちふくれ上がるこぶになる。ちょうどそれと同じように、心的生活においてもまた、もし有機体におけるたんに心的なものが精神的意識の強力から独立しつつ、精神的意識の機能を僭称するならば、そのときは病気が生ずるのである。それからまた、精神が自分に所属する心的なものに対する支配をうしなうことによって、自分自身を支配することができないでおり、かえって自分自身が心的なものの形式に沈下し、且つそのことによって自分が現実的世界に対してもっている関係——健全な精神にとって本質的な客観的関係、すなわち外面的に措定されたものの廃棄によって媒介された関係——を放棄する場合にも、心的生活のなかに病気が生ずる。心的なものが精神に対して独立的になり、且つその上精神の機能を自分の方へ引き寄せること——このことの可能性は、心的なものが自体において（潜勢的に）精神と同一であると同様に、精神から区別されているということのなかにふくまれている。心的なものは自己を精神から分離し、自己を独立的に措定することによって、自分に自分が精神の真実態——すなわち一般性の形式において独立的に存在する心——であるという仮象を与える。（「精神哲学」船山信一訳）

ヘーゲルの階層体系においては、「病」は一般に、低次の形式がそこにとどまったままで自律してしまうことである。[1] そこでは、狂気がそれ自体としては正常な段階（契機）とみなされるだけでなく、「理性」もそれがより高次の段階に対して自律しようとするとき——カント＝ロベスピエール的なラディカリズムのように——、疾病とみなされる。こうして、ヘーゲルは理性と非理性を対立させるのではなく、理性がそのまま非理性でありうるという視点をとりえたのである。むろん、超越的な「上位」を前提することによって。

右の文のなかで、ヘーゲルは、心的なものが「精神的意識の機能を僭称(せんしょう)する」ことによって、「精神の真実態であるという仮象を与える」ことを、狂気とよんでいる。このことは、いいかえれば、心的なものが一つの記号論的配置として〝仮象〟としての中心化をもちうるということを認めることである。つまり、ニーチェのいう「多数の主観」の可能性を認めるということである。ヘーゲルがカントのいう「自己意識の先験的統一」を批判するのはここにおいてであるといってもよい。デカルトが、かりに狂気であったとしてもコギト的主観性があるといったのに似た意味で、カント的な「先験的統一」はそのまま狂気でありうるからである。《カントが先験的（transzendental）という言葉のもとに何を理解しているかは、超越的（transzendent）という言葉との区別を考えてみれば明らかになる。（中略）有限な素材によって規定されている普通の意識とはちがって、自己同一でかつ自己のうちで無限であるところの自己意識もまた、このような超越的なものである。しかしカントはこの自己意識の同一をたんに先験的とよび、そしてそれに、自己意識の同一はたんに主観的なものであって、自体的に存在する対象そのものには属さないという意味をもたせているのである》（ヘーゲル「小論理学」松村一人訳）。

したがって、病を低次の形式の「独立」とみるヘーゲルの視座(パースペクティヴ)は、超越論的なものを前提している。一般に、フロイト主義、あるいは治療としての精神分析は、ある意味でのヘーゲル主義に帰着するほかない。とりわけ、フロイトの理論をエディプス・コンプレクスあるいは性的解釈への固執から解放し、「アイデンティティの危機と克服」を生の諸段階に見ようとしたエリック・エリクソンの場合は、まったくヘーゲル的なものである。ただそこでは、もはやヘーゲルが忘れられており、同時に、そうした階層的遠近法を可能にするのが一つの形而上学であることが忘れられている。

精神分析が治療であるかぎりは、医者が、発展（統合化）に挫折した患者をあらためて統合化に立ち向かわせることである。しかし、すくなくともフロイトにとって、精神分析が「治療」であったかどうかは疑わしいといわねばならない。精神病理学的な「治療」は狂気を異質な空間に属するものとしてではなく、さらに、空間的に排除・監禁さるべきものとしてでもなく、「下位」に属するものとして階層化することによってはじめて出現する。フロイトがそれを開始したのではないし、また彼が「深層」を発見したのでもない。彼のやったことは、むしろそのような階層的遠近法の拒絶である。それは彼がブロイアーの催眠療法からはなれて自由連想法をとったことに示されているといってよい。つまり、フロイトは「深層」のかわりに、自由連想または夢において表層的にあらわれる情報の連合と統合の配置に注目したのだ。「無意識」とよばれるものは、われわれの「意識」の遠近法的配置（線的論理）において、無意味・不条理として排除される「表層」的配置である。アイロニカルなことは、さきにものべたように、フロイトの本質的な新しさが「深層」の拒否にあったにもかかわらず、「深層」の発見者とみなされてしまったことである。

4

リンネの分類表がなければ、ダーウィンの進化論はありえなかっただろうと、レヴィ＝ストロースはいっている。だが、もし空間的に表示された系統樹的なツリーがダーウィンによって歴史化（時間化）されたのだとすれば、なぜそれは可能だったのか。たとえば、なぜアリストテレスの分類表からそのような変換は生じえないのか。重要なのは、したがって、リンネとダーウィンの差異よりも、アリストテレスとリンネの差異だというべきである。アリストテレスにとって、個物は異質な場所（トポス）に属しているのに対して、すでにリンネは「均質空間」を前提している。具体的にいえば、比較解剖学による新たな分類表こそが、ダーウィンによる変換を可能にしたのである。

比較言語学からのソシュールへの転換を、比較解剖学からのダーウィンへの転換とアナロジカルに見るジョナサン・カラーは、つぎのようにいっている。

比較解剖学は、博物学が生物学となった変換を主導して、探究を生命体の内容の組織的構造へと指し向けた。植物や動物はそこでは、彼らの有機体が呼吸、増殖、消化、運動、循環のような基礎的機能を充たす、いろいろな方法を視点として互いに関係づけることができた。これらの関係は、次に、歴史的な分類の産出へと導いた。すなわち、それは進化の図式であって、この図式においては、比較によって啓示された、それぞれの種の有機的体系の差異をいっしょにし、説明するために、歴史という観念を用いることができた。

十九世紀初期の言語学と生物学とのあいだの共通地盤は、次のものである。両者ともに、十八世紀の探究を促進した虚構的な歴史的連続性と袂を分かつことに携っていた。本来の歴史を行なう唯一の道はまず最初に歴史と縁を切り、個々の言語あるいは種を、全体として記述し、互いに比較することのできる自律的な存在体として扱うことであった。その後で、これらの個々の有機体を設定した上で、歴史を再発見（ただし、新しいレベルで）することが可能になった。生物体は、基礎的機能を充たす方法を発見する有機体として分析されたとき、生物体に歴史をもつことを可能にする諸条件を視点にしてから分析されたのである。そのことはすなわち、有機体の、あるいは種の歴史は、これらの基礎的機能が充たされる仕方の物語、それが存在を維持するために蒙る変化の物語となる。要素的機能が、歴史的連鎖の基礎となる。こうして、比較解剖学の非歴史的な研究が、ダーウィンの進化理論を可能にしたものである。（「ソシュール」川本茂雄訳）

しかし、われわれが問題にしてきたのは、そのような「変換」自体よりも、それを可能にする基本的な遠近法的配置なのである。十八世紀における「歴史」はまだ水平的な奥行の遠近法に属している。いわば彼らは「成層」としての歴史を知らない。だが、十九世紀において生じたのは、けっしてそれの時間的変容ではなく、奥行の遠近法から深さの遠近法への変容、いいかえれば遠近から上下への変容なのである。そして、そこにおいて、いわば共時的な階層と通時的な階層が相互に変換しうる地平が成立する。われわれはそこに属している。

たとえば、生物学、化学、物理学、核物理学という階層体系は、いつも進化論的な順序に変換されている。あらたな素粒子の下位構造はただちに「宇宙の進化」に関する説明を変える。つまり共時的な下向がいつも歴史的な説明に変換される。それだけではない。共時的な探究もまた宇宙線のような〝歴史的〟資料にもとづくのである。現代の自然科学を支えているのは、いわば時空変換が可能であるかのような地平なのであり、厳密にいえばそのような遠近法的配置なのである。それは、基本的には、フッサールがガリレオにおいてみたように、解析幾何学的な座標空間においてはじまっている。[2]

たとえば、子供のころから地質学に魅かれていたというレヴィ＝ストロースは、こういっている。《私がフロイトの一連の理論に接したとき、それらの理論は、地質学が規範を示している方法の、個々の人間への適用であるように思われたのは、まったく自然なことであった。（中略）歴史学のとりあつかう歴史とは異なり、地質学者の対象とする歴史も、精神分析学者のそれも、時間のなかに、物理的、心理的世界の基礎をなしているいくつかの財産を、活人画にいくらか似たやり方で、投影しようとするのである》(「悲しき熱帯」川田順造訳)。この意味では、地質学が時空変換のための「規範を示している」。しかし、われわれの問題は、地質学によって可能になった諸発見ではなく、地質学を可能にしたものなのである。

5

ところで、さきに深層心理学についてのべたように、ダーウィンのリンネからの生物学上の転換に先立って、やはりヘーゲルが、共時的な階層体系と通時的な階層体系の相互変換が可能であるような地平に「論理学」を築いている。実際に、ヘーゲルは、物理学、化学、生命といった階層レベルを設定し、それを認識の発展(進化)であると同時に事柄の発展(進化)でもあるというふうに叙述している。

ヘーゲルの「歴史」は、しかし、非歴史的なカントから出てくるのである。ごく大ざっぱにいえば、カントにおいて併列的にふりわけられていた、物理学(純粋理性批判)、生物学(判断力批判)、精神(実践理性批判)という分類が、ヘーゲルにおいて成層化されたのである。したがって、ヘーゲルにおける「歴史」は、むしろ歴史を拒絶する共時的な階層化からのみ出てくる。そのことは、彼が『歴史哲学』において、「根本的歴史(資料的歴史)」と「反省的歴史」——後者はさらに「一般史」、「実用的歴史」、「批判的歴史」

に分けられる――を批判してのべていることからも明らかである。ヘーゲルがルソーを批判する点は、ルソーが成層としての歴史を理解していないということにほかならない。

　われわれは、たんにヘーゲルが神学的な思弁を歴史的事実におしつけたということはできない。すくなくとも、「構造」としての歴史という視点は、いわゆる歴史（物語）や年代記を切断することによって可能だったのである。ヘーゲルの「世界史」において、相異なる文化圏が互いに併存し交通しあうことによって形成されてきた歴史が、階層的な発展としてとらえられているのは、また西ヨーロッパ中心主義的にとらえられているのは、奇妙且つ独断的にみえるかもしれない。しかし、階層的な構造としての歴史は、したがってまた、流れるものではなく「作られたもの」としての歴史は、そのような遠近法によってのみ可能なのである。たとえばマルクスによるヘーゲルの「歴史」への批判はむしろそれに即した内在的批判であるほかない。経済的な「構造」によってそれをおきかえるだけではなく、『資本論』におけるようなヘーゲルの論理学（弁証法）への批判としてなされるほかない。

　ヘーゲルにおいて、歴史が論理学的であり、論理学が歴史的であるということは、一方からいえば、彼が新たな「歴史」を見出したことであり、他方からいえば、新たな「論理」を見出したことである。だが、この二つは分離できない。というよりも、それらの相互変換を可能にする地平がヘーゲルにおいて成立しているのである。むろんそれは一つの遠近法的配置であって、基本的にはそれは神学的・プラトニックなものである。ヘーゲルの弁証法を斥けるときの「根拠」は、ポジティヴな科学ではありえない。なぜなら、後者こそすでにそこに属しているからである。

現代の科学（知）はそれを忘れてしまう。むしろヘーゲルは、このような階層化が超越性の問題をはらまずにいないことを自覚していた。ヘーゲルにとって、始元は結果（終り＝目的）に媒介されている。それは、たとえば、共時的な階層構造において、下位構造は上位構造によって媒介されているといいかえてもよい。したがって、下位から上位への「発展」は循環的であるほかない。フロイトは、「われわれの知識はつねに意識と結びついている。無意識ですら、われわれはそれを意識に変換することによってのみ知ることができる」（「自我とエス」）とのべている。無意識とは、それが在るとすれば、つねに結果から見出される下位構造である。したがって、「深層」をポジティヴ（積極的・実証的）にみとめるかぎり、つまり、上位－下位の階層において考えるかぎり、ヘーゲルが弁証法的に解決しようとした困難をこえてはいない。フロイトの新しさは、すでにのべたように、階層的なパースペクティヴを揺るがそうとしたところにある。たとえば、彼は『トーテムとタブー』において、いわば共時的に見出されるエディプス・コンプレクスを原始時代の「父殺し」に転化する。おそらくそれは歴史的「事実」に反してさえいるだろう。この奇妙な理論において重要なのは、エディプス・コンプレクスでもなければ、原始時代の「父殺し」でもない。われわれが読むべきなのは、それがヘーゲル的な配置をどれだけ揺るがしえているかということである。

　ダーウィンは、生物における種の階層に関してだけであるが、終り＝目的（エンド）からみられた「発展」をくつがえそうとした。彼がとったのは、非目的的・非方向的な突然変異と、変異体が適合し新たな生態系において均衡化される自然選択という二段階、というより二軸による説明であった。言語学的にいいかえれば、この説明においては、連合関係（パラディグム）（突然変異）と統合関係（シンタグム）（自然選択）の両軸がとり出されているといってよい。それは、すでに比較解剖学によって、相異なる種が機能的要素のレベルに還元されていたから可能だった。むろんここで重要なのは、連合関係（突然変異）であってそれが目的論を破るのである。にもかかわらず、ダーウィンは上位－下位という系統樹的な階層構造のなかで考えている。それだけはすこしも疑われていないのである。

　精神・生命・化学・物理学……といった階層構造を共時的に探究している科学者は、たとえばジャック・モノーがそうであるように、それらを通時的に変換するとき、結局はダーウィン的な進化論をとる。だが、それによって「弁証法」を追放するということはできない。たとえば、それが自己意識を進化論的に説明しえたと思いこむとき、そのような問いと答えを可能にする「自己意識」はカッコに入れられている。ヘーゲルのようにいっそ自己意識の超越性をみとめるのでないかぎり、それは背理に陥いらざるをえない。

われわれにとっての問題は、ヘーゲル的な進化論（弁証法）をとるか、ダーウィン的な進化論をとるかというようなことではない。それらはいずれも「説明」であって、「深さ」の遠近法こそがそれらを要求するのだ。さしあたって必要なのは、それらの「問い」と「答え」をすりぬけること、弁証法であれ進化論であれ、それらを不可避的に要求する遠近法的配置を注視することである。

註

（1）ヤコブソンは、失語症を、「相似性の異常」と「隣接性の異常」という二つの軸からつぎのようにのべている。

《失語症の種類は実に多く、さまざまであるが、すべて以上に記述した両極の型のあいだを揺れ動く。失語症性障害のすべての形式が、選択と代置の能力か、あるいは結合と結構の能力かの、多少ともひどい損傷に存する。前者はメタ言語的操作の退化をきたし、後者は言語単位の階層を維持する能力を損なう。相似性の関係が前者の、隣接性の関係が後者の型の失語症で抑止される。隠喩は相似性の異常と、換喩は隣接性の異常と、相容れない》（ヤコブソン「一般言語学」川本茂雄監修）。

こうしてみると、ヘーゲルにおける「病」がいわば「隣接性の異常」であることがわかる。すなわち、ヘーゲルの弁証法は、統合関係（シンタグム）の軸に関するものなのである。この点に関しては、中村雄二郎『共通感覚論』がすでに指摘している。

（2）ベルグソンはアインシュタインのいう「時間」がまだ空間的なものでしかないことを批判している。彼は相対性理論を理解できなかったといわれているが、しかし、アインシュタインの時空概念は、基本的にガリレオによる解析幾何学の導入の延長である。ベルグソンは、そのような「時間」にも「場所」にも異議をとなえたのである。それは、一言でいえば、均質な時空（量的差異）に対して、質的な差異を見出すことであった。

第四章　時と場所

近代遠近法がおおいかくすのは、アリストテレスの言葉でいえば、場所(トポス)と時(クロノス)だということができる。フッサールの現象学(げんしょうがく)やベルグソンの直観は、それを見出すための方法的な仕かけにほかならない。たしかに現象学的方法によって「生きられる空間」（ボルノー）や「生きられる時間」（ミンコフスキー）が開示されるだろう。しかし、現象学を、それによって「世界の共同主観的存在構造」を基礎づけうるものとみなすべきではない。現象学は哲学的な厳密さを追求する過程で、より厳密なものとして出てきたのではない。現象学的方法それ自体を促したのは、西洋的な「知」への異和である。それはどこからくるか。それは西洋の「知」を外からみることであるようにみえる。しかし、この「外」をなにか実体的な空間とみてはならない。この異和は、むしろ内から生じるといった方がよい。われわれは、そのような差異化を「場所」としてみ、したがってまた、そのような「場所」を差異化としてみるだろう。たとえば、マルクスがドイツ・イデオロギーをイデオロギーとしてみる「場所」は、ドイツの「外」であるが、それはむろんフランスやイギリスではないし、また、普遍的な「立場」ではない。

現象学もまた「立場」ではない。おそらくメルロー＝ポンティはそのことを最もよく理解していた。彼にとって、現象学は、「一つの学説とか体系であるより前に一つの運動」なのであり、現象学的還元は、世界の実在を素朴に信ずる「自然的態度」の排除であるどころか、いつもすでにそこにある「世界」を見出すための一歩後退にほかならない。このことは、しかし、現象学が「生きられる空間・時間」を見出す方法として特権化されることを意味するのではなく、現象学的な「運動」が哲学者の意志に帰結されることを意味するのではない。現象学的な「運動」は、それが見出す当の「世界」が強いるのであるから。いいかえれば、近代科学、あるいは自然的態度への疑いをよびおこすのは、差異化としての場所なのである。これは悪しき循環論ではない。viciousなのは、この循環から脱出しうるかのような「立場」なのだ。それは、より深いところでの基礎づけといわれるだろうが、再びわれわれをメタ・フィジックスに追いやるだけである。

われわれはここでそのような「場所（トポス）」および「時（クロノス）」について考えてみよう。この場合、現象学的に知覚または身体に焦点をあてるという方法をとらない。そうしない理由はいずれ明らかになる。われわれがとりあげたいのは、ソシュールの共時性という概念である。共時性（シンクロニー）とはいかなるものなのだろうか。まずそれは同時性ではありえない。たとえば、レヴィ＝ストロースの親族構造の分析において、実際は何世代（何十年）もかかるような事柄が共時的といわれている。つまり、共時性は瞬間ではなく、〝客観的〟には不確定なある〝幅〟をもっているわけである。実はこのようにいうとき、われわれは測定可能な空間の如きものとして時間をとらえているのだが、共時性はそのような時間とは異質なレベルにある。さしあたっていえることは、共時性が、われわれがふつうに考えている時間とは異質なものとしての時（クロノス）にかかわるということである。

ソシュールは、通時性と共時性をまるでx軸とy軸であるかのように図示している。いいかえれば、共時性が通時的な線の瞬間的な切断面であるかのように。こうした図示および説明は、ソシュール自身が考えていることとは背反するのだが、事実上それはわれわれの「自然的態度」および自然科学に合致するために当然の如く受けとられている。この結果、通時性と共時性が対立させられ、また、共時的な構造と通時的な歴史が対立させられ、したがってまたそれらをどうつなぎあわせるかという「問題」が立てられる始末である。こういう問題は、共時性の概念をつきつめて考えるとけっして出てくるはずがない「にせの問題」（ベルグソン）にすぎないのである。こうした誤解は、ソシュール自身の説明によるというよりも、彼が彼自身の考えていた「時」の概念をうまく説明できなかったことによる。しかし、このことの困難さは、ソシュールの「沈黙」とつながっているのであって、雄弁な言語学者は、それを切りすててしまったところに、科学としての言語学を築いたのである。

われわれが時間と区別して時とよぶものは大きさをもつものではなく、ある体系から次の体系への変化においてのみ見出される。ソシュールが歴史的言語学に対して共時的な体系を主張したのは、前者の「時間」とは異なる「時」をみようとしたからである。

ところで、そのような「時」について考えるとき、示唆的なのはアリストテレスの時間論である。彼はつぎのように考えている。《時をわれわれが認識するのは、ただわれわれが運動を、その前と後の別を知りながら限定したときである。そしてまた、われわれが「時がたった」と言うのは、われわれが運動における前と後との知覚をもつときである。ところで、われわれが前と後を識別するのは、それらをお互いに他のものであると判断し、それらの中間にそれらとは異なるなにものかがあると判断することによってである》（『自然学』）。

時間は「前と後」の区別（差異）にあるというアリストテレスの考えは、認識論的な観点で読まれてはならない。すなわち、時間は主観的に把握されるというふうに読んではならない。彼は認識論的な構えとは無縁だからだ。アリストテレスの課題は、事物の存在し生成し運動する原因（原理）を知ることであり、しかもプラトンのようにその事物をイデアに関係させることをしりぞけ、その事物をそれに内在する構成要素の結合・転化として理解することであった。そうだとすれば、時間はある結合状態（体系）ともう一つの結合状態（体系）の区別において、「それらの中間にそれらとは異なるなにものかがあると判断すること」によって在るといってよい。

しかし、実は「中間」は存在しない。このことを理解するためには、アリストテレスが場所（トポス）について独得の考え方をしていたことを知っておく必要がある。アリストテレスのいう時（クロノス）は、われわれの考える時間がいつも空間的に考えられているのと同じように、場所的に考えられているからである。

アリストテレスの場所論は、デモクリトスや自然学者が考えた「空間」（空虚（くうきょ）な空間）やゼノンの背理に示されるような分割可能な「空間」がおちいる困難とすでに対決したところで考えられている。ベルグソンがいうように、アリストテレスは、「空間」を「場所」にかえることで、「空間」の問題そのものをいったん片づけてしまったのである。だが、われわれが近代科学の「空間」を疑うとき参考になるのは、それが否定してきたアリストテレスの「場所」である。

アリストテレスによれば、場所は、質料でもなければ、形相でもなく、また事物をとりのぞいたあとに残ると思われる空虚な空間でもない。また、事物と事物のあいだのすきまでもなく、事物から独立してあるものでもない。また場所は大きさ・広がりをもたない。場所は、事物を「包むものの内側の境界であり表面である」。われわれはこれをどう〝読む〟べきだろうか。ベルグソンはその学位論文のなかでつぎのようにいう。《われわれは、空虚で無限定な空間のかわりに、ただ大きさによって規定された場所をもつことになる。（中略）このことからわれわれは、アリストテレスの場所は物体以前に存在するものではなく、物体からあるいは物体の秩序と配置から生ずると結論することができる》（「アリストテレスの場所論」）。

場所は、それゆえに、事物に先行するのではなく、事物の配置とともに生じる境界性あるいは差異性である。すでにいったように、場所は、客観的なものであるか主観的形式であるかというようなレベルで考えられない。もちろんわれわれはソシュールにならって、このような場所をランガージュとしてみることができる。だが、そのためには、逆に、言語こそ場所においてみられなければならないだろう。事実、ソシュールが意味をシニフィアンとシニフィアンの差異に、すなわちあいだにみようとするとき、このあいだは空間ではなく、場所なのである。「意味」はそれから独立してあるのではなく、シニフィアンの形成する配置によって生じる。

さきにのべたように、われわれが時間を空間的に考えているのだとすれば、アリストテレスはそれを場所的に考えている。すなわちそれが時（クロノス）である。すると、時が「前と後」の区別によってあるという場合、それはある結合状態（体系）ともう一つの結合状態（体系）のすきまにあるのではないこと、時は長さをもつのではないことが明らかとなる。ソシュールが考えていたのは、おそらくそのような「時」なのである。時は差異化なのだ。

われわれはこれを微分化（differentiation）と混同しないようにしなければならない。「時間」は微分化されるが、「時」は差異化そのものだからだ。

共時的方法は、このような前後としての「時」をみおとしたとき、たんに自然科学的なものとなる。たとえば、ソシュールの共時的分析がとりだすのは、関係の体系だといわれる。しかし、そのような認識は自然科学においてはありふれたものであって、弁証法的唯物論も、一般システム理論もそれをふまえている。事実ベルタランフィは「構造主義」をそのようなものとしてとりこんでいる。

だが、ソシュールの認識は基本的にそのような考えをしりぞけるものである。彼にとっては、前後としての時が決定的に重要なのだ。たとえば、あるシステムから次のシステムへの変化をみるという場合、それは順序であるとしても前後ではない。それゆえシステム理論はそれを不可逆性としてみ、エントロピーの概念によって基礎づけようとする。たとえば、渡辺慧はつぎのようにいっている。

のみならず、エントロピーは時間とともに漸次増大するのではなく、観測の瞬間に飛躍的に増加することに注目すべきである。エントロピーは、観測の前より後の方が必ず大きいのである。ところで、ここにいう前とか後というのは時間の経過についていっているのではない。それは単に認識の発展における順序に関していわれているのである。

> すなわち、ここでは、心的時間の方向が問題となっているのである。
>
> 物理的時間それ自身、すなわち物理学の方程式にあらわれる変数としての時間は、空間の直線に比較することができる。それは、二つの向きに区別がつかないという点においてである。もし人が、自然現象に特権ある向きを見出すとするならば、すなわち、物理的時間がその流れに一方通行があるごとく見えるならば、それは彼が観測の過程により、彼自身の意識の流れを自然に投射して、それを見ているからにほかならない。かくて、現代物理学は、心理的時間と物理的時間との間の見失われた連関を再発見する。その連関は観測者と被観測者との間の相互的作用なる観測行為により設立されるところのものにほかならない。（渡辺慧「時」）

われわれが考えている前後としての「時」はこのようなものではない。可逆性と不可逆性を問題にしているのではない。一言でいえば、われわれは「前」と「後」を同時にみることができないということ、そこに「時」の問題がある。このことをいわば空間的に考えてみよう。たとえば、ソシュールはフランス語ならフランス語を一つのラング（体系）としてみる。そのとき、実際彼がそうしたように、英語つまり外国語が前提されている。しかし、彼は二つのラング（体系）を〝比較〟したのだろうか。つまり、彼は二つのラングを比べうる地点に立ったのだろうか。まったくそうではない。一見すると、彼は諸言語（ラング）を比較することによって言語の恣意性を「証明」しているようにみえるけれども、実はそうではない。前に私は、一ラングにおいては能記と所記は分離しえないという、ヤコブソンの批判をとりあげた。それはまた、他のラングと比較することによってもできない。なぜなら、「ラングは実在体ではなく、ただ語る主体のなかにしか存在しない」(ソシュール)からである。このことは完全なバイリンガルの場合でも同じである。われわれは二つのラングを同時にもつことはない。にもかかわらず、能記と所記の必然的な結合を恣意的なものとみなすような「場所」はどこにあるか。どこにもないだろう。これはこの章の冒頭でのべた現象学を生みだす「場所」と同じことである。いいかえると、ソシュールは「外」から一ラングをみているかのように見えるが、けっして「外」の空間に立っているのではない。彼にとっては、言語をラングとして措定するとき、いわばその境界性・差異性が「場所」なのだ。

同じことが、時間的にみられた二つの体系についていわれねばならない。システム理論が立っているのは、明らかに二つのシステムを鳥瞰(ちょうかん)するような地点である。そのような超越性は、それが基本的に物理学的な発想であることを意味している。われわれがある状態から次の状態への変化をみようとするとき、「時」はみうしなわれざるをえない。

たとえば、ピアジェは、数学的構造――代数学的構造と順序的構造と位相的構造――は可逆的であるのに対して、知能の心理学における構造を非可逆的なシステムであると定義する。そこで、彼は発生を、「ある構造からべつの構造への移行だというだけでなく、むしろ状態Aから出発して、Aよりも安定してBへ到るある型の変化である」という。彼は「すべての発生は構造から出発し構造に達する」という命題と、「すべての構造は一つの発生をもつ」という命題を、不可分であるとみなし、且つ「発生と構造とを総合することができる」ような概念として、「均衡」をもち出す。むろんこのような「均衡」は、サイバネティックスによって基礎づけられるものであり、それは目的論なしに目的論的な装置を考えることを可能にする。

ソシュールのいう共時的方法も、このようなシステム理論に包摂されてしまう。ソシュール自身が近代経済学的な「均衡」概念を比喩としてもちいているし、彼の『一般言語学講義』からはそう読むことの方が自然であるといってもよい。こうして、共時的言語学によって方法的に示唆された諸科学（たとえばレヴィ゠ストロースの人類学）は、サイバネティックスや情報理論と無理なくつながりうるわけである。

しかし、そのように読むかぎり、共時性の概念によってソシュールが考えていた問題はみうしなわれざるをえない。ここで、われわれはあらためて、ソシュールは共時的体系を考えることによって何を目ざしていたのかを考えてみるべきである。第一に、彼が批判したのは、「語る主体」なしに言語の変化を法則化する自然科学的発想であり、第二に、この変化を目的論的にみてしまう考えである。

ここで、先に引用したソシュールの言葉をもう一度とりあげてみよう。

　体系はけっして直接に変更されるものではない。それ自体では不変である。ただある要素のみが、それを全体に結びつける連帯と無関係に変化したのである。（中略）総体がずれたわけではない。一つの体系が他の体系を発生せしめたわけではない。前者の一要素が変化したまでである。しかも、それでもって、他の体系を生ぜしめるに充分である。（中略）このように観察して、われわれは状態がつねに偶生的なものであることを、よりよく理解するのである。言語というものは、われわれがややもすれば抱きたがる謬想とは逆に、表現すべき概念を顧慮して創造し、配備した機構ではない。われわれはかえって、変化から生じた状態は、それがあらたにとりこんだ意義をしるすべく運命づけられたものではない。（「一般言語学講義」小林英夫訳）

一見すると、ソシュールはシステム理論と同じことをいっているにすぎないようにみえる。だが、ソシュールは、一つの体系（状態）を考え、それからその変化について考えるというような考え方をしているのだろうか。つまり、猫も杓子も唱えるあの凡庸な考え方を。まったくそうではないということを、彼の「沈黙」が証している。
ある状態から次の状態への変化（運動）をみることは、ゼノンのパラドックスにひっかかる。それをこえるために考えられる弁証法は、ベルグソンがいうように、「にせの運動」を仮構するにすぎない。一方、「均衡」の理論は、微分方程式（つまり微分化（ディファレンシエイト）される時間）を前提している。だが、ソシュールが考えたのは、差異化としての時（クロノス）であるというべきである。むろんそれを場所（トポス）といいかえてもよい。

ある状態から次の状態への「間」には、時間が考えられる。だがこの「時間」は、前後の区別としての「時」から派生するのであり、かつ前後を鳥瞰することによって生じる。ニーチェの言語でいえば、それは前後としての遠近法の転倒である。

ヴァレリーは、われわれはテクストの前と後を同時にみることはできないという。われわれが考えている「前後」の問題はそのようなものである。したがって、ソシュールにおける「時」は、べつの言葉でいえば、テクスト性の問題にほかならない。

第五章　作品とテクスト

1

アリストテレスの「時」の概念から、われわれは何を読みとるべきだろうか。彼は、「時をわれわれが認識するのは、ただわれわれが運動を、その前と後の別を知りながら限定したときである」という。このようにいうとき、彼が運動から独立した絶対的な時間を拒否していることはいうまでもないが、かといって、「われわれの認識」つまり主体の意識に時間を求めようとしていないことも明らかである。アリストテレスは、近代哲学の構えに属していないがゆえに、われわれにとって示唆的なのである。

2

ホワイトヘッドやラッセルは、事象から独立してある絶対的時間（ニュートン）に対して、事象の「前後関係」から時間を構成しようとした。これはアリストテレスの「時」と似て非なるものである。が、さしあたってそれに対する批判をみてみよう。

中村秀吉はこういっている。《事象とその前後関係からの時間の構成は容易に行なえるが、こうして得られた時間の順序^{1}集合は、われわれが時間について直観的に表象する連続体の性質を持っていることは保証されない》（「時間のパラドックス」）。中村秀吉は、たんなる順序^{1}と、過去・現在・未来という順序^{2}を区別し、エントロピーの理論によっても、ライヘンバッハのように時間の前後関係を因果関係に帰着させようとすることによっても、順序^{2}を導出できないばかりでなく、逆にそれらが順序^{2}を前提してしまっていることを指摘している。そして、時間の方向づけを与えるのは、主体的な意識だという。ここで、二つの視点が可能である。

3

主体の意識から時間を考えるとき、たとえば、フッサールは、「顕在的ないまの統握（とうあく）は過去把持の彗星の尾に向いあった核のようなものである」（「内的時間意識の現象学」）と書く。すなわちこのいまが明証性そのものであり、特権的なものであって、この特権を近代哲学は疑うことができない。したがって現象学もそこに所属する、というのが、ジャック・デリダの批判であった。フッサールは、点としてのいまを特権化しているにもかかわらず、つぎのように書く。《イデアールな意味では、知覚-印象はしたがって純粋ないまを構成する意識の位相であり、想起は持続のまったく別の位相ということになろう。しかし、それはまさしくひとつのイデアールな境界にすぎず、それ自体ではなにものでもありえない抽象物である。結局、このイデアールないまでさえ、非・いまと完全に異なる何ものかではなく、逆にそれとたえず融合していることは否定できない。そして、このことに、知覚から第一次想起（過去把持）へのたえざる移行が対応しているのである》（声と現象）。

デリダは、ここから、知覚－印象としてのいまが非いま（過去）に送りこまれるのではなく、逆に非いまこそがいまを可能にすると考える。つまり、いまの自己現前、いまの自己同一を構成しているのは、「自己との差異のなかでの自己への関係としての同一性、非・自己同一性としての同一性」を生みだすような差異化である。《外部は、非・空間の内部、「時間」という名をもつものがあらわれ、構成され、自己の「現前」する際の運動のなかに忍びこんでいったのだ。時間は、「絶対的な主観性」ではありえない。なぜなら、まさにひとは時間を現在と、現在の存在者の自己現前から考えることができないからである》（「声と現象」）。

だが、近代哲学（現象学）の「絶対的な主観性」あるいは特権的ないまがそれ自体差異化としての「時」をおおいかくしているというとき、われわれは主体（主観）とは縁のないアリストテレスの「時」の概念に近接しているのではないだろうか。

4

主体の意識から時間を考えるもう一つの方法は、主体の行動、意図、目的からそれをみることである。中村秀吉はつぎのようにいっている。《物理学的因果法則は、ちがった量の間の関数関係としてあらわされるだけで、本質的に順序^{2}をもたない。たとえば、弾丸をある目標に命中させるためには、弾丸の軌道がちょうどその地点をとおるように大砲の方向を調節した上で発射する。この過程は物理的因果法則に従うが、目標を選択し発射命令を出すことは当事者がやることである。つまりわれわれの行為あるいは意図が、本来時間的な方向をもたない弾丸の位置に方向を与える》。

このような考えは、物理学的な順序^{1}から順序^{2}を導き出すことの不可能性を指摘するにとどまらないのであって、実は、「事実」に対する「価値」の次元を確保しようとする試みの再現である。すでにヒュームが因果性を否定したとき、すなわち継起関係から因果関係をつくりあげるのは習慣にすぎないといったとき、カントは、そのことをわきまえた上で、順序^{2}を順序^{1}とはまったくべつの次元、つまり価値の次元におこうとした。トゥールミンは、『論理哲学論考』におけるヴィトゲンシュタインを、ラッセルらとは逆に、論理学あるいは自然科学の限界性を確定することによって「価値」の次元を確保しようとするカント・キルケゴール的な系譜の下に位置づけようとしている（「ヴィトゲンシュタインのウィーン」)。
ヴィトゲンシュタインを実存主義者とよぶべきか否かはべつにしても、物理学的な時間(順序[1])から順序[2]が出てこないがゆえに、そこに逆説的な「飛躍」をみるほかはない。このことは、フッサールがいうように近代科学は基本的に応用科学でありいかなる目的にも応用できるわけだが、科学者がこの「目的」にかんして懐疑し宗教にたどりつくということにも対応している。

5

しかし、「事実」と「価値」の区別は、むしろ互いに依存し補強しあう近代的な装置である。「価値」の次元を確保しようとするとき、ひとはそれ自体を疑わないで温存させてしまう。因果性の否定は、ヒューム的な視点からでは不十分である。というより、自然科学にはもともと「因果性」がないのだから、それによって因果性を否定するとき、ひとはまったくの自然科学的視点をとるか、因果性を「価値」の次元に回復させるか、のいずれかである。しかも、実際には、自然科学的な考えにおいては——たとえば進化論がそうであるように、順序[2]が暗黙に導入されている。エントロピーの概念は、進化論に援用(えんよう)される場合、いわば順序[1]から順序[2]を導出するためのごまかしにすぎない。神学のために科学がもちいられている。だが、近代科学を〝聖域〟におくことができるだろうか。ホワイトヘッドがいったように、西洋にのみ発生した近代科学は、世界は神によって作られたがゆえに合理的・可知的であるという暗黙の「信仰」によって支えられている。それは、世界の制作者あるいはその意図を「原因」とみなすことである。

6

科学による批判をすりぬけてしまうばかりか、科学を支えているこの因果性は何に由来するか。主体の行動・制作によって時間が方向づけられると中村秀吉がいうとき、彼はなんの疑いもなく因果性を回復させている。すなわちこの因果性は、制作（ポイエーシス）（生産）あるいは作品から出てくるものである。周知のように、プラトン・アリストテレスは、それぞれ制作をモデルにして「原因（アルケー）」を考えていた。したがってまた、因果性が疑われるためには、因果性がもともとありえない自然科学にもとづくことによって——それはすでにのべたようになんらかのかたちで「因果性」を回復させる——ではなく、制作あるいは作品というメタファーを検討しなければならない。

ニーチェはいっている。

　私が或るものに注意をむけ、その根拠を探しもとめるとは、根源的には、そこにある或る意図を、とりわけて意図をもっている何ものかを、一つの主体を、一つの活動者を探しもとめるということにほかならない。すなわち、すべての生起は一つの働きなのであり、――以前にすべての生起のうちに意図がみとめられたということ、これが私たちの最も古い習慣である。（中略）「なぜ？」という問いは、つねに、目的因を、「何のために？」を問うことである。私たちは「動力因の感覚」をなんらもちあわしていない。ここではヒュームが正しい、習慣（しかも個体の習慣のみではない！）が、しばしば観察された或る事象は他の事象に継起するということを期待せしめるのであって、それ以上の何ものでもない！　因果性を私たちに異常に確信せしめるのは、事象が次々とあとを追って継起するという大きな習慣ではなく、生起を意図から生起するものとして以外には解釈することのできない私たちの無能力である。それは、結果をひきおこすものとしての、唯一の生命ある思考するものを――意志を、意図を信ずることであり――、それは、すべての生起は一つの働きであって、すべての働きは働くものを前提するとの信仰であり、「主体」によせる信仰である。（「権力への意志」原佑訳）

7

このような「原因」への批判は、ヒュームを引用しながらそれとは異質である。すなわち、ニーチェは「作品」という概念が与えてしまう因果性あるいは時間――前と後あるいははじまり（根拠）と終り（目的）について語っている。作品という比喩にしたがうかぎり、われわれは不可避的に、作者、意図、イデア、主体……などにたどりつくだろう。いうまでもなく、ヘーゲルの「疎外」概念は、表現あるいは制作であり、したがって「主体」が要請されざるをえない。マルクスがそれを「生産」といいかえたとき、何が変わっただろうか。もし、それが『資本論』における、みつ蜂と人間の労働の差異にかんする有名な説明、すなわち人間はなんらかの目的意識をもち、形相を思いうかべて質料を変形するというものであるならば、本質的なちがいはない。しかし、マルクスが、人間は歴史を作るが、思うようにではないとか、人間は彼がやっている（作っている）ことを知らないということを強調するとき、実は彼は「作品」、あるいは「生産」という概念を放棄（ほうき）していたのだ。『ドイツ・イデオロギー』において、はじまりに、まさに「はじまり（アルケー）」を想像的なものとして斥けるべく、「自然成長性」という概念が出現していることをみよ。エンゲルスにおいては、この自然成長性はたんに資本主義的な無政府性とみなされ、意識化され統御（とうぎょ）されねばならないものとなってしまう。つまり、「歴史を作る」ことが、それゆえそのデザイナーとしての党のリーダーシップが、プラトン主義的に必然化されてしまう。

8

作品・制作という考えは、不可避的に、プラトン的あるいは神学的な考えをもたらす。この点に注意しなければならない。アリストテレスは、プラトンのイデアを否定し、形相と質料の不可分離であることを主張した。ソシュールがシニフィエとシニフィアンの表裏一体性を主張したことは、それと同じ意義をもっている。しかし、言語の「構造」を考えるとき、われわれはすでに超越論的なシニフィエ（概念）を想定してしまっている。そこに恣意性が見いだされるとはいえ、実はそれは限定されてしまっている。デリダは、それが「構造」それ自体の性質によることを指摘する。《もちろん、ある構造の中心は、システムの整合性を方向づけ、かつ組織することによって、全体の形式の中での諸要素のたわむれを許しはする。そして今日でさえ、どんな中心も奪われた構造は考ええないものそのものをあらわしている。とはいえ、中心は、それが開き、可能にするたわむれをまた閉ざすのである。中心であるかぎり、それは、内容、要素、項の置換がもはや可能ではない地点である。中心では、諸要素の変換ないし変形は禁じられている》（「構造、人間科学の言説における記号とたわむれ」）。

「構造」は、数学的な意味においては「たわむれ」を許容する。なぜなら、数学的概念としての「構造」はなんら時間的方向をもたないからだ。しかし、言語の「構造」は、建築の「構造」と同じく、すでに方向づけられている。いいかえれば、それは「作品」なのだ。

『哲学的考察』において、ヴィトゲンシュタインは、もはや理想言語（人工言語）のようなものはありえないという。だが、言語は対象物として見られるかぎり、すでに人工言語であり、言語の構造は超越論的・一義的な「意味」を前提するのである。ソシュールは、どのようにしてそのような「構造」を突きぬけようとしたのだろうか？

9

われわれはここで作品とテクストを区別しなければならない。宮川淳はいう。《「作品」を成立させる構造がつねに背後あるいは深さであり、シニフィエの超越的な先在性であったとすれば、テクストのそれはシニフィアンの無限の送りとどけが織りなすテクスチュア、あるいは表面である》（「記号学の余白に」）。

しかし、作品とテクストの区別はあいまいである。正確にいえば、「作品」が解体されたときにのみテクストが在る。つまり、われわれがテクストを見ようとすれば、それはいつも「作品」になってしまうのだ。あとでのべるように、この意味では、テクストを読むあるいは解釈するということもありえない。というのは、そのときわれわれはテクストを「作品」にしてしまうからだ。

たとえテクストといっても、それが一つの実在性としてみられるかぎり、それは作品である。テクストは、いわば構造によって開かれるたわむれの可能性であると同時に、構造によって閉じられてしまう。われわれはテクストそのものを見ることはできない。見ようとすれば、それは「作品」となる。ソシュールの苦痛はおそらくそこにあった。彼はラングという「作品」から、シニフィアンの諸関係としてのテクスチュアをのぞきこもうとする。が、それは言語学（科学）の放棄になってしまう。いうまでもなく、ヤコブソンは、ソシュールのそうしたヴィジョンを斥け、数学的な「構造」概念によって科学としての言語学を築いたのである。

10

構造主義は、システム理論と同様に、基本的に数学的なものである。いいかえれば、それは「歴史」の因果性に抵触（ていしょく）するのではなく、可逆的な次元に移行するだけである。だが、最初にのべたように、それはどこかで「飛躍」し、因果性を事実上回復することになるだろう。せいぜい可能なのは、一切の「判断停止」である。科学は「作品」を否定する。したがって、「情報」という概念は、まったく「意味」とは無縁である。しかし、それは窮極的に「意味」をしりぞけることにはならないし、多くの場合「意味」との裏取引がなされている。

11

リクールは、テクストがパロールにおいてもっていた公然的指示をうしなうかわりに、非公然的指示によってその固有の「世界」を開く、という。ロマン主義的な解釈学が、作品の背後の作者の世界に入りこむことに重点をおいていたのに対して、彼はそれを拒絶し、解釈とは、「テクストを前にして、作品の世界を前にして、自己自身を了解する」ことだという（「解釈の革新」）。

しかし、彼において、テクスト＝作品であること、またそうであるほかないことに注意すべきだろう。たしかに、彼は作品の背後すなわち「前」を否定する。が、彼は作品＝テクスト＝エクリチュールの前を考えている。それもまた「作品」がもたらす「前と後」であるにもかかわらず。

エクリチュールに先行するパロール、しかも透明なパロールという考えは、エクリチュール（作品）が与えたものだ。われわれは、経験的にパロールがエクリチュールに先行するという事実と、このような（透明な）パロールの先行性とを区別しなければならない。後者は、明らかに「作品」がもたらした前後関係だからである。そして、それはリクールが、エクリチュールを客観的存在として見るがゆえに生じる。

リクールは、テクストはパロールが依存するコンテクストをうしなうので、解釈はそれを再コンテクスト化することだという。しかし、コンテクストとはなにか。それは、コンテクストによってかわることのない「意味」（フッサール）を考えることによってはじめて生じる。しかし、コンテクストは、もしあるとすれば、それ自体言語的なものではないのか。つまり、それは言語がそのなかにいれられる容器（空間）ではなく、言語が形成する「場所」ではないのか。コンテクストは、アリストテレス的にいえば、言語を「包むものの内側の境界であり表面である」。言語を、「場所」からひきはがされた事物としてみるとき、「空間」としてのコンテクストが考えられてしまう。そのようなものは存在しない。ヴィトゲンシュタインが「言葉の意味はその用法だ」というとき、それをいっている。

パロールはコンテクストに依存し、エクリチュールはコンテクストをうしなうということは、あらかじめコンテクストを言語外の「空間」とみなすことである。それはまた、言語を「作品」とみなすことである。

12

重要なのは、パロールとかエクリチュールとかいった語をもてあそぶことではなく、なにに力点をおくかである。たとえば、ソシュールにおいて、エクリチュールとパロール、パロールとラングがそれぞれ対立概念である。それゆえ、メルロー＝ポンティがラングに対してパロールを重視し、デリダがパロールに対してエクリチュールを重視したとしても、彼らはいずれも透明さ・超越性を否定しようとしているのであって、先後関係が問われているのではない。あるときには、透明な閉じられたものとしてのパロールが否定され（デリダ）、あるときにはまさにテクストとしてのパロールが肯定されている（メルロー＝ポンティ）。ラングとパロールのいずれが先行するか、パロールとエクリチュールのいずれが先行するかという「問い」は、すでに「作品」というわなにとらわれている。大切なのは、このような「前と後」をもたらしてしまう「作品」を解体することだ。読むということは、解釈学的な問題ではない。それは「作品」を解消すること、テクストを作品たらしめている中心化・一義性をとりはらうことである。

解釈することの「自由」は、それがテクストであるがゆえに可能であるにもかかわらず、解釈はそれを再び「作品」にしてしまう。しかし、読むことはいつも解釈に終ること、すなわちテクストを解消してしまうことにしかならない。

13

この困難がテクストについて語ることにつきまとう。われわれはけっしてポジティヴにそのものとしてテクストを見ることはできない。いわばそれは盗み見られるほかない。つぎのように書くとき、ニーチェはテクストについて語っており、しかも語っていない。

私たちが、結果をひきおこす主体を放棄すれば、結果としてひきおこされる客体もまた放棄される。持続、自己同等性、存在は、主体と名づけられているものにも、客体と名づけられているものにも、内属してはいない。すなわち、そう名づけられているものは、生起の複合体であり、その他の複合体とくらべて一見持続的とみえるにすぎない、——したがって、たとえば生起のテンポにおける差異性によって（静止と——運動、固定と――弛緩)、すべてこれらは、それ自体では現存しておらず、事実上は程度の差をあらわしているにすぎず、或る度をもった光学にとって対立であるかのごとくみえる対立である。いかなる対立もない。私たちのもつ対立の概念は論理学上の対立からえられたものにすぎず――そしてここからまちがって事物のうちへと持ちこまれたのである。
(「権力への意志」)

しかし、このような生成を見るならば、ただちにこの生成の原因(始元)はなにかと問うことになってしまうだろう。ニーチェは、テクストをそのものとして語ることはできないのだ。マルクスも同様である。彼が、分業と交通のテクスチュアの自然成長性が、「論理学上の対立」概念をそこにもちこむことによってヘーゲル的な「歴史」に変形されてしまうと考えたとき、彼は歴史を「作品」としてでなく「テクスト」として読もうとしていたのである。マルクスのいうイデオロギーとは「作品」にほかならない。しかし、テクストをそれ自体としてとり出すことはできない。それはいつも「作品」あるいは「構造」をいったん受けいれながら、それを揺さぶるということでしかありえない。マルクスのヘーゲルに対する関係がそのようなものだったとすれば、ソシュールは、彼自身ラングの言語学を樹立しながらそれを解体するという二重の運動を行いつづけたのだ。彼はその沈黙において語っている。

言語・数・貨幣

序説　基礎論

1

形式主義は、諸学問・芸術において異なった意味をもっており、またときには異なる名称でよばれている。たとえば数学におけるヒルベルトの形式主義と文学批評における形式主義（フォルマリスム）は、意味がちがっているし無関係なものとみなされている。さらに、形式主義は、ある領域では記号（シンボリック）論理学とよばれ、またべつの諸領域では、記号論（セミオティックス）、あるいはサイバネティックスとよばれたりしている。このことはわれわれの認識を混乱させたり意思（いし）疎通（そつう）をさまたげているが、それらをむりに統一するのは不可能であり且つ不必要である。しかし、誰にも明瞭（めいりょう）なことは、西洋において十九世紀後半から、とりわけ二十世紀前半において顕在化しはじめた文学や諸芸術の変化——たとえば抽象絵画や十二音階の音楽——が、パラレルで相互に連関しあっていることであり、のみならず、物理学・数学・論理学などの変化がそれらと基本的に照応しているということである。

このような変化のパラレリズムが示すものを形式化とよぶとすれば、さしあたって、その特性は次のようなものであるといってよい。第一に、それは、いわゆる自然・出来事・知覚・指示対象(レファレント)から乖離(かいり)することによって、人工的・自律的な世界を構築しようとすることであり、第二に、指示対象・意味(内容)・文脈をカッコにいれて、意味のない任意の記号(項)の関係(あるいは差異)の体系と一定の変形規則をみようとすることである。さらにいえば、そのような還元によってとりだされた形式体系は、それ自体のなかに一つの背理(はいり)をはらみ、「形式化しえないもの」を逆説的に提示するということができる。

形式化のために各領域でどんな手続きがとられるとしても、それらは基本的に同型であって、そのどれかにプライオリティを与える根拠はない。それぞれ無関係に、むしろ互いに盲目的であるままに生じてきたこの変化を〝形式化〟とよぶことは、各領域において形式化としてあらわれた問題機制そのものをさらに一般的に形式化することであるかのようにみえる。だが、一つの領域における形式化の極限が「形式化しえないもの」を露呈(ろてい)するのであってみれば、諸領域における形式化をさらに形式化することの不可能性は明瞭であろう。ただそれは、各領域のなかで特権化されたものを非特権化するために役立つ。

私がここで数学の基礎論をとりあげるのは、それが最も基礎的だからではない。基礎論的な問いは、自然・出来事・知覚・対象を還元する〝形式化〟に付随するものとして各領域で生じている。たとえば、われわれの考えでは、マルクスの『資本論』は経済学の基礎論であり、フロイトの精神分析は心理学の基礎論であり、ソシュールの一般言語学は言語学の基礎論である。いいかえれば、彼らはそれぞれの領域で〝形式化〟を企てたのである。だが、ソシュールをのぞいて、そのことはほとんど気づかれてさえいない。基礎論的な問題が十九世紀後半からどの領域にも存するのはなぜかと問う前に、まずその事実を確認しなければならないのである。

2

現代絵画つまり十九世紀後半以後の絵画の特質は、遠近法への異議あるいはその解体ということに集約されるといってよい。パノフスキーは、西欧における近代絵画の遠近法――消失点つまり不在の中心に支えられた――は、それ自体数学的な作図によって成立する象徴形式であるといっている。それは「まったく数学的な問題であって芸術的な問題ではない」。だが、純粋に芸術的な問題もなければ、純粋に数学的な問題もないというべきである。たとえば、射影幾何学が絵画の透視図法から出てきたという事実から、それは「まったく芸術的問題であって数学的な問題ではない」というのは馬鹿げているだろう。そのような交叉（こうさ）・交錯（こうさく）という出来事性を排除したところに、独自の領域が〝純粋〟に〝作図〟されてしまい、そこに一つの遠近法（パースペクティヴ）によって囲いこまれた歴史が書かれる。そのような遠近法だけはすこしも疑われないのである。絵画における遠近法の解体をとりあげるときわれわれはそれをたんに〝十九世紀後半以後〟の歴史的事実としてとりあげているわけではない。それは、それについて語る者自身に眩暈をおこさせるような出来事なのだ。だが、われわれは、とりあえず、たんにとりあえず歴史的なパースペクティヴに従うことにしよう。

パノフスキーは、近代遠近法が均質なユークリッド空間において成立していること、それが「知覚空間」を抑圧していることを指摘している。

この「中心遠近法」全体は、完全に合理的な空間、すなわち無限で安定した等質的な空間の形成を保証しえんがために、暗々裡に二つの本質的な前提を立てている。第一に、われわれがただ一つの動くことのない眼でものをみているということ、次に、視野のピラミッドの切断面が、われわれの視野の適切な再現とみなされうるということ、こうした二つの前提を立てるということ、こうした二つの前提をである。だが、実際には、これら二つの前提を立てるということは、ひどく思いきって現実を捨象してしまうということである（われわれとしては、このばあい事実的主観的な視覚印象を現実とよんでおいてさしつかえあるまい）。なぜなら無限で安定した等質的空間、つまりは数学的空間の構造は、精神生理学的空間の構造とは正反対のものだからである。（「〈象徴形式〉としての遠近法」木田元訳）

おそらくパノフスキーは、現代絵画における遠近法への反撥が、そのような「等質的空間」と「直接的な知覚空間」との乖離への意識にはじまるといいたかったのだろう。その意味では、これは、哲学における知覚・身体に対する現象学的注視と対応している。だが、そのような議論は、しばしば人工的なものと自然なものの二項対立に帰着してしまう。たとえば、パノフスキーが「知覚空間」を「現実」とよんでいるように。しかし、彼の考察を積極的に評価しようとすれば、次のようにいうべきであろう。遠近法への疑いは、たんにそれが一つの人工的な形式的構造であるという認識にとどまらない。そこには、すでに「知覚空間」をもある種の形式的構造としてみることがふくまれている。いいかえれば、そこに露出してくるのは、それまで意識されていなかったような「形式」であり、あるいは逆にいえば、意識を規定しているような「形式」である。それは、マルクスが「意識は社会的存在様式に規定されている」といい、ニーチェが「われわれは（インド・ヨーロッパ語の）文法に支配されている」といったときに見出したような「形式」である。

「知覚空間」はもはや必ずしも根源的ではない。そうだとすれば、絵画における反遠近法は、後期印象派・キュービズム・表現主義などにとどまりえない。それらはまだ「知覚空間」に忠実であることによって「現実」に近接しようとする試みである。もし遠近法的形式空間からの解放がたんにもう一つの形式的構造に従属することにすぎないとすれば、絵画は「形式」そのものに挑戦しようとするだろう。たとえばそれはデュシャンによって決定的になされている。そして、デュシャン以後の絵画は、ある意味でゲーデル以後の数学に似ている。つまり、それは、その基礎を問いつめることを回避(かいひ)した実践的な在り方をしている。

パノフスキーはいっている。《この遠近法は、われわれが固定した一つの眼で見るのではなく、つねに動いている二つの眼で見ており、そのため「視野」が球面状になるという事実を見落している》。一見すると、非ユークリッド幾何学はそのような「知覚空間」に対応して生じてきたようにみえるが、実際はそうではない。非ユークリッド幾何学は、「平行線が交わる」という公理系を採用したときに成立するような空間をたんに想定しただけなのである。そのことによって、逆にユークリッド幾何学（というより解析幾何学）がどれほど〝知覚〟に依存しているかが暴露(ばくろ)される。もともとユークリッド幾何学は、たとえば点に大きさがあるならば背理におちいる（ゼノンのパラドックス）というような〝弁証法〟によってきたえあげられており、それゆえに「大きさのない点」というような〝知覚〟から区別される形式(エイドス)を見出し、さらに〝知覚〟に訴えることなしにたんに無矛盾でありさえすれば諸定理をそこから演繹(えんえき)できるような公理体系を完成していた。ところが、点や直線という言葉を用いているかぎり、暗黙(あんもく)に〝知覚〟に依存していることになる。つまり十九世紀後半以後の幾何学においては、遠近法的空間（ユークリッド空間）は、形式的であるがゆえに批判されるのではなく、充分形式的ではないがゆえに、暗黙に〝知覚〟に依存しているがゆえに批判されるのである。そして、遠近法的空間は一つの公理系をとることによって成立するものであり、べつの公理系をとればべつの空間が成立すると考えられる。それはヒルベルトにおいて次のように徹底される。《テーブルと椅子とコップを、点と直線と平面のかわりにとっても、やはり幾何学ができるはずだ》（「幾何学の基礎」）。

ここでは、いわば遠近法的空間と知覚空間は、たんにその形式的構造の差異として、つまりいかなる公理系を選ぶかということに還元されている。まったく同じことが現代絵画においておこっている。現代の先端的な画家は、もはや「知覚空間」に忠実であろうとするかわりに、そういう言葉は使わないとしても、絵をかくことがいわば一つの形式的公理体系を任意に選ぶことだということを自覚しているはずである。だが、それはデュシャンのように極限まで行くことはない。そのことによって、絵画はかろうじて絵画たりえている。

3

フッサールは解析幾何学の支配に関してパノフスキーと同じようなことをいっている。

《ところで、すでにガリレイのもとで、数学的な基底を与えられた理念性の世界が、日常的な生活世界に、すなわちそれだけがただ一つ現実の知覚によって与えられ、そのつど経験され、また経験されうる世界であるところの生活世界に、すりかえられているということは、きわめて重要なこととして注意されねばならない》（「ヨーロッパ諸学の危機と超越論的現象学」細谷恒夫・木田元訳）。

だが、解析幾何学的空間が理念的（形式的）なものだとしても、なぜそれがフッサールのいう「自然主義」的態度を支配的に構成しうるのだろうか。遠近法的空間は〝知覚〟に反する形式的作図空間であるが、同時にそれは充分に形式的であるにはあまりに〝知覚〟に依存している。この両義性にこそ、遠近法的空間が執拗に生きのびる秘密があるというべきなのである。それは現象学のように「生活世界」を対峙させることによっては克服できない。

だが、それだけではない。遠近法的空間は、仮構の〝消失点〟にもとづいて作図されたものである。いいかえれば、遠近法的空間はある超越的な中心点によってつりささえられた形式的構造である。そこに物理学を中心とした近代の諸学問が成立している。重要なことは、「超越論的現象学」がけっしてそのような構造から出られないということだ。フッサールのいう「超越論的自我」は、ほとんど射影幾何学における無限遠点に対応するものであり、したがって透視図法から逸脱してはいないのである。

諸学問がある超越論的な中心によってつりささえられたかたちで成立してくること、それはフーコーが古典主義的エピステーメーとよんだものに相応するだろう。フーコーは、それを明らかにするために、「一般文法と博物学と経済学とを、記号と表象に関するひとつの一般的理論に結びつけ、三者を同時に一貫して分析しようとする」（『言葉と物』）。むろんフーコーは数学について語りえたはずである。解析幾何学が成立する以前において、分数や無理数は〝数〟として認められていなかった。それらは自然数の比（アナロギア）として表現され、且つ自然数はそれ自体何かを意味していた。フーコーが十六世紀の知の布置についていうように。《世界は解読せねばならぬ記号でおおわれ、類似と類縁関係を啓示するこれらの記号は、それ自体相似関係の形式にほかならない。それゆえ、認識することは解釈することである。すなわち、目にみえる標識から、それをつうじて語られているものへ、それなしには物のなかで眠る無言の言葉（パロール）にとどまるにちがいないものへと、赴くことなのだ》。

解析幾何学において、数や図形はそのような記号であることをやめる。デカルトは、点を二組の数の統合（コーオーディネイト）（座標）とみることによって、幾何学を代数学に吸収した。（実は、それは連続的な線に対応するようなすべての数すなわち〝実数〟の問題を潜在的にもたらしている。）それ以後図形は数量的にあらわされるだろう。いうなれば、アナログ的なものがデジタル化される。この場合重要なことは、解析幾何学において、それまで自然数の比

(アナロギア)としてしかありえなかったものがそれぞれ数として決定的に定着されたということである。

マルクスが『資本論』においてのべたように、すべての商品が内在的価値あるいは数量的価値をもつのは、一つの商品が、商品の価値形式の連鎖(比例)関係に対して超越的となることによってである。そして、経済学がはじまるのは、貨幣経済が拡大してそのような一商品(貨幣)を不在の中心とするような均質空間(市場)が形成されたときである。

おそらく解析幾何学についても同じことがいえる。それはすべての数を可能にし、すべての空間を均質にするような〝消失点〟をもっている。それは座標の外部にある。それはコギトとよばれるかもしれないが、もとより自己意識ではなく、一点にしぼられた超越論的な眼差(パースペクティヴ)なのだ。

ハイデッガーはいっている。《プロタゴラスにとって、真理とは現前するものの非隠蔽性を意味する。デカルトにとって、真理とは自己を表‐象し確保する表象作用の確実性である》(「ニーチェ」)。プラトン・ユークリッドにおける数学の公理主義を支えるイデア論とことなって、デカルトは解析幾何学を「表象作用の確実性」によって基礎づけねばならない。つまり解析幾何学は、〝知覚〟に反することはいうまでもないが、もはや〝イデア〟に依存することもありえず、等方向的な均質空間を作図するような〝消失点〟としての主体を必要としたのである。そして、そのように一つの超越論的な中心によってつりささえられた形式構造が近代の諸学問を形成する。

4

そのような遠近法的空間に対する異議は、けっして〝歴史主義〟によってなされはしない。なぜなら後者もまた前者の変形にすぎないからだ。リンネの分類表がなければ、ダーウィンの進化論はありえなかっただろうと、レヴィ＝ストロースはいっている。つまり、リンネによって空間的に表示された系統樹的な分類が、ダーウィンによって時間的に変換されたのである。だが、なぜアリストテレスの分類表から進化論が出てこないのだろうか。アリストテレスにとって、個物は異質な場所（トポス）に属しているのに対して、すでにリンネは「均質空間」を前提している。種（しゅ）が神によって創造されたと信じていたとしても、リンネは種を比較解剖学的に分類しているのであって、相異なる種はもはや〝異質〟ではない。リンネにおける神は〝消失点〟にほかならない。このような均質空間が時間的に変換されるとき、〝消失点〟もまたべつのかたちで保存される。ヘーゲル的な弁証法であれ、ダーウィン的な進化論であれ、それらはもう一つの遠近法的な空間であり形式的構造なのである。遠近法がパノフスキーのいうように知覚空間を排除するのだとすれば、歴史的遠近法（パースペクティヴ）は、出来事の〝出来事性〟を排除するといってもよい。

歴史学を、あるいは歴史意識を可能にするこの形式的空間が〝遠近法的倒錯〟にほかならないことを、マルクスやニーチェは知っていた。彼らの仕事はいわばすべてを見とおすようなあの〝消失点〟そのものを消すことだといってもよい。彼らが〝人間〟の死や〝神〟の死を宣告したとすれば、その意味においてである。だが、それはいわゆる唯物論的な〝転倒〟によっては不可能である。超越的な消失点によってつりささえられた形式的構造を解体することは、もはやわれわれを根底的な場所へ送りとどけはしない。たんにわれわれを「決定不能性」(ゲーデル)に送りとどけるだけなのである。

数学において、カントールはそのような消失点に挑戦した。よくいわれるように、彼は「無限」というタブーに触れた。つまり、彼は無限を、想像的なものとしてでも、限りがないということとしてでもなく、〝実無限〟としてとらえることによって、ごうごうたる非難にさらされたのである。だが、このことは集合という考え方そのものにはじまっている。集合とは、その要素間の関係が問われないような要素の集まりである。いいかえれば、集合とは、ある〝消失点〟によって形成されている配置・関係を還元するところに成り立つ。数学の領域でいえば、それは解析幾何学が前提する〝数〟からその特質を奪いとる。数は、集合の要素の一対一対応(または一対一写像)として考えられる。あるいは自然数の生成は空集合(φ)から説明されるだろう。だが、カントールが提起した集合という考え方が画期的なのは、たとえば、集合の要素が何であってもよいというところにある。このことが、数量的に扱えないし扱うべきでもない領域を数学的に扱うことを可能にする。

ブルバキの定式化にしたがえば、集合内部の要素の関係は「構造」とよばれる。この構造は、集合に還元される以前にあったような構造と区別されなければならない。後者がヴィジブルな物のかたちのようなものだとすれば、前者はそれがいったん集合に還元されることではじめて見出されるような〝働き〟としての構造（変換群）であるから。ブルバキは、構造を、代数的構造、順序的構造、位相的構造の三つに分けている。この結果、われわれは必ずしも数や図形という数学的対象にかぎらず、それが何であっても一つの集合であるならば、そこにそのような構造を見出すことができる。ヤコブソンが音韻論において見出したのは、音韻が要素である集合における代数的構造であり、レヴィ＝ストロースが『親族の基本構造』において見出したのもそうだ。つまり「構造主義」とは、明瞭に数学的なものであり、そこから考えられるべきである。（実際に、レヴィ＝ストロースの仕事は、ブルバキのリーダー、アンドレ・ヴェイユの協力によってなされている。）

ここでは、デカルト的な二元論、あるいは新カント派的な「文化科学と自然科学」（リッケルト）の分離――現在でも支配的な――はとりはらわれる。構造主義の意義は何よりもそこにある。それは解析幾何学の優位をくつがえしたのだ。そのことは、そのような分割を可能にしている遠近法をすべて還元してしまうカントールの集合論によってもたらされたのである。だが、それはある致命的なパラドックスを引きうけることなしにありえなかった。「構造主義」はのちにのべるようにそれを回避したところに成立している。構造主義への批判（poststructurism）もまた事実上その点に帰着することになる。ただしそれはそのことにほとんど気づいてさえいない。というのも、それは構造主義がよってきたる所以について考えるかわりに、むしろ「文化科学」の特異性に固執する方向で構造主義を批判しようとしたからである。

のちにすべての数学領域がそこにもとづくことになる集合論は、いかにして可能だったか。カントールは、集合という考えからはじめて無限集合あるいは実無限という考えに至ったのではない。集合が、それらの内部関係を還元された要素の集まりであるためには、もともとそれらの内部関係を構成している超越的な中心そのものが集合の要素として引きずりおろされねばならない。そのとき無限は、限りないものとして超越化されるかわりに、数えられる「実無限」となる。だが、まさにそこに彼を狂死させたようなパラドックスが生じる。それは、「どんな集合Sが与えられても、それよりもたくさんの要素をもつ集合S′を定義できる」という定理に対して、「およそ考えられるすべてのものの集合」なるものを考えると矛盾に陥るということである。このパラドックスは、「無限集合」を可算的なものとして囲いこむメタレベルが暗黙に前提されてしまうことからきているといってよい。

カントールのパラドックスは、のちにラッセルによって簡単なかたちにいいかえられる。そして、ラッセルは、このパラドックスがクラスとメンバーの混同によるものであるから、その混同を禁止するロジカル・タイプ（論理的階型）によってそれを避けようとした。いうまでもなく、このようなパラドックスは自己言及的な体系に生じるのだが、ラッセルの弟子ラムゼイは、ラッセルのあげたパラドックスに二種類あることを指摘し、「自己自身をふくむ集合」のパラドックスは、ロジカル・タイピングで解決できるが、「エピメニデスのパラドックス」（嘘つきのパラドックス）は言葉の使い方にかんするものだから、タイピングで解決すべきでないし、論理体系内部では解決できないと批判した。そこで、タルスキーは、論理体系を外からながめて、言語の段階を区別し、高次言語を設定した。つまり、価値判断（真偽の判断）を論理体系の外にあるものと考え、価値判断の対象となる命題体系を対象言語、価値判断をふくむ体系をメタ言語とよんだわけである。

5

だがそのように「発展」が語られるとき、カントールが古典主義的数学に対してなした《批判》の徹底性が忘れられてしまう。そのためには、一見無関係にみえるが、マルクスの〝経済学批判〟を参照すべきだろう。彼は『資本論』の冒頭で次のようにいう。《資本主義的生産様式の支配的である社会の富は、「巨大な商品集積」としてあらわれ、個々の商品はこの富の基本的形式としてあらわれる。よってわれわれの研究は商品の分析をもってはじまる》（傍点筆者）。この場合、われわれは傍点を打った語をむしろ数学的に理解すべきである。すなわち、第一に、マルクスは、これまでの経済学が与えた諸カテゴリー、機能主義的な構造や関係を一度還元し、たんに「巨大な商品の集積」、つまり商品を要素とする「集合」としてとらえたのである。

しかも注意すべきことは、このとき、それまでの経済学あるいは新古典派経済学（近代経済学）が、それがメタレベルにあるがゆえに経済学が可能であるような貨幣、価値や価格そのものを可能にしている貨幣を考察の外においていたのに対して、貨幣そのものが「商品の集合」にいれられてしまうことだ。商品の価値はもはや実体的なものとして、あるいは数量的なものとして扱われないで、価値形式として扱われる。使用価値と交換価値という区別がしりぞけられて、貨幣以前の「商品の集合」における価値形式の構造が問いなおされる。

マルクスは、このような「商品の集合」から、それまでの経済学がみなかったような不可視の構造をとりだそうとした。といっても、それは「構造主義」のようにスタティックなものではありえない。メタレベルとしての貨幣を「商品の集合」に引きずりおろしたとき、彼はつぎのような集合論的パラドックスを見出すことになるからである。《リンネルは他方ですべての他の商品にとって一般的等価形式としてあらわれる。それはあたかもライオン、虎、うさぎその他の動物（メンバー）と並んで、〝動物〟なるもの（クラス）が一緒にあらわれるようなものだ》（初版）。すなわち、マルクスは、商品の集合における構造が、安定的なものではありえず、自己言及的なパラドックスにさらされていることを最初から指摘しているのである。マルクスが見出すだろう「構造」は、このパラドックスをはらむがゆえに動的なのである。

構造主義はこのパラドックスを回避する。それがスタティックであるほかないのは、〝歴史〟を排除しているからではなく、パラドックスを排除しているからだ。結局、構造主義は、あの〝消失点〟を、構造たらしめるゼロ記号というかたちで保存し、そのことによって安定的な「均衡」を確保する。それに対して、マルクスが見出すのは、メタレベルがたえずオブジェクト・レベルに下降してくることによる根源的な「不均衡」なのである。

経済学は、いわば貨幣という消失点のもとに成立する均質空間においてはじまった。だからまた、それは解析幾何学的な、あるいは古典物理学的な空間として扱われる。そこでは均衡理論が自明の前提となる。このような乱暴な仮説にもとづくものを〝数理的〟とよぶのはこっけいであろう。マルクスの仕事は古典経済学の一変型ではなく、その批判である。いいかえれば、それは「古典数学」そのものへの批判であり、基礎論的な企てとして読まれるべきである。

カントールとマルクスの仕事が平行していることは不思議ではない。むしろそれがみえなかった方が不思議なのだ。しかも、彼らの仕事は、それらを区別し分離してしまう知の遠近法（パースペクティヴ）を還元し不安定（決定不能性）のなかに追いこむことであった。このような基礎論的企てのなかに、フロイトの〝心理学批判〟やソシュールの〝言語学批判〟を加えてもよいだろう。ミシェル・フーコーは、フロイトの精神分析について、それは古典主義的エピステーメーによって狂気（非理性）として排除されていたものを、科学の眼差によってではあるが回復したといっている。だが、『言葉と物』において、経済学を古典主義的エピステーメーの一つとして綿密に考察しながら、彼はマルクスの〝経済学批判〟についてまったくふれていない。そこにおいて、古典経済学によって排除されていた非理性・不均衡が回復されているばかりでなく、実際にも周期的恐慌が発生していたにもかかわらず。

しかし、そのようにいうことは、より充実した「思想史」を要求することではけっしてない。それはむしろ歴史的遠近法の還元を要求することであり、フーコーの「考古学」的眼差そのものを可能にするような出来事への注視を要求することである。それは特定の歴史的出来事でありながら、歴史的遠近法そのものを還元するものであるがゆえに、その時点を特定することができないし、そうすべきでもない。このような問題は、もはや歴史的・発生論的にではなく、形式的に扱われることを要求するのである。

6

カントールのパラドックスはどこからでてきたのか。おそらく数学の基礎論はその問いからはじまったのだといってよい。ラッセルがそれをロジカル・タイプによって片づけたことはすでにのべた。一方、直観主義者たちは、それがカントールが無限集合に対して有限集合と同じような手つづきをとったからだと考える。彼らは無限集合にかんしては「排中律」をみとめない。つまり、二重否定は必ずしも肯定ではないということになるので、背理法は成立しない。直観主義とは、いかなる対象をもそれを構成する手段が具体的に与えられないかぎり、数学的対象とはなりえないとする立場であって、フレーゲ、ラッセルのように数学を論理学の一部とするような「論理主義」に敵対する。彼らにとって、数学は論理学の一部であるどころか、論理学こそ数学の一部なのである。

おそらくラッセルのような論理主義的基礎づけに対する直観主義の反撥は正しいが、不毛である。それは、自然数全体とか実数全体というような「無限集合」をみとめず、人間が構成しうるものだけを認めようとする。そこから「語りえないものについては沈黙せねばならない」というヴィトゲンシュタインの言明が出てくるであろう。それは『純粋理性批判』以後のカントと同様に、〝超越的なもの〟を別の領域に安置することになる。われわれの考えでは、カントールのパラドックスは、まさに超越的な中心を集合の要素として引きずりおろしたところからくる。そのことによって恐るべき混乱が生じたとしても、カントール自身の狂気が生じたとしても、やむをえないのだ。それを論理的な工夫によって

〝解決〟することも、再び〝超越的なもの〟をもちこむことも反動的でしかない。ゲーデルの不完全性定理は、ある意味でカントールのパラドックスを回復する。だが、それは論理主義よりもいっそう徹底した形式化をとることによってである。つまりヒルベルトの「形式主義」に従ってみせることによって、である。

　実数全体というようなえたいの知れないものを〝直観的〟に扱うからパラドックスが生じるのだという直観主義者に対して、ヒルベルトはいわば直観的なものをとりのぞくことでパラドックスを回避しうると考えたといってよい。彼は公理から直観的な意味をぬきさり、それを意味のない任意の記号列（論理式）とその変形規則（推論規則）として形式化する。そこでは公理の意味は問われない。公理はもはや直観的な自明性を必要としない。公理となる命題の資格は、そのようなものを公理としてみとめることによって、どのような公理体系ができあがるかということによって定められる。論理主義者は純粋に論理的な概念のみにもとづいて無矛盾な数学体系を建てようとしたが、そのために必ずしも論理的でない無限公理などを前提せねばならなかった。しかし、ヒルベルトにとっては、無限公理であろうと、どんな公理を採用してもよい。もしその公理系が矛盾をふくまないならば。

　こうして、彼は形式体系の無矛盾性（コンシステンシー）ということに数学の確実な基礎を求めた。数学は〝無矛盾〟であるならば〝真〟でなくてもよい、それ以上の根拠づけは不要だというのである。この結果、形式化された公理体系の無矛盾性の証明にすべてがかかってくる。ある公理体系の無矛盾性を証明する一つの方法は直観的なモデルに訴えることである。たとえば、リーマン幾何学の場合、その公理系において〝平面〟がユークリッド幾何学の球面を、〝点〟がその球面上の点、〝直線〟がその球の大円を指しているとみなすことによって、ユークリッド幾何学の球面をモデルにすることができる。そうすれば、リーマン幾何学の各公理はユークリッド幾何学の定理に変わる。つまり、ユークリッド幾何学が無矛盾であるかぎり、非ユークリッド幾何学も無矛盾であるということになる。ところが、ユークリッド幾何学の無矛盾性はそれ自体では証明できないのであり、結局は〝直観〟に訴えることになる。

　そのような方法を断念するところにヒルベルトの形式主義がある。彼はある公理系と、それについて無矛盾性を証明する論理とを区別する。後者は超数学（メタ）とよばれる。ある公理系の無矛盾性の証明のために使われる〝超数学〟に矛盾があってはならないから、彼はそれを直観主義者をも満足させるような有限的で構成的なものとする。こうして数学を形式的に自立したものにしようとするヒルベルトのプログラムが奏効（そうこう）したと思われたときに、ゲーデルの不完全性定理が致命的な一撃を与えた。

7

不完全性定理は次のようなものである。自然数の理論を形式化して得られる公理系が無矛盾であるかぎり、その形式体系のなかでは証明できないし否定もできない、つまり〝決定不能〟な論理式が存在する。またこの定理には次のような系がある。《自然数論を含むような理論Tがたとえ無矛盾であるとしても、その証明はTの中では得られない。そのためにはTよりもっと強い理論を必要とする》。

ゲーデルの証明は、簡単にいえば、超数学(メタ)の算術化――超数学における記号をゲーデル数とよばれる自然数に翻訳すること――によって、図(1)のような循環を形成してしまうことだといえる。それによって、クラスとしてのメタ数学がメンバーとしての形式体系に入りこんでくるような自己言及のパラドックスを巧妙に構成したのである。ゲーデルの定理はさまざまな意味をもつが、われわれの文脈では、それはカントールの見出したパラドックスをべつのかたちで再確認するものだといえよう。彼の証明は、ラッセルとホワイトヘッドの『プリンキピア・マテマティカ』に即してなされている。つまり、パラドックスをロジカル・タイプによって回避したラッセルに対して、たとえそうしてもそのタイピングが破られざるをえないことを示したのである。

ゲーデルは、数学の形式的基礎づけの破綻(はたん)を証明したが、それは必ずしも数学を窮地に

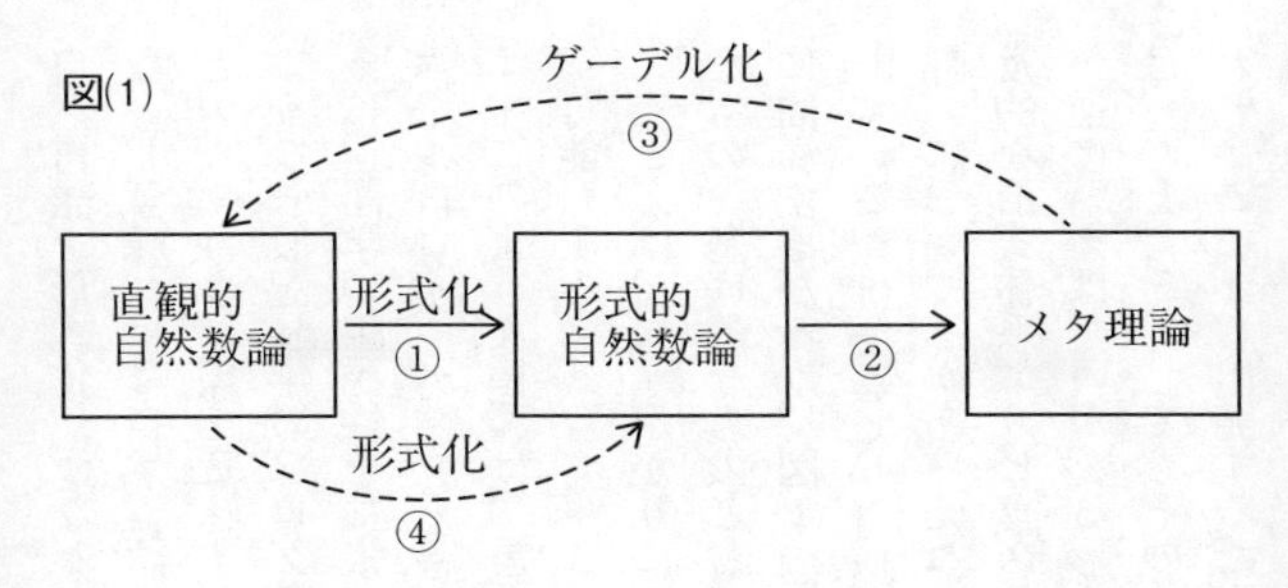

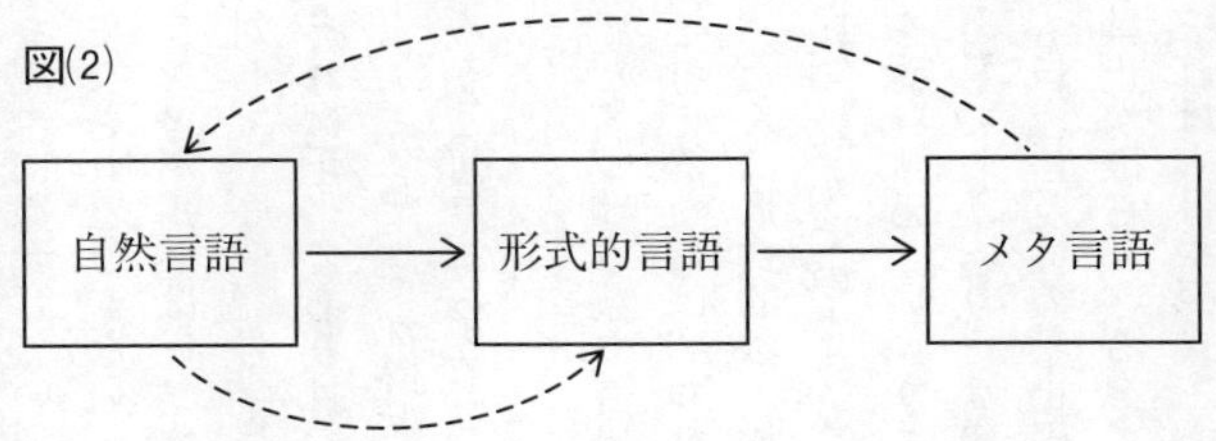

追いこむものではなく、むしろ数学を解放するものである。なぜなら、そこで破綻したのは、数学に確実性を要求すると同時に数学の確実性に依拠しようとする形而上学だからだ。したがって、ゲーデルの証明は、数学の問題にとどまりえない。この意味で、ゲーデルの証明は、先にカントールやマルクスに関してのべた文脈において読まれなければならない。あるいは、一般的に形式化がもたらす問題として読まれることができる。

たとえば、図(1)の自然数のかわりに、自然言語をおいてみれば、図(2)が得られる。図(2)は、自然言語を形式化、すなわち任意な記号に還元していったとしても、その記号形式の解釈ないし意味づけは自然言語によってなされるほかない、あるいは最終的なメタ言語はないというような循環を意味する。ロラン・バルトは、ソシュールの言語学がその一部であるような一般記号学のプログラムに対して、一般記号学自体が言語によって可能であるがゆえに言語学の根源性を主張した。それは正当であり且つ不当な批判である。おそらくソシュール自身がそのことを意識していたからこそ沈黙せざるをえなかったのだ。のみならず、このような循環は、言語であろうと何であろうと、もはや〝根源的なもの〟の措定を不可能にする。

たとえば、人々がかりに〝自然〟と名づける数や言語とは何なのか。それが何か根源的なもの・基底的なものとしてあると考えるならば、われわれは「人工と自然」の二項対立に回帰するだろう。図⑴や図⑵は、たんに形式的数・形式的言語の体系の不完全性を意味しているだけでなく、自然数・自然言語がそのような〝形式化〟によって且つその〝限界〟においてしかありえないことを意味する。いいかえれば、この循環の総過程、自己言及的な形式体系（メビウスの帯）としてしかありえないことを。

逆にいえば、いかなる形式体系も自己言及性の禁止においてである。ゲーデルが示したのは、たとえそうしてもそのような禁止が破られざるをえないことだといってもよい。われわれはここから出発するだろう。それはもはや形式主義への批判などではありえない。形式主義への批判はほとんどつねに性急且つ安直である。それは、形式化が知覚・直観・指示対象(レファレント)・主体といった〝外部性〟を還元してしまっていることに向けられる。たとえば、文芸批評における形式化に関して、ポール・ド・マンはいっている。

> どんな批判も、いかにその分析力において厳密かつ豊饒(ほうじょう)であったとしても、〝還元的〟であることなしには、あらわれることができない。形式が一義的な意味や内容の外在化だとみなされているとき、それは皮相的なものである。二十世紀における内在的・形式主義的な批評の発展は、このようなモデルを変えた。すなわち、形式はいまや自己反省の唯我論的カテゴリーであり、指示的(レファレンシャル)な意味は外在的だといわれる。内部と外部の両極は逆転したが、なお同じ両極性はそのまま残っている。内的な意味が外的な指示対象となり、外的な形式が内的な構造となっただけだ。新たなかたちの還元主義がただちにこの逆転にともなう。今日フォーマリズムは、ほとんど牢獄や閉所恐怖症というイメージで語られる。(ポール・ド・マン「読むことのアレゴリー」)

したがって、形式体系の〝内部〟(牢獄)から出ようとするか、外部性をとりこもうとする安易な試みがつねにくりかえされる。しかし、外部性があるとすれば、それは形式体系の内部における自己矛盾としてのみあらわれるだろう。そこで、あるテクストの完結的な意味（構造）を、同じテクストからそれと背反するような意味（構造）を引き出すことによって、「決定不能性」に追いこみ、解釈し囲いこむこと自体を無効化する企てがなされる。ディコンストラクションとよばれるこの批評行為は、しかし、それ自体〝形式化〟されれば、ゲーデルの証明に帰着するのである。

そのような〝形式化〟は、ポスト構造主義の言説を非特権化するのに役立つだろう。すでにいったように、ポスト構造主義は、どんなレトリックをもちいようと、数学的構造そのものが排除していたパラドックスをべつのかたちでとりかえすことでしかない、ということにさえ気づいていない。そのために、彼らは自分が何ごとかをやっているという錯覚を楽しむことができる。いうまでもなく、われわれの関心はゲーデルの証明を変奏してみせることにはない。そのような仕事は一度やれば十分だからである。

第一章　形式化と現象学的還元

1

　形式化は、指示対象・意味・文脈といった外部性を還元し、意味のない恣意的な形式的関係（差異）と一定の変換規則（構造）をみることである。この還元において、どのような手つづきがとられても本来的に差はない。そのいずれにおいても、なんらかのかたちで、形式体系内部の自立性をめぐって、あるいは外部性をめぐって、パラドックスが見出される。そのような還元の一つとして、フッサールのいう現象学的還元がある。むろん、それはその領域では、「そのような還元の一つ」であるどころか、絶対的なものとみなされているし、またそこでは「現象学的還元のパラドックス」なるものも特権化されている。そのなかで語ることは、ほとんど不毛である。

　だが、一方では、現象学的還元あるいは現象学一般が哲学的方言（ダイアレクト）にすぎないようにみなされていることも事実である。とりわけフレーゲ以後の論理実証主義・分析哲学の流れのなかでは、現象学や存在論は、まったく意味のないたわごととしてしりぞけられている。しかし、フッサールの仕事をふりかえってみると、そのような侮蔑的排斥には根拠がないことがわかるだろう。フレーゲの仕事も、フッサールの仕事も、実際には十九世紀末の「数学の危機」のなかで生じ、そのなかで別個に展開されたといえるからだ。

フッサールは、『算術の哲学』において、経験心理学的に数学的認識を基礎づけようとしたが、フレーゲの痛烈な批判にあった。フレーゲによれば、「数は心理学の対象でもなければ、心的過程の成果でもない」。その結果、フッサールは、方向を転換し、『論理学研究』では〝心理主義〟こそを批判の対象とするにいたった。フレーゲ自身もまもなく、彼の大著が完成する直前にラッセルのパラドックス（自己言及性のパラドックス）を突きつけられて理論的に破産させられたのだが、とりあえずフレーゲ・ラッセルのように、世界が論理（ロゴス）によって基礎づけられるという考えを論理主義とよぶとすれば、フッサールも疑いなく論理主義者である。

この両者にちがいがあるとすれば、〝心理主義〟を排除することによって、フレーゲが論理学的な形式化にすすんだのに対して、フッサールはある意味で〝心理主義〟に固執しつづけた点にある。この場合、〝心理主義〟とは、十九世紀の実証主義的な実験心理学だけをさすのではない。フッサールはいっている。《……実験的方法はいかなる実験をもってしても成し遂げることのできないものを、すなわち意識そのものの分析を、すでに前提しているのだ》(「厳密な学としての哲学」)。「意識そのものの分析」にかんしては、われわれはデカルト以来の〝内省的〟方法、あるいは心理的自我(主観性)に訴えるほかない。フッサールは、むしろこの近代(古典主義)的哲学の圏内で、〝形式化〟の問題に対処しようとした。彼にとって、デカルトやカントは心理主義的である。だが、それを批判するにあたって、フッサールは形式(記号)から出発するのではなく、いわば主観的内省を極限化するところからはじめたのだ。

フッサールのいう現象学的還元は、対象＝客観的(オブジェクティヴ)世界の素朴な実在性をカッコにいれる、つまり日常的であり自然科学的であるような態度(自然主義)をいったんカッコにいれるところにある。たとえば、それが対象の側に即して語られるとき、それは「形相的還元」とよばれるといってよい。つまりフッサールにとって、〝形式化〟とは形相的還元にほかならない。一方、それが意識の側に即して語られるとき、それは「超越論的還元」とよばれるのだといってよい。この二つは、現象学的還元のなかで相補的なものだが、後者の方が重要だ。というのは、フッサールの関心は、なんらかの〝還元〟によってえられる形式体系そのものよりも、それがいかにして構成されるかを明らかにするところにあったからである。

超越論的還元によって、彼は心理的自我・主観性・コギトにかわって、超越論的自我・主観性をとりだす。形式的・イデア的なものを構成し存立させるものとして。だが、フッサールはなぜそうしたのだろうか。すでにいったように、フレーゲ・ラッセルの流れのなかではこのような試みは黙殺されるし、他方現象学の流れのなかでも本当はまったく理解されていないにひとしい。それを理解するには、フッサールとフレーゲが実際にも交通し、また問題を共有した時点、つまり「数学の危機」に遡行すべきである。

2

もともと数学者だったフッサールは、十九世紀後半の数学の形式化（集合論）の意義を正確につかんでいる。滑稽なことに、多くの現象学者は、フッサールの初期の仕事が『算術の哲学』と題するものであるがゆえに、それがすべての数学に基礎論的にかかわるものだということをみおとしている。そうした無知と無関心は、メルロ゠ポンティとその追随者に典型的にみられる。さらにいえば、フッサールの『論理学研究』は、すでに論理学の形式化（記号論理学）を前提しているのである。

……古来哲学の最も固有の領域に数えられてきた三段論法理論の完成すら最近では数学者たちによって主張され占有されるようになり、彼らの手で予想外に発展させられているのである――ずっと以前に解決したと思われていたこの理論でさえこうなのである。しかもそれと同時にこの〔数学者の〕側では、伝統的論理学が見落したり誤認したりしていた、幾つもの新しい推論の種類の諸理論が発見され、真に数学的な精緻さで完成されたのである。数学者が数学の形式と方法に従って取り扱いうるすべてのものを独占しようとするのを誰も拒むことはできない。現代科学としての数学、特に形式数学を知らずに、ただユークリッドやアダム・リーゼを基準にして数学を推しはかる者のみが、あたかも数学的なものの本質は数と量にあるかのように思う一般的先入見をいまだに墨守していられるのである。

哲学者が論理学の《数学化的》諸理論に抵抗して、自分のかりそめの養子たちを彼らの生みの親に手渡そうとしないとすれば、自己の自然の権利領域を逸脱しているのは、数学者ではなく、哲学者である。哲学的論理学者は推論の数学的諸論理を好んで過小評価するが、しかしそのような軽視は、これらの理論の場合も、厳密に展開されたあらゆる理論（勿論この語は真の意味に解されねばならない）の場合と同様、数学的な論述形式が唯一の学的形式であることを、すなわち体系的な完結性と完全性を与え、そしてあらゆる可能な諸問題とそれらの解決の可能な諸形式とを概観させる、唯一の形式であることを、少しも変えはしない。

しかし、あらゆる本来的理論の研究が数学者の領分に属するとすれば、哲学者には、ではいったい何が残されているのであろうか？（フッサール「論理学研究」第一巻、立松弘孝訳）

フッサールは、哲学がまだ自分のものだと思いこんでいる領域が錯覚にすぎないことを知っている。また、自然科学（解析幾何学）をモデルにするか、さもなければそれに反撥して、〝質的〟な何かを前提する「文化科学」なるものが、「あたかも数学的なものの本質は数と量にあるかのように思う」錯誤にもとづいていることを知っている。むしろフッサールが公然と認知するのは、「形式数学」によって、諸学問とりわけ哲学がその固有の領分をおびやかされたことからくる〝危機〟なのだ。彼の現象学には、哲学（者）には何が残されているのかという問いが重なっている。むろんハイデッガーものちに「哲学の終りと思惟の使命」について語りつづけるだろうが、フッサールにとって、この自覚は「形式数学」そのものからきたことを忘れてはならない。

このことが忘れられているために、現象学は、しばしば「文化科学」に固有の方法とみなされている。メルロー＝ポンティの「知覚の現象学」、ビンスワンガーの「現象学的精神病理学」、A・シュッツの「現象学的社会学」というふうに。こうした傾向は、新カント派的な「自然科学と文化科学」の区別、あるいは解釈学（ディルタイ）的な区別――文化科学は主体の〝了解〟や〝体験〟に依存する――を受けつぐものだ。

序説で示唆したように、このような区別を成立させてきたのは、古典主義的な知の配置（遠近法）であり、集合論はその遠近法や区別を廃棄するものとしてあらわれた。フッサールにとっての関心は、古典物理学をモデルとする諸科学（実証主義・自然主義）の支配に異議をとなえ、生・文化・社会といったものの特異性を回復し保存しようとするところにあったわけではまったくない。大なり小なりそのように受けとめれば、現象学はまるで自然科学への人間主義的な批判のように考えられてしまうだろう。

その逆に、フッサールにとっての〝危機〟は、自然科学と文化科学、諸学問（科学）と哲学といった区別を無効にするような形式数学（集合論）を前提していたがゆえに生じたのだ。彼の言葉でいえば、「哲学に残されている」のは、そのような形式的なものの基礎、あるいはその存在性格を明らかにすること以外にはない。フッサールは、現象学的＝形相的還元によって、そのような形式的なものをとり出す。形式数学は〝客観的〟に在るわけでもないし、〝心理学的〟に在るわけでもない。それはイデア的なものであるほかない。「イデア的なものは認識主観やその認識作用には無関係にそれ自体として存在する」が、プラトンのイデアとちがって、それは存在する場所をもたない。というのも、イデア的なものは「形相的還元」によってのみ見出されるものだからである。

それなら、イデア的・形式的なものはどこに存し、いかに形成されるのか。フッサールによれば、それは「生活世界」においてであり「超越論的主観性」によってである。この場合、「生活世界」を、メルロー＝ポンティのように身体や知覚と結びつける必要はない。むしろそれは、意識（心理的自我）と区別される、「無意識」の層だといった方がよいが、むろん後者を、方法的に想定される位相空間（構造）とみるかぎりにおいてである。

ここで、フッサールの〝イデア的なもの〟への考え方を、プラトンやデカルト・カントと比較するために、先にものべた比喩をくりかえしてみよう。解析幾何学にもとづくデカルトにおいては、均質空間としての延長と、それを可能にする消失点としてのコギト（思惟）からなる遠近法が成立している。それに対して、フッサールが仮設する「超越論的自我」は、射影幾何学における無限遠点のようなものだ。たとえば、射影変換によれば、どんな三角形も同一である。つまり、フッサールがとりだす〝イデア的なもの〟は、すでに変換（働き）をふくんでいるので、それをどこかに位置づけることができない。一方、プラトン（ユークリッド幾何学）においては、三角形は合同であるときのみ同一である。実際は、〝合同〟においても重ね合わせる変換（働き）が不可欠なのだが、プラトンはそれをみなかった。フッサールにおいて、イデア的なもの＝同一的なものは、異なるものを変換する働きなしにありえないので、いわばそのような働きが「超越論的主観性」に帰せられたのである。

この比喩によって私がいいたいのは、第一に、フッサールの現象学が基本的には近代の遠近法的形式空間に内属すること、心理的自我が形式的な〝作図〟としてあるとすれば、そのような人工的空間を斥けるべく見出される「生活世界」と「超越論的自我」もまた、一つの〝作図〟だということである。だが、忘れてならないのは、このことが「数学の危機」にはじまっていること、つまりフッサールの〝作図〟は、フレーゲ・ラッセルとは一見して無縁のようにみえるが、数学の論理主義的基礎づけにとって不可欠な要請であり信念でもあったということだ。

3

われわれは、ここで「現象学から構造主義へ」あるいは「実存主義から構造主義へ」といったふうに語られてしまう通俗的な思想史を棚上げしなければならない。直接的にそう語らなかったとしても、フッサールは、構造主義がそこから出てくる集合論（形式数学）の問題を、基本的に先取りして語っているのだと読むべきである。また、フッサールの問題は、フッサール以後の現象学者の仕事を通してよりも、構造主義のあとからふりかえってみるときに鮮明になるというべきである。逆にこういうべきかもしれない。現象学的方法に反対するところに成立した「構造主義」は、自らの基礎を問うとすれば、必ずフッサールの問題に当面せざるをえないのだ、と。

レヴィ＝ストロースは、ヤコブソンの音韻論は真に科学的なものだといっている。それは音韻論が新しい形式数学、すなわち「代数的構造」によって確立されたからだ。したがって、それは「自然科学」であり、それまで物理学を模範としていた文化諸科学に対して、新たな模範となる。

今日では、あらゆる社会現象のうちでただ言語だけが、対象の組成を説明しその将来の変化のある種の様態を予見するような、真に科学的な研究の対象となるかに見える。このような成果は音韻論のおかげで得られたのだが、それも音韻論が、つねに皮相なものである意識的・歴史的現象としての言語の彼方に、ある客観的な現実を見出したからである。それはいくつかの関係の体系であり、それらの体系はそれ自体精神の無意識的活動の産物である。そこから次の問題が生ずる。このような還元は他のタイプの社会現象についても可能であろうか？　また、もしそれが可能だとした場合、同一の方法で同一の結果が得られるだろうか？　さらに、この第二の問いに肯定的に答えたとして、社会生活のさまざまな形態がどれも実質的に同一の性質をもつ行動の体系であり、そのそれぞれが、精神の無意識的活動を支配する普遍的法則の、意識的・社会的思考の面への投影であるということが容認できようか？（レヴィ゠ストロース「構造人類学」荒川幾男他訳）

この問いに対して、レヴィ゠ストロースはイエスと答えたいのだ。だが、彼は、なぜいかにしてそのような「無意識的な下部構造」（形式）が普遍的に〝在る〟のかを問おうとしない。多くの場合、彼はそれを仮設的モデルとみなし経験的な事実との合致によって確証するという立場にとどまるか、さもなければチョムスキーと同様に、そのような構造が進化によって形成された遺伝的プログラムによるものだと考える。つまり、明らかに数学的なものである「構造」の存在性格を問うことなしに、それを経験的に発生論的に裏づけようとする。フッサールがこのようなごまかしを〝自然主義〟とよんだことはいうまでもない。フッサールの内省＝遡行がまさに「無意識的な下部構造」がいかにして構成されるのかと問うことにあったとすれば、構造主義はその問いを無視しているか、さもなければフッサール的な論理主義的基礎づけをあらかじめ前提しているのである。

ポール・リクールは、レヴィ＝ストロースの構造主義を、「超越論的主体なきカント主義」とよんだが、これはまちがいだ。第一に、構造主義を生みだす形式数学はもはやカント主義の手にあまるものであり、第二に、レヴィ＝ストロースは、たとえそういわなくても、「超越論的主観性」を暗黙に前提しているのである。いいかえれば、構造主義は、基礎論的にみれば、まったく論理主義なのであり、しかもそのことに気づかないのだ。

フッサールは、形式的なもの（イデアルなもの）の存在を、経験論的にあるいは発生論的に基礎づけることを徹底的にしりぞけた。だが、それは依然として〝問題〟でありつづけた。晩年の『ヨーロッパ諸学の危機と超越論的現象学』や『幾何学の起源』という書物は、形式数学の「論理主義」的な基礎づけという角度から読まれるべきである。彼がみいだす「危機」は、たんに同時代のファシズム（非合理主義）に対応するのではないし、また、ガリレオ以来、科学的客観のアプリオリが「生活世界」すなわち前科学的経験構造から遊離してしまったという批判にあるのでもない。それは「数学の危機」が彼に強いつづけたものなのだ。

彼は、科学的客観性のアプリオリが、いかにして生活世界のアプリオリから構成されるのかを問う。この問いはたとえ「幾何学の起源」とよばれたとしても、歴史的・発生的なものではない。それは現象学的な内省＝遡行によって可能であり、あるいは形式的にのみ可能なのである。

認識論的解明と歴史的ならびに精神科学的‐心理学的説明、認識論的起源と発生的起源とを原則的に分離する支配的ドグマは、「歴史 Historie」とか「歴史的説明」とか「発生」とかの概念が、例によって許しがたいほど制限されるのでないかぎり、根本的に倒錯しているのである。あるいはむしろ、最も深く本来的な歴史の問題をまさに隠しつづけるこのような制限が、根本的に倒錯しているのである。（「幾何学の起源」田島節夫他訳）

フッサールは『幾何学の起源』において、幾何学が特定の時期に特定の人々（ギリシャ人）によって確立された事実をもカッコにいれる。さらに民族学的「相対性」をもカッコにいれる。かくして、彼はそこに「生活世界における普遍的アプリオリ」を見出し、それによって、歴史そのものに「理性の目的論」を見出す。

のちにデリダが「ロゴス中心主義」とよぶことになる、このようなフッサールの姿勢は、もっと具体的にいえば、数学的な「論理主義（ロジシズム）」のもう一つのあらわれにほかならない。もし現象学のターミノロジーの中に迷いこまないならば、それに対する批判は容易である。すなわち、ゲーデルがラッセルの論理主義に対してなした証明をとりだせばよい。逆にいえば、フッサールに対する批判は、実質的にはゲーデルの証明の変奏となるほかはない。

しかし、論理主義的な信念において、いささかのごまかしをも排除したフッサールの態度は、われわれにとって決定的に重要である。それは、形式数学の広がりを先取りしておさえているがゆえに、いかなる領域にも妥当するからである。

われわれは、経験的な方法や発生論的な方法に訴えることなく、自己言及的な形式体系から出発する。だが、その権利は、フッサールの現象学的還元によって与えられるといってもよい。フッサールのいう「生活世界」は、われわれの考えでは、本来的には自己言及性のパラドックスにさらされるがゆえに、過剰で不均衡な世界である。ラッセルと同様に、フッサールは、自己言及性の禁止（ロジカル・タイプ）によって、超越論的主観性を確保しようとする。

> ここで、われわれに関心のある科学、すなわち真理をめざし誤りを避けるように方向づけられた思考の領域においては、当然のことながら、連合的な形成の自由な戯れには初めからきわめて慎重に閂を差しておくような配慮がなされる、ともいわれるだろう。精神的所産は、さしあたりはただ受動的に再受容されて任意の他者に引き継がれうる永続的な言語的獲得物という形で不可避的に沈澱していくため、連合的形成は絶えざる危険として残る。人は、現実的な蘇生可能性をただ単に後になって確かめるばかりでなく、当初の明証的な創設以来すでに、それを蘇生させる能力とこの能力を持続的に保持しているという保証をもつことによって、この危険に対処する。このことは、言語的表現の一義性を心にかけ、当該の語、命題、命題連関などを綿密細心に確定し、一義的に表現さるべき成果を確保するように配慮することによって行われる。(「幾何学の起源」)

ここでは、フッサールは、論理（ロゴス）が、あるいは超越論的主観性が、いかに「連合的な形成の自由な戯れ」という「危険」にたえずさらされているか、いかにそれを禁止することによってそのつど保持されるかを示している。メルロー＝ポンティにとって、「生活世界」はこのようなものではない。それは、「科学がその二次的な表現」にすぎないような故郷の如きものである。また、彼はフッサールのいう超越論的主観性（共同主観性）を間身体性といいかえるが、それはまるで予定調和的な〝自然〟である。ラカンにとっては、共同主観性の生成は「恐ろしい苦痛」を通してなされる。そして、ラカンはこの領域を「象徴的なもの」とよぶのだが、それは明らかに数学的な構造としてのみ〝在る〟ようなレベルだ。ところが、事実上ラカンは、それを人間の生理学的・進化学的条件にもとづいて発生論的に説明している。実際は、それは発生論的に論じられるべきではなく、無意識的な「構造」が構造として存立するための論理的要請（禁止）としてみられるべきなのだ。

いうまでもないが、われわれは、心理的自我と超越論的自我、あるいは意識と無意識を、図と地のように截然と二分することはできない（次ページ図参照）。フッサールはいっている。

……そのために超越論的哲学はつねに、わかりにくさというその十字架を背負ってきたのである。経験的主観性と超越論的主観性の差異は、不可避的なものでありつづけたが、その同一性もまたやはり不可避的であり、しかもわかりにくいものであった。わたし自身が超越論的自我としては世界を「構成」しながら、同時に心としては世界の中にある人間的自我なのである。世界にその法則を課する悟性はわたしの超越論的悟性であ

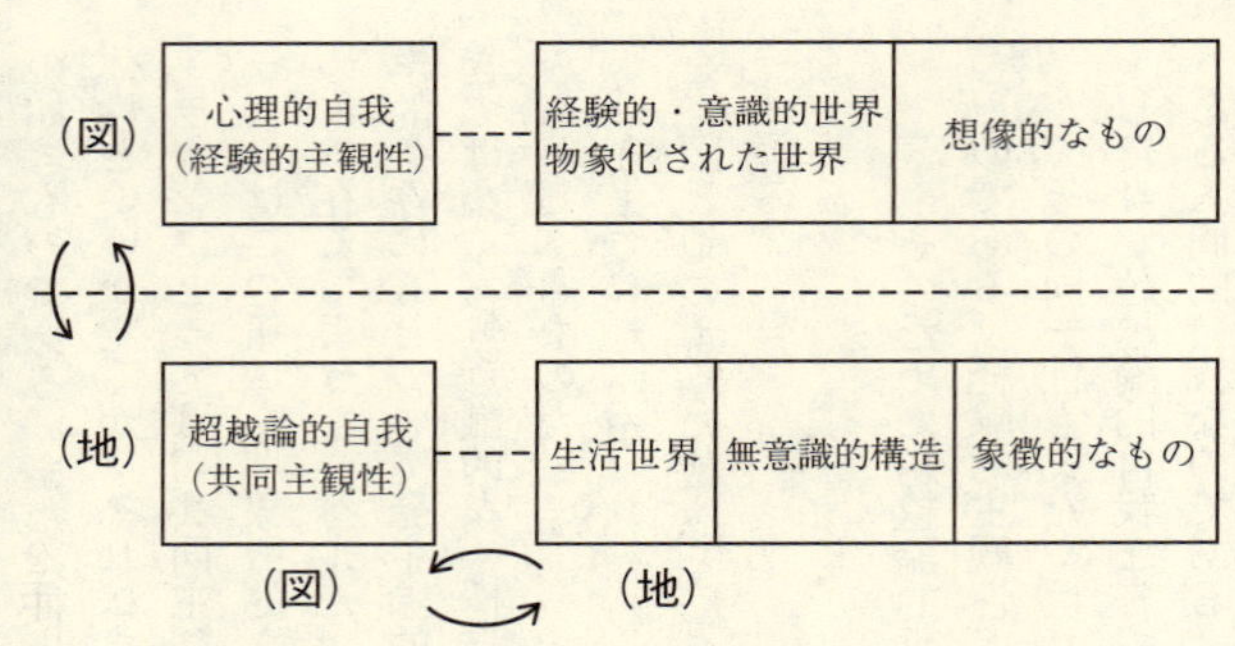

り、この悟性が、わたし自身をもこの法則に従って形成するのであるが、この悟性はやはりわたしの——哲学者の——心的能力なのである。(『ヨーロッパ諸学の危機と超越論的現象学』細谷恒夫・木田元訳)

このパラドックスは、「(現象学的)還元の最も偉大な教訓とは、完全な還元は不可能だということである」(メルロー＝ポンティ『知覚の現象学』)というのとは、ややちがっている。つまり、フッサールは、「非反省的な生活世界こそ反省の端緒的かつ恒常的かつ終局的な状況である」(同右)といっているのではない。超越論的現象学の「わかりにくさ」は、それら二つの区別(差異)が不可避的であると同時にその同一性も不可避的であること、いいかえれば、そのいずれが地であるか図であるかを決定しえないというところにある。図示したような地(グラウンド)と図(フィギュア)の反転可能性は、フッサールが論理主義的に〝根拠〟をもとうとしたがゆえに、逆にその〝無根拠性〟をもそれだけ強く確認せねばならなかったことを示している。フッサールの後継者たちも批判者たちも、そのことをみのがしている。

4

ソシュールによって現代の言語学・記号論がはじまるといえるとすれば、彼によってはじめて言語の「形式化」がなされたからである。そして、そのことは、ヤコブソンが指摘するように、一種の「現象学的還元」なしにはありえなかった。ソシュールの前には、自然科学的・歴史主義的な言語学が支配的であった。そこから、ある切断なしには、ソシュールの言語学はありえなかったのである。

たとえば、ソシュールは音韻と音声を区別し、音韻論（フォノロジー）と音声学（フォネティックス）を区別する。この区別には重要な省察がふくまれている。すでにフッサールの現象学を学んでいたヤコブソンは、その画期性を次のようにふりかえっている。《ソシュールの偉大な功績は、つぎのことを正確に理解した点にある。すなわち、発声行為を研究して音声単位をとりあげ、音連鎖の音を境界画定するときは、すでに、ある外在的データが無意識のうちに存在している》（「音と意味についての六章」花輪光訳）。

これはいうまでもなくフッサールの〝心理主義〟への批判に対応している。《実験心理学は同様に、いわば価値のある精神物理的な事実や規則を確定しようとしている一つの方法である、しかし、心理的なものを内在的に探求してゆく体系的意識学がないならば、これらの事実や規則を、より深く理解し決定的に科学的に利用することは、できないのだ》（「厳密な学としての哲学」）。

たとえば、色を物理学的に区分して行くとき、すでに色の言語的・文化的な分節が前提されているが、同じことが音声についていえる。ソシュールは音韻を、物理学的に画定できないだけでなく、むしろ物理学的画定そのものを可能にするような差異的「形式」としてとり出したのである。フッサールが哲学において直面していた状況は、ソシュールが言語学――物理学的な音声学と歴史的言語学が支配的であった――において直面していた状況とパラレルである。ソシュールの課題も、まず言語学はいかにして「厳密な学」たりうるかということにあったといってよい。そして、彼がとったのは、音声学や通時的な言語史ではなく、「意識に問いたずねる」という方法であった。このことは、おそらく彼らが表面的には無関係であったがゆえに、いっそう重要である。それにつけ加えていえば、『経済学批判』におけるマルクスも、経済学の対象を商品の「形式」に限定し、物理的・対象的な商品を「商品学」として還元したのである。

ソシュールが共時的なラング（形式体系）を言語学の対象としてとり出すのも、同じ手つづきによっている。《ラングは実在体ではなく、ただ語る主体のなかにしか存在しない》。ラングは、外在的なもの（心理主義的にも自然主義的にも）ではなく、「語る主体」

の意識に問いたずねることによって、いいかえれば、現象学的＝形相的還元によってのみ見出される。この場合、共時性—通時性の意味の変容にも注意しなければならない。共時性とは、古典物理学的な時間軸における瞬間（t_0）とは無縁であって、それはただ現象学的内省にとり出されるいまである。同様のことが通時性についてもいえる。それはもはや物理的・歴史的な線ではなく、共時的体系の変容においてのみ存するような時間性なのだ。共時性—通時性は、いわば一つの位相空間においてである。

こうして、ソシュールの言語学は、どんなに主観性に逆らうようにみえても、まず主観性から出発しているのであり、そこから心理的でも物理的でもない「イデアルなもの」をとり出すことからはじまっている。ある意味で、これはオグデン＝リチャーズやパースの三項図式（意味・記号・指示対象(レファレント)）を破壊することになる。この三項図式（三角形）のなかでは、実は、心理主義的に見出される意味（概念）と、自然主義的に見出される指示対象(レファレント)が、何の疑いもなく併置(へいち)されているからである。ソシュールのいうラングは、音声やレファレントのような外在性をカッコにいれるところに定立される。さらに重要なことは、かりに説明のためにソシュールがシニフィアン＝聴覚映像、シニフィエ＝概念という誤解の生じやすいいい方をしたとしても、彼がこのとき概念や聴覚映像という心理主義的なものを還元してしまっていることである。ソシュールにとって、言語とは「形式」なのだ。そして、そのような認識は、現象学的還元によって得られるのであって、たとえば情報理論からくるものと区別されなければならない。

フッサールは、表現（有意味的記号）と指標（指示的記号）を区別し、後者を排除する。コミュニケーションとしての言語には指示作用があるから、純粋に表現（有意味的記号）と意味を考察するためには、「孤独な心的生活における表現」に向かわねばならない。そこでは、記号はもはや現実に存在せず、たんに想像的に表象されるだけのものにすぎなくなる。《言葉が実在していなくとも、われわれの妨げにはならない。それに言葉の非実在は、われわれの関心も引かない。なぜなら表現そのものの機能には、それは全く関係がないからである》（「論理学研究」第二巻、立松弘孝他訳）。

しかし、フッサールがイデア的同一的な意味をとりだす方向にすすみ、したがって記号に関心をもたないのに対して、ソシュールは逆に意味を宙づりにし、それを可能にする差異的な記号体系を見出す。フッサールの形相的還元に対して、われわれはそれを構造論的還元とよんでもよい。それらは決定的に異質であるともいえるし、また見かけほどちがっていないともいえる。

ひとまずわれわれが確認しておくべきことは、記号の本質が現象学的還元においてはじめて問われうるということである。それは外的な記号を考察することによっては不可能である。たとえば、記号は、それが発信者をもつか否かで区別され、また記号が指示・代理している対象物との関係で、徴候（インデクス）・図像（イコン）・記号（サイン）の三つに分けられる。狭義の記号は、対象物や概念といかなる有縁性ももたないものとされる。しかし、このような区別は外在的であって、記号一般がまず記号でありうるための前提がそれに先立って明らかにされねばならない。たとえば、黒雲から雨の徴候を意識するとき、黒雲は記号であるが、そうでなければ、黒雲はたんに黒雲にすぎない。それが「意味」として意識されるかぎり、黒雲は意味する（シニフィアン）ものとなりうる。この場合、記号の発信者がいようといまいと関係がない。明らかに発信者がいても、その意味がまったく理解できないならば、それは記号ではない。また、黒雲であれ、表情やしぐさであれ、絵画であれ、それらの「意味」が了解されるかぎりで記号であるとすれば、外的な記号一般について考えるまえに、記号を記号たらしめるものがなにかを明らかにしなければならない。

ソシュールの考えでは、記号の記号性は、差異性にしかない。この意味で、ソシュールが文字を排除してしまったのは音声中心主義（デリダ）だからではない。彼はむしろそのことによって音的なものをも排除してしまい、差異性のみをとり出すことになるからだ。文字であれ、音声であれ、他の記号であれ、そのような外在的相違をいったん還元することによって、記号の記号性が問われることができるのだし、そのような現象学的手つづきが先行しないかぎり、われわれは心理主義をまぬかれないのである。ソシュールは現象学的還元によって、還元不可能な差異にたどりつく。だが、このことは外的な記号、文字、テクストに固執しているかぎりはありえない。外的な記号を排除することによってのみ、記号の外部性が真に問題となる。そのとき、音声も文字と同様に言語学の《外部》である。ソシュールの音声中心主義を批判するかのようにみえるデリダは、まさにそのことを語っているのだ。

> ……まさにソシュールがもはや文字言語（エクリチュール）をはっきりとは取扱わず、この問題についてはもう決着をつけたのだと信じたその時にこそ、彼は書差学（グラマトロジー）一般の分野を解き放つのである。この学は、もはや言語学から排除されないばかりでなく、それを支配し、自己のうちにそれを含みこむであろう。そのときには、境界外に追いやられていたもの、言語学から追放されていたこの迷えるものは、言語の第一のより親密な可能性としてたえず言語につきまとっていたのがわかるのだ。そのとき、かつて語られたことのけっしてなく、言語の根源としての書差（エクリチュール）自身以外の何ものでもないものが、ソシュールの言説の中に書きこまれる。（「グラマトロジーについて」足立和浩訳）

のちにのべるように、ソシュールに対するデリダのこうしたdéconstructiveな読解は、彼のフッサールに対する読解とまったく同じものだ。つまり、「語る主体」の意識に問うような現象学的構えは、現前性（いま）の優位の下に、différance（差異＝遅延）を抑圧しているが、そのこと自体現象学によってのみ明らかにされうるというように。

5

しかし、ソシュールの仕事を現象学と平行させてみることは、このあたりでやめなければならない。まともな書物を残さなかったソシュールには、かりに〝原資料〟を参照してもなおあいまいなところがある。たとえば、ヤコブソンは、ソシュールが現象学的に中途半端であり、心理主義的・自然主義的側面をとどめていたと批判している。

ヤコブソンにとって、音韻とは意味を弁別する機能であり、構造は機能・目的と切りはなすことはできない。彼がみとめる差異性は、「上位のレベルの実在体（形態素、語）を互いに判別するために用いられる差異」である。同じいい方をすれば、文という構造は、言述を弁別する機能として見出され、次に、語は文を弁別する下位構造として見出される。つまり、文はたんに消極的な辞項ではなく、下位構造としての語に対しては積極的なのである。同じことが語についていえる。こうした階層構造にあっては、その最下位単位である音素のみが、純粋に差異的なものとしてとり出される。しかし、ソシュールはそうではなかった。

ソシュールは、音素の純粋に示差的、消極的な性格を完全に理解していた。だが、彼は結論を性急に一般化して、あらゆる言語実在体に適用しようとつとめた。言語には積極的辞項を欠いた差異しかない、と彼は断言するにいたった。ソシュールの観点からすれば、文法範疇もまた消極的価値にすぎず、重要な唯一のことは、これと対立する範疇との不一致性である。ところで、この場合、ソシュールは二つの異なる観念を混同するという重大な誤りをおかした。（ヤコブソン「音と意味についての六章」花輪光訳）

ヤコブソンは、ソシュールにとって乱雑な諸関係（差異）の体系にすぎなかった音韻の基底に、論理的な弁別特性の束を見出している。《どんな特定言語の、どんな音素の、どんな差異も、単純で分解不可能な二元的対立に完全に解離される》。いいかえれば、ヤコブソンは、音素の集合のなかに代数的な構造を見出したのだ。むろん彼はそのような構造を構造たらしめるために、ゼロ音素を導入する。こうして、音韻論の構造は、もはや機能的にみられた構造とちがって、「無意識的な下部構造」（レヴィ＝ストロース）となる。ソシュールにとって、まだ構造がもの（音素）としての構造であるがゆえに多様的であるとすれば、ヤコブソンにとってそれは働き（対立）としての構造であるがゆえに同一的で普遍的なものである。

レヴィ＝ストロースは、多様かつ混沌（こんとん）としたものの根底に〝論理的なもの〟があるという認識に衝撃を受け、それまで前論理的なものとみなされた未開社会の制度や神話を、音韻論（というより数学的構造）を導入することによって、解明可能なものとした。

厳密には、「構造主義」はそこからはじまるのであって、ソシュールを構造主義の祖とよぶのは、マルクスやフロイトをそうよぶのと同じ意味合いにおいてでしかない。すでに明らかなように、ヤコブソンの見出す構造は、フッサールのいう超越論的主観性に対応している。構造主義者は、フッサールと同様に、前科学的生活世界のなかに、超越論的な論理(ロゴス)・理性を見出したのである。だが、ソシュールはどうだっただろうか。彼にもそのような野心があっただろうか。われわれの考えでは、ソシュールは根底に論理的なものを想定しようとはしなかった。逆に、彼にとって、言語体系・規則は、本来的に混沌かつ過剰なるものを統御(とうぎょ)するものにほかならない。ソシュールが重視する「言語の恣意性」は、同一の概念がさまざまな記号で示されるというようなこととまったく関係がない。ソシュールの考えでは、恣意性はカオス的であり、それを制限し秩序化するものとして線条性が考えられている。

> およそ体系としての言語に関係のあることがらはすべて、この観点、すなわち恣意性の制限ということから論及さるべきであると、われわれは確信する。言語学者はこれをほとんど無視するのだが、これこそ最上の基礎である。事実、言語の体系はすべて、記号の恣意性という、もし無制限に適用されたならばこの上ない紛糾をもたらすにちがいない不合理な原理にもとづくものであるが、幸いにも精神は、記号の集合のある一部

に、秩序および規則の原理を引きいれてくれるのである。これが相対的有縁性の役割にほかならない。もし言語の機構がまったく合理的なものだったとすれば、それをただそれとして研究することが可能であろう。しかるに、それは本来混沌たる体系の部分的修正にすぎないのだから、ひとはこの機構を恣意性の制限として研究するときは、言語の本性そのものが課する観点をとりあげるのである。(「一般言語学講義」小林英夫訳)

ここでは、恣意性と線条性という概念は、ヤコブソンが考えるようなものとまったくちがっている。おそらくそれは現象学的な構えから逸脱している。ヤコブソンの、ソシュールが現象学的に徹底していなかったという批判は、ある意味で正しいが、ある意味でまちがっている。というのは、ソシュールは、現象学的還元によって見出されるものは、すでに線条性によって秩序化されたものにすぎないということを省察していたといえるからだ。

先に私は、ソシュールが「意識に問う」ことからはじめたとのべた。このことはまちがいない。しかし、他方でソシュールは「意識に問う」ことを避けたともいえる。おそらくそのために、彼はヤコブソンによって不徹底性を批判され、たんなる先駆者として片づけられたのであるが、ソシュールの姿勢のあいまいさには、なにか重要な意義があり、それは彼の〝沈黙〟と切りはなせないというべきである。

たとえば、「主観が主観に関して直接問いたずねること、また精神のあらゆる自己反省は危険なことである」と、ニーチェはいっている。《それゆえ私たちは身体に問いたずねる》（「権力への意志」）。このようにいうとき、彼は、意識への問い、すなわち内省からはじまる「哲学」がすでに決定的な隠蔽（いんぺい）の下にあることを告げている。《私たちが意識するすべてのものは、徹頭徹尾、まず調整され、単純化され、図式化され、解釈されている》。

しかし、そういったとしても、ニーチェはやはり「意識に問いたずねる」のであって、「身体と生理学」からはじめるのではない。ただ、彼が警戒するのは、内省的な明証性のなかでとらえられる「形式体系」がすでに一つの禁止・隠蔽の下にあるということだ。したがって、ニーチェの遡行は、現象学的な内省＝遡行であると同時に、そのことを可能にする目的論的な統合性の解体でもある。

ニーチェは、のちにフッサールが超越論的自我とよぶものについて、次のようにのべている。

私たちの「自我」が、私たちにとっては、私たちがそれにしたがってすべての存在をつくりあげたり理解する唯一の存在であるなら、それもまことに結構！　そのときには、ある遠近法的幻想が――一つの地平線のうちへのごとく、すべてのものをそのうちへとひとまとめに閉じこめてしまう見せかけの統一が、ここにはあるのではなかろうかのであり、はるかに研究しやすい豊富な現象を貧弱な現象の理解のための手引きとして利用するということは、方法的に許されていることである。


主観を一つだけ想定する必然性はおそらくあるまい。おそらく多数の主観を想定しても同じくさしつかえあるまい。それら諸主観の協調や闘争が私たちの思考や総じて私たちの意識の根底にあるのかもしれない。支配権をにぎっている「諸細胞」の一種の貴族政治？　もちろん、たがいに統治することになれていて、命令することをこころえている同類のものの間での貴族政治？

主観を多数とみなす私の仮説。（「権力への意志」原佑訳）

ここからふりかえってみれば、ソシュールが言語の恣意性を主張していたとき、何を想いうかべていたかが明らかになるだろう。ソシュールのいう「恣意性」とは、ほとんどニーチェのいう「身体」なのである。ニーチェが「身体」にみるのは、多様且つ過剰な諸力の関係なのだが、この力はむろん物理学的なものではなく、むしろ意味に近いなにかである。だからこそ、それは「権力への意志」というメタファーで呼ばれなければならない。

われわれは、「意識」においてそれに接近することはできない。意識にとって明証的なものは、一義的・同一的であり、そこでは、もはや多様な非方向的な関係の闘争・戯れは中心化され抑圧されてしまっている。「権力への意志」とは、権利上、意識に先行する一つの場、あるいは網目状組織である。ニーチェにとって問題だったのは、この「権力への意志」としての多様な、多義的な場が中心化されるプロセスであって、彼がそれをどのレベル――僧侶、哲学者、概念、数……――で問うたとしても同じことなのだ。

むろんソシュールはニーチェのように攻撃的ではなかったし、そのようなことを主張したわけではない。逆に彼は沈黙した。彼にまとまった本の出版を許さなかったものは、おそらく言語そのものの性質なのだ。あるいは、〝形式化〟に付随するパラドックスなのだといってもよい。

ソシュールは、『一般言語学講義』のなかで、言語学が一般記号学の一部であるといい、同時にべつのところで、一般記号学は言語学の一部であるといっている。彼はこの矛盾をけっして解消しようとしない。というより、たぶん解消できなかったのだ。この二つの言明は、次のようなプロセスとして読むことができる。自然言語は形式化されねばならない。だが、そのような「形式」は、結局特定の自然言語によって支えられるほかない。このような循環は先にゲーデルの不完全性定理の証明について図示したものと同型である。

われわれはむしろこういってもよい。言語とはもともと言語についての言語である。

すなわち、言語は、たんなる差異体系（形式体系・関係体系）なのではなく、自己言及的・自己関係的な、つまりそれ自身に対して差異的であるところの、差異体系なのだ。自己言及的（セルフリファレンシャル）な形式体系あるいは自己差異的（セルフディファレンシャル）な差異体系には、根拠がなく、中心がない。あるいはニーチェがいうように多中心（多主観）的であり、ソシュールがいうように混沌かつ過剰である。ラング（形式体系）は、自己言及性の禁止においてある。

おそらくソシュールは、言語を形式化しながら、同時にそのことの不可能性（不完全性）が不可避的なものであることに気づいていた。それは、のちに構造主義への批判において重視されるようになった、アナグラムに対する彼の固執とも関連するかもしれない。彼は、西洋古典文学はすべてアナグラムになっており、べつの意味を伝えているといった怪奇な〝信念〟をもち、それを証明しようとしていた。このことは、のちにデリダやクリステヴァらによって形式的に一般化され、いかなるテクストも、明証的に還元的にとり出される意味（構造）とはべつの、意味（構造）を生産するものとみなされるようになる。しかし、テクスト理論として語られるこのような〝形式化〟は、のちにのべるように、さらに形式化されることができる。

6

フッサールは結局主観性（内省）から出発しその視圏内で動いている。ハイデッガーは、「デカルトにとって、真理とは自己を表-象し確保する表象作用の確実性である」というが、その意味でフッサールはデカルト主義に属している。ハイデッガーがフッサールに対する内在的な批判者となりえたのは、第一に、表象作用（主観性）という近代的・古典主義的な構えそのものを相対化しようとしたからである。第二にそれと同じことだが、ハイデッガーの仕事は、西洋哲学を歴史的にとらえなおすパースペクティヴのなかでなされている。数学の基礎づけに終始したフッサールに比べると、ハイデッガーはある意味ですぐれた哲学史家である。ハイデッガーの標的は、もはやデカルトの形而上学、あるいは「表象作用の確実性」に真理を見出す思考にとどまらず、プラトンの形而上学に向けられるだろう。

　事柄に即した意味から言えば、形而上学という名称は存在者の存在についての知を指すものにほかならない。そしてこの存在はアプリオリという性格によって特色づけられ、プラトンによってイデア（ἰδέα）として把握されたものである。それゆえ、存在をイデアと考えるプラトンの解釈をもって、形而-上学（Metaphysik）は始まる。プラトンの解釈が、その後の時代にも西洋の哲学を刻印づけている。西洋哲学の歴史とは、プラトン以来ニーチェにいたるまで形而上学の歴史である。そして形而上学が、存在を〈イデア〉とみなす解釈をもって開始され、かつこの解釈がどこまでも規範的であるが

> ゆえに、プラトン以来のすべての哲学は一義的な意味でイデアリズムである。すなわち、存在が〈理念（イデー）〉、〈理念的なもの（ダス・イデーハフテ）〉、そして〈理想（イデアール）〉のなかに求められているという意味において、まさにイデアリズムなのである。それゆえ形而上学の創始者という点から見れば、すべての西洋的哲学はプラトン主義であるとも言える。形而上学、イデアリズム、プラトン主義は、本質においては同じことを意味している。たとえそれらに対する反運動や反転が試みられようと、それらは微塵もその規範的な力を失わない。西洋の歴史において、プラトンはまさに哲学の原型となるのである。ニーチェは自らの哲学をプラトン哲学の反転と名づけるだけではない。ニーチェの思惟は、常に比類のない、ときにはきわめて不穏な雲行きをはらんだ、ひとつのプラトンとの対話であったし、今もまたそうである。西洋哲学における争うべからざるプラトン主義の優勢は、さらに最後に、私たちの叙述に従えばまだいかなる十全な形而上学でもないプラトン以前の哲学さえがプラトンから解釈され、前プラトン的哲学と名づけられているという事実に表われている。ニーチェもまた、彼が西洋の初期の思索家たちを解釈するにあたって、やはりこの視圏内で動いている。（「ニーチェ」薗田宗人訳）

ハイデッガーがいわんとするのは、プラトンの形而上学が、存在者の存在をイデアとすることによって、「存在者と存在の差異」を隠蔽してしまったこと、またニーチェはプラトニズムを反転しようとしたけれども、それが結局「意志」というデカルト的形而上学のタームでなされているかぎり不徹底であるほかないということである。だが、こういう批判はニーチェに対してはあたらない。すでにのべたように、ニーチェは「主観に問うこと」を斥けることによって、デカルト・フッサール的な問いの機制から逸脱し、「一つの主観」（心理的であれ、超越論的であれ）によって統合されてしまう「巨大な多様性」を暗示したからである。また彼が「主観に問うこと」を斥けたのは、主観＝主体が西欧文法という「形式」の産物であることを意識していたからである。

ほかでもなく、言語の類縁性が存在するところ、文法の共通な哲学によって――換言すれば、同様な文法の機能による無意識的な支配と指導によって――、あらかじめすでに一切が哲学的体系の同種の展開と配列をもたらすように整えられているということは、到底さけがたいところなのだ。同様にまたそこでは、世界解釈の別種の可能性に向かう道が閉ざされているように見えるのである。ウラル・アルタイ言語圏に属する哲学者たち（この言語圏においては主語概念の発達が甚だしくおくれている）は、おそらくきっと、インド・ゲルマン人や回教徒とは違ったふうに〈世界〉を観入するだろうし、彼らとは違った道を歩んでいることであろう。特定の文法的機能の呪縛は、ぎりぎり究極のところ、生理学的価値判断と種族的条件の呪縛にほかならないのだ。（「善悪の彼岸」）

　ここでは、彼は、主語＝主体＝主観がインド・ヨーロッパ語の文法に規定された〝にせの問題〟であることを例にあげているだけだが、当然それは「存在」という語についてもあてはまる。「存在とは価値である」と、ニーチェがいうとき、ハイデッガーは、それがデカルト主義的な思考の圏内にあり、存在論的な問いを欠いているとみなすのだが、ニーチェはけっしてそのような〝一つの立場〟に立っているのではない。彼の立場はたえまない反転と移動においてある。むしろニーチェにとっては、〝一つの立場〟あるいは〝根源的な立場〟こそ形而上学なのである。ハイデッガーが哲学史を「存在」という〝一つの主題〟で語ってしまうとき、彼こそ形而上学的なのだ。それは「巨大な多様性」を抑圧した一つのパースペクティヴ（遠近法）を提示する。

　われわれは、そもそもハイデッガーがいう存在論的問題が意味をなすのかどうか、それは〝文法〟に規制された〝にせの問題〟ではないのかと、疑ってみなければならない。実際、ニーチェと無縁であったとしても、フレーゲ以後の論理学は、そのような「文法」からの解放をめざしてきた。

　アリストテレスの論理学では、「である（イスト）」を主語と述語を結びつける語と解釈すると共に、それが存在をあらわす「がある（ザイン）」の意味も同時にもっているところから、「である」

も「がある」もともに、より根本的な存在の二つの在り方である、と解釈することによって、論理学と存在論の関連について一つの問題が提出されている。しかし、これはギリシャ語をはじめとするインド・ヨーロッパ言語系に特有なものであって、セミティックな言語にはこのような用語はないし、このような用法をもたない他の多くの言語をあげることができる。現代論理学は、ヨーロッパ語の文法的な構成の順序にしたがったいわゆる〝形式論理学〟（名辞論理学）の「形式化」にあるといってよい。フレーゲ以来の命題論理学及び述語論理学は、それまでの哲学を、特定の自然言語によって規定された〝にせの問題〟として解消してしまおうとする。すでにのべたように、フッサールもこのような論理学の形式化を前提していたのである。

　したがって、論理主義者にとって、ハイデッガーの〝問題〟はまったく意味をなさない。彼が強調する「存在者と存在」の存在論的差異でさえも、メタレベルとオブジェクト・レベルの差異といいかえれば事足りるのである。また、論理主義に反撥したヴィトゲンシュタインにとっても、それは〝にせの問題〟であり、「日常言語」の検討のなかで解消してしまうものでしかない。したがって、西洋哲学（文法）に閉じこめられることにアイデンティティを見出す者をのぞけば、われわれはハイデッガーの用語に追従（沈没）しなければならぬいわれはまったくない。この意味では、はるかに〝普遍的〟な視点で語ろうとしたフッサールに比べると、ハイデッガーは――デリダもそうだが――プロヴィンシヤルな思想家であり、そうであるがゆえに、彼らはword-play（言葉遊び）を楽しむことができたのである。

ハイデッガーのフッサール批判・プラトニズム批判は、そのようにいうことで片づけられるわけではない。そこには、すくなくとも、フッサール・フレーゲ・ラッセルのような「論理主義」への批判がある。ただし、それはハイデッガーの特権的な用語にコミットすることによってではなく、彼のいわんとすることを〝形式化〟してみることによってのみとりだされる。彼が強調してやまない「存在者と存在」の差異は、そこにおいて何を意味するだろうか。

7

存在への関係は、ひとつの分裂的な関係として現われる。私たちが存在に対してもつ関係のこの分裂性が、私たちの側に存するのか、それとも存在自体に存するのかという問いは、今はまだ答えられない。この問いは、それへの解答があらためてこの関係の本質に関する重大な点を決定するところの問いである。だが、上述の諸対立が存在自体の本質に存するのか、それともそれらはただ存在に対する私たちの分裂した関係からのみ生じるのか、それともあるいは存在に対するこの私たちの関係そのものが、――それが存在のもとにとどまるがゆえに——やはり存在自体に発源するのであろうか、という問い——この決定的な問いよりも、さしあたりは別の問いが火急である。すなわち、そもそもこの事態を注視するに、はたして私たちの存在に対する関係は、ひとつの分裂した関係として存在するのであろうか、という問いである。私たちはそれほどにも分裂的に存在と関係し、この分裂性が私たち自身を、つまり私たちの存在者に対する態度を隅々まで支配するほどなのであろうか。否である。私たちの態度において、私たちはただ諸対立の一方の側にしか立っていない。すなわち、私たちにとって存在は、もっとも空虚なもの、もっとも普遍的なもの、もっとも理解されやすいもの、もっとも多く利用されるもの、もっとも信頼されたもの、もっとも忘却されたもの、そしてもっとも多く口にされるものでしかない。しかも私たちは、この一方の面にさえほとんど留意しないのであり、したがってこれを他の面に対立するものとして知ることもないのである。

　存在は私たちにとって無関心なものにとどまり、それゆえ私たちは、存在と存在者の区別づけにもほとんど留意しない。存在者に対するすべての態度を、この区別づけの上に築いているにもかかわらず、である。しかし、ただ私たち現代人だけが、いまだ経験されたことのない分裂性、すなわち存在への関係がもつあの分裂性の外側に立っているのではない。この分裂性の外側に立ち、この分裂性を知らないのが、すべての形而上学の特徴なのであり、それというのも形而上学にとっては、存在は必然的にもっとも普遍的なもの、もっとも理解されやすいものだからである。このもっとも普遍的な理解されやすいものの圏域内で、形而上学はただ存在者のさまざまな領域に属する、そしてそのつど異なった段階と階層をなす普遍的なもののみを思念するのである。

　プラトンが存在者の存在性をイデア（ἰδέα）として解釈して以来、ニーチェが存在を価値として規定する時代に至るまで、形而上学の全歴史を通じて、存在は理性的存在者としての人間がそれと関わるべきアプリオリとして、なんの疑念もなく保持されている。存在への関係がいわば無関心のなかで消え去ってしまっているがゆえに、形而上学にとっても、存在と存在者の区別づけは問いに値するものとはなりえないのである。

（「ニーチェ」薗田宗人訳）


　ここで、論理主義者がいうように、ハイデッガーのいう「存在者と存在」の差異を、オブジェクト・レベルとメタレベルの差異であると考えてみよう。ラッセルにおいて、この差異（区別）は、ロジカル・タイプとよばれる。だが、ハイデッガーがいっているのは、この区別（タイピング）が大切だということではなくて、ゲーデルが証明したように、このような区別が破られざるをえないということなのだ。プラトンは、存在者の存在性をイデアと解釈した。それは論理主義者と同様にこの区別（タイピング）を確保することだ。逆にいえば、論理主義はプラトン的形而上学の圏内にある。

それに対して、ハイデッガーがいうのは、そのような区別（タイピング）によって合理的な形式体系を保持しようとすることは、本来的にそうした区別が不可能であるような状態からの逃避（とうひ）だということである。実際に、ハイデッガーは、幾度もそう問いながら、あの「決定的な問い」、すなわち、「……上述の諸対立が存在自体の本質に存するのか、それともそれらはただ存在に対する私たちの分裂した関係からのみ生じるのか、それともあるいは存在に対するこの私たちの関係そのものがやはり存在自体に発源するのであろうか」という問いに、最後まで答えようとはしない。それは答えられないからだ。ハイデッガーにとって大切なのは、むしろけっして答えないことであり、「決定不能性」の状態にとどまることである。その問いに答えてしまうことが、「形而上学」だといってよい。

このことは次のようにいいかえられる。ハイデッガーが窮極（きゅうきょく）的に見出すのは、自己言及的な形式体系（自己差異的な差異体系）である、と。つまり、彼が「存在者と存在」の差異が忘却（ぼうきゃく）されるというとき、この差異は自己差異性（自己言及性）にほかならない、と。ハイデッガーは、フッサールという論理主義者に対して、ゲーデルがラッセルという論理主義者に対してそうしたように、無－根拠性（不完全性）を突きつけるのである。《存在者へは私たちは向かうことができるし、その上に建設し身を支えることができる。存在は、このような根底づけの役割への拒絶であり、一切の根底的なものを拒否する。それは無－根拠（アプ＝グリュンディヒ）である》（ハイデッガー「ニーチェ」）。

ハイデッガーにしたがっていえば、プラトンは、「存在者の存在性」をイデアとすることによって、根拠を見出した。いわば、その上に、形式体系の建築が可能であるような根拠を。だが、ゲーデルが証明したように、いかなる形式体系も、自己言及に追いこまれるがゆえに、無-根拠である。そこからみれば、ハイデッガーのいう「忘却」は、無根拠性・決定不能性したがってまた過剰を生じさせる、自己言及性の禁止にほかならない。ハイデッガーが存在論的に追求することは、この禁止=忘却を遡行することによって、ある決定不能性の状態を見出しそこにとどまることである。

8

ハイデッガーのいう形而上学とは、自己言及的（自己差異的）な形式体系から不可避的に生じる〝無-根拠性〟を、メタレベル・アプリオリ・イデアを設定することによって回避することを意味する。だが、西洋哲学史のパースペクティヴにおいて語られるかぎり、ハイデッガーのいうことは、まるで「ソクラテス以前に帰れ」ということになりかねない。

実際、プラトンのイデアのような根拠づけをもたなかったがゆえに、プレソクラティックスは「巨大な多様性」（ニーチェ）であり、「分裂病的」（ドゥルーズ）であったが、われわれはそのような歴史的遠近法において語ることはしない。しかし、それは、そのかわりに、たとえば経済史的なパースペクティヴをもちこむことを意味するのではない。かりに経済的な問題を論じるとすれば、われわれはいわば「貨幣の形而上学」について語るだろう。それは、プラトンがいようといまいと、西洋哲学がどうであろうと、世界的に現実的に存する強力な「形而上学」なのだ。そして、その場合もわれわれは、歴史的・発生論的に語るかわりに、形式的に語るだろう。それは、どんな領域の問題も形式化されうるからではなく、また形式的なものが〝普遍的〟だからでもない。それは、たとえば「存在」というタームによって特権化されてしまう言説の領域を非特権化するためにほかならない。

実際、存在論はそれ自体ローカルな自然言語（西洋文法）の産物としての〝にせの問題〟であるとしても、ハイデッガーがそのなかで論じた「存在者と存在」の差異の隠蔽という問題は、論理学においても片づけられるどころか、まさに論理主義を破産させるパラドックスとしてあらわれるものなのである。要するに、われわれがしりぞけたいのは、どれか一つの主題（立場）を最終的・根本的なものとして選ぶことである。

ところで、ハイデッガーは、彼の用語と主題のなかに埋没（まいぼつ）し不毛な注釈をつづけることが哲学だと思いこんでいる〝抽象的〟なハイデッガリアンとちがって、きわめてアクチュアルなものへの関心を持続していた。たとえば晩年において、「いかなる点で哲学は現在その最終段階にさしかかっているか」と問うとき、彼はサイバネティックスを念頭においている。

べつに予言者でなくても、現在の諸科学が早晩その装置の仕事において新しい基礎科学たるサイバネティックスによって規定せられ、案内されることになるだろうということはたやすく知られる。サイバネティックスというこの科学は人間を社会的環境内での活動を本質とする存在として規定することと対応している。サイバネティックスとは、結局人間の仕事をできるだけ計画的に運営し組織化することを引き受けるということを対象とする理論である。サイバネティックスは言語というものを情報交換の手段にしてしまい、芸術を報道目的に向けて動く道具にさえしてしまう。哲学とは要するに自律的な、しかしまた毎日のようにますます大胆に相互連関的になりつつある諸科学のことだという説明、これはまさに哲学の正式の完結である。哲学は現代において終りをつげる。(「哲学の終りと思惟の使命」)

この文から判断するかぎり、ハイデッガーはサイバネティックスの意義、「二十世紀の知的革命」(ベートソン)というべき意義を充分に理解しているようにはみえない。それはたんにテクノロジー・工学として考えられているようにみえる。しかし、いうまでもなく、サイバネティックスは、すべてを差異=情報という観点からみることによって、物質と生命、動物と人間といった伝統的な二項対立を無効化するものなのだ。そこでは、もはや「精神」や「人間」をアプリオリに特権的にもちだすことは許されていない。そのようなものをもちだすことで成立するような「哲学」（実存主義の如き）は、ハイデッガーのいうように、「終りをつげている」のである。

そのように考えたとき、ハイデッガーの、「哲学の終りにあたって、いかなる使命が思惟のためになお保存されて残っているか」という問いが、はじめて意味をなす。たとえば、世界は実体ではなく関係の体系であり差異の体系であるというような意見は、もはや主張するにも値しない。なぜなら、それは「思惟」の問題ではなく、現実の事態なのだ。そのような事柄を、仰々しい構えでのべたて〝基礎づけ〟してみせる「哲学者」などは、ポウの小説にあるように、催眠術にかけられて「生きている」と思いこんだ屍体である。

われわれは、思弁的なものではなく現実化した「差異の哲学」に追いつめられている。ハイデッガーの問いがそのような文脈において理解されるならば、思惟のために残されているのは「存在者と存在」の存在論的（オントローギッシュ）差異だという彼の答えは、新鮮に読まれるだろう。それは、サイバネティックスは存在的（オンティシュ）なものにすぎない、したがって「哲学」には存在論的な問題が残されているということではない。その意味では、もはや「哲学」も「人間」もなんら特権をもっていないのである。

たとえば、現実化された形式体系（差異体系）、すなわちコンピューター（人工頭脳）

に対して、人間はいかなる意味で人間的であるかが問われるとき、われわれはそれをポジティヴにのべることは許されていない。むしろ、人間を人間たらしめる「根拠」は、その「無‐根拠性」にあるというべきなのだ。

このことは、コンピューターがフォン・ノイマンによってプランされたときから理論的に存在し、現在でも原理的に克服できないでいる、あるパラドックスと関連している。それはゲーデルの定理にかかわる。E・ネーゲルはいっている。《ゲーデルがその不完全性定理で示したように、初等数論(算術)には、固定的な公理的方法の限界のなかに納まりきれないような、そしていかに複雑、巧妙なメカニズムを内蔵していても、またその動作がいかに速くても、コンピューターには解答できないような問題が無数にある》(『ゲーデルの証明』)。

初等数論においてすらそうなのだ。だが、ゲーデルの証明によって絶望する必要もないと同様に、ネーゲルのように人間の「創造的理性の力を再評価」する必要もない。むしろわれわれはこう考えるべきだろう。人間とは、自己差異的な差異体系であるがゆえに、本来的に無‐根拠であり、過剰であり、非中心＝多中心的な機械であって、まさにそのために不可避的に禁止が要請される存在者なのだと。

9

われわれは先に、ヤコブソンの構造主義がフッサールの「超越論的自我」に対応するとのべ、ヤコブソンの音韻論を人類学に導入したレヴィ＝ストロースも、またそのような論理主義＝形而上学を共有しているとのべた。しかし、レヴィ＝ストロースの場合には、おそらく彼の考察対象そのものが強いる、ある「不安定」が各所にあらわれている。

すでにのべたように、レヴィ＝ストロースは、未開社会における親族の基本構造を、形式的構造（クライン群）としてとらえた。そのことで、一見すると多様にみえる諸形態から、不変の構造（働きとしての構造）をとり出したわけである。それは普遍的なものであり、フッサール的にいえば、「超越論的自我」によって構成されたものだということになるだろう。だが、親族の形態を対象とするかぎり、レヴィ＝ストロースはそこで満足するわけにはいかない。彼は、そのような形式的構造が自立するための〝根拠〟を見出さねばならない。つまり、それが近親相姦（インセスト）の禁止である。

注目すべきことは、彼がインセストの禁止を、発生論的にではなく、形式的構造が構造として完結するための論理的要請としてみていることだ。インセストの禁止とは、いわば自己言及性の禁止にほかならないのだ。レヴィ＝ストロース以前にそのような考えをした者はいなかった。インセストの禁止は、ほとんどの場合、〝心理主義〟的または〝機能主義〟的に解釈されてきた。彼がそのような諸見解を斥けることができ、また斥けざるをえなかったのは、親族の多様な形態を〝形式化〟することからはじめたからであり、その場合、インセストの禁止は歴史的・発生論的問題ではなく、形式体系を確保するための論理的与件だったからである。

したがって、かりに彼がインセスト・タブーの〝起源〟について発生論的に語っているようにみえたとしても、けっしてそうではない。フッサールが「幾何学の起源」を問うとき、歴史学的な接近であるかのようにみえて、まったくそうではなかったように。実際、レヴィ＝ストロースがいうように、現存する未開社会は、歴史的な意味での原始社会とは無関係であって、前者の考察から歴史的起源が明らかになるはずはない。かといって、われわれは考古学的資料や神話・伝承にもたよることはできない。われわれに可能なのは、形式的な接近であり遡行である。そうして、レヴィ＝ストロースの遡行は、構造主義がそこに安定した形式体系を築くことになる基礎的な場所に、ある不安な揺らぎを見出すことになる。

あらためていうと、レヴィ＝ストロースは、言語や慣習といった〝共同主観的〟な形式を「文化」とよんでいる。文化あるいは〝社会的〟な制度が、自然に由来するものでないことは、誰にも明らかである。だが、「文化」をアプリオリな与件とみなすのでないならば、われわれはあくまでそれを「自然」から導き出さねばならない。ところが、「文化」は「自然」から派生することはない。このディレンマを解決するものを、レヴィ＝ストロースは〝禁止〟にもとめる。しかし、〝禁止〟はどこからくるのか。

われわれは、近親婚（インセスト）の禁止の問題に攻めたてられたふるい理論家たちが、つぎの三つの立場のどれかひとつに立っていたことをしめしてきた。すなわち、ある人びとは、規則の、自然的であり、かつ文化的であるという二重の性格を指摘したが、両者のあいだに、思惟の理性的な歩みによってうちたてられる外部からのむすびつきを確立することだけにとどまっている。他の人びとは、近親婚の禁止を、もっぱら、あるいはとりわけて、自然的諸原因によって説明しようとするか、あるいは、もっぱら、あるいはとりわけて、そのうちに文化の現象をみるかであった。確証されたことは、これら三つの視角のどれもいろいろな不可能なことやいろいろな矛盾にみちびかれたということだけである。その道は、静態的分析から動態的総合へとつうじている道であろう。

近親婚の禁止は、純粋に文化的な起源によるものでもなければ、純粋に自然的起源によるものでもない。ましてやそれは、一部分は自然から借り、一部分は文化から借りて混成された諸要素の調合物ではない。それは、基礎的な手続、そのおかげで、それによって、またとりわけそこにおいて、自然から文化への移行が遂行される基礎的な手続なのである。ある意味ではそれは自然に属する。なぜなら、それは文化の一般的な条件であり、それゆえに、それがそれの形態的特徴、すなわち普遍性を、自然からとってきていることをみてもおどろいてはならない。しかしある意味ではまた、それは、なによりもそれに依存しない現象の内部に、それの規則を作用させ、守らせることによって、すでに文化である。われわれは、近親婚の問題を、人間の生物学的なありかたと社会的なありかたとのあいだの関係として提起するようみちびかれてきた。そしてわれわれは、すぐさま、禁止が明確にどちらか一方のありかたをあらわすものではないことを論証した。われわれはこの著書において、近親婚の禁止があきらかに両者を相互につなぐ帯をなすことをしめすことによって、この変則性の解決を呈示しようとくわだてている。(「親族の基本構造」馬淵東一・田島節夫監訳)

ここで語られているのは、あの「決定不能性」にほかならない。われわれは、ここに先に引用した次のような「問い」のエコーを聞かないだろうか。《存在への関係は、ひとつの分裂的な関係として現われる。私たちが存在に対してもつ関係のこの分裂性が、私たちの側に存するのか、それとも存在自体に存するのかという問いは、今はまだ答えられない。この問いは、それへの解答があらためてこの関係の本質に関する重大な点を決定するところの問いである》(ハイデッガー「ニーチェ」)。

レヴィ＝ストロースもまたこの問いに答えようとはしない。彼は次のようにいう。《近親婚の禁止は、それを通じて自然がそれ自身を超出する過程である》。だが、このようにいうとき、レヴィ＝ストロースにおいて「自然」の意味は変容している。いわば「自然」

とは、このとき自己言及的な形式体系であり、その自己言及性（自己差異性）の〝禁止〟によってはじめて、文化（形式体系）が自律しうるのである。

文化（形式体系）の自律性――それを超越論的にみるか、自然主義（進化論）的にみるかはべつとして――から出発してしまう構造主義者とは逆に、レヴィ＝ストロースは、その前提そのものへの基礎論的問いのなかで、その無－根拠性（アブグルンディヒカイト）を一瞬照らし出している。むろん、それは一瞬にすぎず、彼は論理主義者の相貌をただちにとりもどす。だが、そうだとしても、彼はありふれた構造主義者・記号論者と区別されなければならない。レヴィ＝ストロースの不幸は、その支持者だけでなく、その批判者（たとえばデリダ）によっても、右のような彼の「問い」を見おとされてしまったことだ。いうまでもなく、右のような「問い」は、インセストの禁止に関してだけでなく、いわば「言語の起源」に関するレヴィ＝ストロースの考察にもみいだされる。それについては、われわれは次章で論じるだろう。しかし、ここであらためて確認しておきたいが、われわれが示したのは、さまざまな学問領域で問われていることが〝根源的〟には共通しているなどということではなく、「科学」であれ「哲学」であれ、それらのどれかが最も〝根源的〟であるかのようにいう主張（要求）が斥けられねばならないということである。

10

　ジャック・デリダは、ハイデッガーと同様に、フッサールへの批判から、西欧形而上学（プラトニズム）総体への批判にむかう。彼の仕事は、基本的には、フッサールの論理主義（ロゴス中心主義）への内在的批判にはじまっており、ほとんどそこでいいつくされているといってもよい。初期のハイデッガーと同様に、彼は「現象学の優位性」を認めるところからはじめている。つまり、たんに現象学を「表象作用の確実性」にもとづく近代形而上学として相対化してしまうのではなく、それにつきしたがうことで、主観的な明証性がたえず〝差異〟の隠蔽としてあることを示そうとする。

　たとえば、フッサールは、「顕在的ないまの統握は過去把持の彗星の尾に向いあった核のようなものである」（「内的時間意識の現象学」）といっている。すなわち、このいまが明証性そのものであり、特権的なものであって、この特権を近代哲学は疑うことができない。したがって現象学もそこに所属する、というのが、ジャック・デリダの批判である。《フッサールは点としてのいまを特権化しているにもかかわらず、つぎのように書く。《イデアールな意味では、知覚‐印象はしたがって純粋ないまを構成する意識の位相であり、想起は持続のまったく別の位相ということになろう。しかし、それはまさしくひとつのイデアールな境界にすぎず、それ自体ではなにものでもありえない抽象物である。結局、このイデアールないまでさえ、非・いまと完全に異なる何ものかではなく、逆にそれとたえず融合していることは否定できない。そして、このことに、知覚から第一次想起（過去把持）へのたえざる移行が対応しているのである》（「声と現象」高橋允昭訳）。

デリダは、ここから、知覚‐印象としてのいまが非いま（過去）に送りこまれるのではなく、逆に非いまこそがいまを可能にすると考える。つまり、いまの自己現前、いまの自己同一を構成しているのは、「自己との差異のなかでの自己への関係としての同一性、非・自己同一性としての同一性」を生みだすような差異化である。《外部は、非・空間の内部、「時間」という名をもつものがあらわれ、構成され、自己の「現前」する際の運動のなかに忍びこんでいったのだ。時間は、「絶対的な主観性」ではありえない。なぜなら、まさにひとは時間を現在と、現在の存在者の自己現前から考えることができないからである》（「声と現象」）。

いいかえれば、これは、現象学的な還元のなかで見出される形式体系（差異体系）は、閉じられたものであり、自己言及性（自己差異性）の禁止の下にあるということだ。まだソシュールや構造主義が視野に入っていなかったと思われる時期に、デリダはこのことに気づいている。現象学の「絶対的な主観性」（超越論的な主観性）あるいは特権的ないまが、それ自身差異化としての「時間」を隠蔽していることに。

だが、そのことで現象学がしりぞけられてしまうのではない。《……遅延が言説としての思考それ自身の運命であるということは、ただ現象学のみがいいうるし、哲学の水準にまでもたらす》。《方法的反省の開始は、先行する可能的な他の絶対的諸起源一般の絡まりを意識することでしかありえないから、遅延はこの場合、哲学的絶対者である。絶対的起源のこの他性は、私の生ける現在のなかに構造的に現出し、なんらかの私の生ける現在のようなものの本源性のうちにしか現出しえず、それと認められないのだから、このことは、現象学的遅延と制限との本来性を意味している》。《……絶対的起源の本源的差異、これはおそらく、そのさまざまな変位の謎にみちた歴史をつらぬいて、「超越論的」という概念の下につねに語られてきたものである。超越論的なのは差異であるということになろう》(『幾何学の起源』序説」田島節夫他訳)。

のちに、構造主義やソシュールへの言及のなかで語られる、différance(差異+遅延)や原エクリチュール(アルシ)といった概念は、すでにここにあらわれている。われわれの考えでは、デリダは、形式体系(差異体系)が見出されるとき、そのつどすでに禁止され隠蔽されてしまうような自己言及性(自己差異性)をいおうとして苦心しているのである。それは、現象学的な構えのなかでは、外部的であり超越論的であるような差異性としてあらわれるほかない。だがまた、それは現象学的構えのなかでのみ見出されるのだともいえる。それは、たとえば原エクリチュールのようなものが始源にあると考えるような〝歴史主義〟とは無縁であって、あくまで形式的な考察のなかでとりだされる。

このようにみるとき、デリダがいう〝差延〟の隠蔽は、ハイデッガーがいう「存在者と存在」の〝差異〟の隠蔽とどう異なるだろうか。あるいは、デリダはハイデッガーに対して何をつけ加えたといえるだろうか。本質的には何もない。むしろ、デリダに独自性があるとすれば、〝本質的な何か〟に到ることを拒絶したところにこそある。ハイデッガーは「哲学の終り」を認知しながら、「いかなる使命が思惟のためになお保存されて残っているか」と問うのに対して、いわばデリダは、「哲学」がいかに執拗に生きのびるか、したがって「哲学」の解体はいかに戦略的且つ終りのないものであらざるをえないかという認識から出発している。そこからくる身軽さとレトリカルな舞いが、ハイデッガー、というよりハイデッガリアンの「哲学」的な鈍重さと区別されるのである。

だが、すでにデリダ派（deconstructionist）のなかでは、デリダのテクスト的戦略は技術的なものと化している。さらに、それはエクリチュールやテクストの問題が〝根源的〟であるかのような錯覚、すなわち世界を〝一つの主題〟でみてしまうもう一つの形而上学を形成している。われわれがディコンストラクトしなければならないのは、むしろそのような形而上学なのである。

〝形式化〟のあとでは、何か特権的な場所を求めることは許されていない。われわれは、〝形式化〟がもたらす凡庸さを甘受するほかない。序説で示唆したように、ディコンストラクションとよばれるテクスト的戦略は、あるテクストの完結的な意味（構造）を支持してみせながら、同じテクストからそれと背反するような意味（構造）を引き出すことによって、「決定不能性」に追いこみ、解釈し囲いこむこと自体を無効化することである。いうまでもなく、それは〝形式化〟されれば、ゲーデルの証明以外の何ものでもない。滑稽なのは、そのような凡庸さではなく、あたかもそれをまぬかれるかのように思いこむことの凡庸さだ。

われわれは、ニーチェのように非凡に語ることができないがゆえに、積極的に凡庸さを選ぶ。いいかえれば、ニーチェを模倣して結局プロヴィンシャルな言葉遊びに堕していったハイデッガーやデリダのかわりに、「厳密な学」をめざしたフッサールやフレーゲの道を選ぶ。

第二章　代数的構造——ゼロと超越

その一

1

ニーチェがいったように、「意識に問いたずねること」、すなわち内省的な明証性のなかでとらえられる形式体系は、すでに「巨大な多様性」の禁止・整序化のもとにある。記号論とよばれようと、構造主義とよばれようと、何らかの形式体系をとり出す方法は、つねに「意識に問いたずねること」が課す限界に閉じこめられている。いいかえれば、それは現象学の閉域にある。ニーチェのいう「巨大な多様性」に到達するためには、それを突きぬけなければならない。構造主義に対する最良の批判者たちが、誰よりもまずフッサールを問題にした理由はそこにある。

ポスト構造主義は、おもに精神分析や文学批評、あるいはテクスト論を通してあらわれるが、それがめざしたのは、閉じられた体系に揺すぶりをかけることであり、さらに体系化の彼岸にあるようなテクスト（織物（テクスチュア））を見出すことである。ロラン・バルトは、そのような〝テクスト〟を、完結的な体系としての〝作品〟から区別している。けれども、われわれにとって参考になるのは、直接にフッサールと対峙することによって、「巨大な多様性」に到達しようとしたデリダやクリステヴァである。

デリダに関してはすでにのべた。彼にとって、テクストあるいはエクリチュールは、差延（ディフェランス）（われわれの言葉でいえば自己差異化）によってたえずずれて行きけっして固定されることのないものとしてある。いうまでもなく、彼はこのようなヴィジョンをフッサールへのディコンストラクティヴな読解から得たのであって、それはけっしてポジティヴに提示されるべきものではない。それは、ある行為、すなわち彼自身のエクリチュールと切りはなしてはありえない。

一方、クリステヴァは、それを理論的に提示しようとしたといえる。前章で図示したごとく、フッサールが経験的主観性と超越論的主観性を区別したように、ラカンは想像的なものと象徴的（サンボリック）なものを区別する。象徴的なものは、いわば形式的構造である。それは、精神分析の理論を数学化したラカンが理論的に設定した位相的領域である。むろんそれは静的なものではない。だが、「象徴的なもの」は、基本的にフッサールのいう「生活世界」

と同じ位相にあるといわねばならない。つまり、ラカンが「象徴的なもの」の数学的構造をとり出そうとするのは、フッサールのように「生活世界」そのものに超越論的なものを見出そうとするのに対応している。

おそらくクリステヴァは、ラカンのいう「象徴的なもの」が、すでにいわば「超越論的主観性」によって秩序化されたものにすぎないと考えたといってよい。そこで、彼女は「象徴的なもの」に対して、それによって禁止され排除されたもの、しかし完全に排除されることはできないで逆に秩序（象徴的なもの）を侵犯するようなものを、「セミオティックなもの」として想定する。テクスト論に即していえば、彼女はフェノ・テクスト——いわば現象学の閉域にあるテクスト——に対して、ジェノ・テクスト——たえまなく多様に生成するテクスト——を想定する。

彼らの、構造主義—記号論への批判が、フッサールとのかかわりのなかでなされていることに注意すべきであろう。フッサールの現象学が、構造主義によってのりこえられたなどというのは、救いがたい誤解である。すでにのべたように、フッサールの現象学は、終始「数学の危機」に関連するものであり、その論理主義的基礎づけに向けての、しかし暗黙に基礎の不在を逆に証明してしまうほどの、徹底した企てであった。このことは現象学者によってはほとんど理解されていない。もしそれが理解されていたならば、現象学—構造主義への批判も、べつのかたちをとりえただろう。

われわれはべつに、デリダやクリステヴァのように、この問題をテクスト論や精神分析の文脈で語らなければならない理由はない。事実上、ポスト構造主義の認識は、ニーチェの直観的な省察をこえるものではない。必要なのは、今さらニーチェのように語ることではなくて、徹底的に形式化＝凡庸化を企てることだ。むろん、デリダやクリステヴァのいうことも形式化しうる。だが、それはむしろ彼らの言説が正確だからであって、わけのわからない独創的（独走的）言説や理論は問題外である。

われわれがとるのは、フレーゲやフッサールがそうしたように、形式的な厳密さを極限まで追求することで、その不可能性、不完全性につきあたることである。すでにみたように、ゲーデルの定理はその極限を示している。そこからいいうることは、いかなる形式体系も、自己言及性の禁止においてあること、しかもたとえそうしてもそのような禁止が破られざるをえないということである。このことは、ニーチェのいう「巨大な多様性」を、直観的にではなく、形式的にみることの可能性を示唆している。

2

ブルバキは、集合内部の要素の関係としての「構造」を、代数的構造・順序的構造・位相的構造に分けている。だが、それらは集合論のパラドックス（自己言及性のパラドックス）を回避したところに成立している。それゆえに、構造は、静的で（変換操作があるとしても)、閉じられたものとなる。それをただちに動態化しようとする試みは、のちにのべるように不毛である。可能なのは、そのような構造に、いわば自己言及性のパラドックスを導入してみることだ。そのとき、代数的構造も、順序的構造も、位相的構造も変容するだろう。われわれは、そのようなものを「自己言及的な形式体系」とよぶことにする。

構造は、形式的・イデアルであって、経験的なもの・意識的なものではない。同様に、自己言及的な形式体系は、さしあたっていかなる経験的なものとも対応させられないし、解釈もさせられない。自己言及的な形式体系は、もし形式体系を差異体系とよぶなら、自己差異的な差異体系であり、関係体系とよぶなら、自己関係的な関係体系であるといってよい。

自己言及的な形式体系は、厳密にいえば、体系ではない。体系が閉じられたものだとすれば、それは開かれている。といっても、それはいわゆるオープン・システムとは区別されなければならない。オープン・システムは、閉じられた形式体系あるいは形式主義に対してもち出される考えだが、それはシステムとその外部(環境)を、上から(外から)見るメタレベルを前提としているのであって、オープン・システムそのものが一つの閉じられた(クローズド)システムにすぎない。われわれのいう自己言及的な形式体系は、むしろそのようなメタレベルが決定的にはありえないことを意味している。

オープン・システムという考えは、どんなヴァリエーションをとろうと(たとえばウンベルト・エーコのいうオープン・テクスト)、形式主義の内閉性を突破し、それを動態化するためにもち出される紋切り型の考えである。だが、たとえ(現象学的)還元によってとり出される形式体系が静的で閉じられているとしても、還元された外部性(レファレント・文脈・歴史性など)を導入することによって、それを動態化しようとするのは、不可能であるばかりでなく、還元あるいは形式化の意義をまったく理解していないことになる。フッサールの言葉でいえば、それは〝自然主義的〟な態度である。

むろん自己言及的な形式体系は動的である。なぜなら、そこにはたえまないずれ(自己差異化)が存するからだ。それは体系を体系たらしめる決定的なメタレベルあるいは中心をもちえない(ニーチェが「多数の主観(主体)」を想定したように、多中心的であるともいえる)。また、そこでは、直観主義者がいうように、排中律が成立しないから、〈あれかこれか〉ではなく、〈あれもこれも〉が成立するだろう。要するに、それはたえず不均衡であり、過剰であるだろう。

われわれが「自己言及的な形式体系」から出発するのは、それが起源的だからではなくて、論理的要請によってである。起源論あるいは発生論的な視点こそ自己言及的パラドックスをはらんでしまうほかないからである。経験的な諸科学は、それを棚上げしたところに成立している。たとえば、情報理論によって、宇宙から物質・生命・人間・文明にいたる進化を整合的(コンシステント)に説明しようとする今日の進化論は、そのような認識をもつ当の人間を排除しなければ成立しない。コンシステントであるためには、神（超越者）をもち出すか、宇宙人（外部性）をもち出すか、人間のそのような知を「宇宙の自己意識」として予定調和的にみるほかない。だが、そのような解決はまさにありふれており、簡単に形式化されてしまうものでしかない。

たとえば、ラカンは、「意味(サンス)の過剰」を、生物学的な仮説（ボルクの胎児化説(たいじかせつ)）から説明している。つまり、人間の出生が早すぎたこと、さらに進化によって脳が複雑化しすぎたことを前提している。その結果としての「本源的な欲動のアナーキー」が、いかにして構造化されるか、また構造化されえないかが展開される。だが、ラカンの理論を発生論的に読むことは不毛であろう。ラカンの仕事の意義は、むしろフロイトが古典物理学・古典数学的に語ったことがらの形式数学化にある。とすれば、「過剰」は、発生論的にではなく、形式的に論じられるべきである。

バタ－ユも過剰について、というより過剰から語る。だが、彼にとって、根源的な過剰、「生命エネルギーの過剰」は、太陽エネルギーの贈与としてある。彼が「呪われた部分」とよぶ、そのような過剰は、祭式・贈与・戦争などによって消尽されねばならない。過剰が不可避的に存在し、且つそれが何らかのかたちで処理されなければならぬということは、まったく正当である。しかし、われわれはバタ－ユのような〝自然主義〟的説明を斥ける。過剰を不可避的に——すなわち所与性や外部性によってでなく——生みだすのは、自己言及的な形式体系であり、それは何らかのかたちで禁止され処理されねばならない。まさにバターユがいうとおり、「禁止は外部から課せられたものではない」。形式的にみるならば、未開社会における贈与のシステムは、不可避的な過剰を処理する一様態（モード）である。ドゥルーズ＝ガタリは、それをコード化とよぶが、われわれの考えでは、のちにのべるように、それは歴史的な段階ではなく、自己言及的な形式体系の過剰を処理する一様態としてである。

3

形式体系は、自己言及的な形式体系において、その自己言及性（自己差異性）が禁止されるところに成立する。それは、ラッセルの言葉でいえば、ロジカル・タイプ（上位レベルと下位レベルの区別）としての禁止である。禁止をそのようにみないならば、われわれは必ず外部・超越者・先行者（親）をもちだすか、さもなければ発生論的・心理主義的・機能主義的観点をとるほかはない。

レヴィ＝ストロースが、近親相姦の禁止を発生論的に考察しているかにみえて、実は形式体系（構造）が存立するための論理的要請としてみていることは、すでに指摘した。また、レヴィ＝ストロースは、そのために、文化と自然の二元論から、「近親婚の禁止は、それを通じて自然がそれ自身を超出する過程である」というにいたるのだが、すでにのべたように、このとき「自然」とは、自己言及的な形式体系であり、その自己言及性の禁止によって、はじめて文化（形式体系）が自律しうるのであり、また「文化と自然」の二項対立が派生するのである。

エドマンド・リーチは、べつの観点から、禁止（タブー）をより一般的に扱おうとしている。彼の考えでは、われわれ人間が世界を分節し、いくつかの明確に認識された断片に分けるとき、認識された断片と断片とのあいだに浸透する「非－事物」（non-thing）の観念がタブーの対象になる（図参照）。

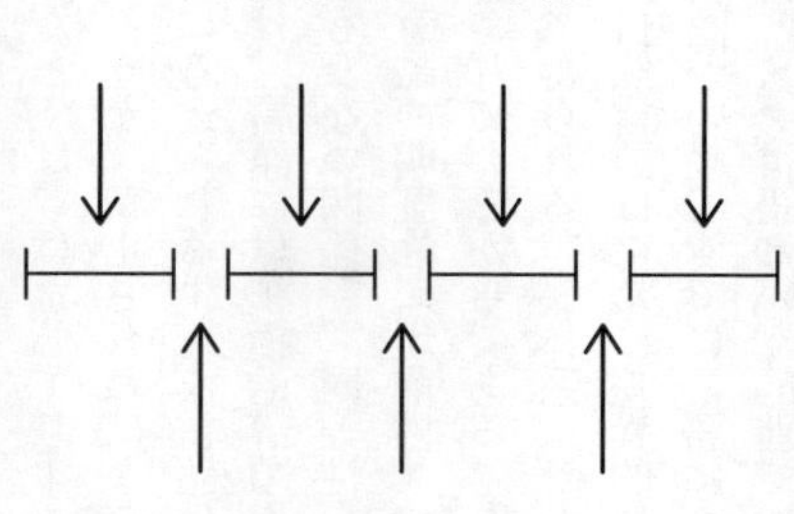

いいかえれば、彼は、離散的な記号体系を連続的な世界にあてこんだときに生じる、はみだし部分すなわち過剰が排除され禁止されるというわけである。しかし、過剰を、アナログ的世界とデジタルな記号体系との対比から説明するのは、あまりにもスタティックである。

イェルムスレウをはじめとする言語学者・記号論者は、分節的・離散的な言語に対して、それが分節する連続体（実在）を想定している。リーチは、そこから過剰とその排除を導き出したのである。だが、右のような二元論は派生態にすぎない。

たとえば、はたしてリーチのいうように、記号と記号の空＝間（差異）が禁止されるのだろうか。禁止されねばならないのは、実は、自己差異性としての空＝間である。記号論的に考えられるような言語は、すでにそれが禁じられたあとの形式体系である。ソシュールは、言語には積極的辞項を欠いた差異しかないといった。だが、われわれは、もはや項をもたない関係や、同一性を前提しない差異を考えることができない。それは、われわれの意識の明証性（現前性）においては、一つの差異体系が形成され自己差異性がすでに隠蔽されているからである。右のようにいうとき、おそらくソシュールは現象学的還元によって得られる差異体系（ラング）よりも、さらに向うを見ようとしていたといってよい。

自然言語はたんに差異的体系なのではなく、自己差異的な差異的体系である。それは、言語がいつもすでに言語についての言語であるというのと同じことである。それは対象言語とメタ言語という区別で片づくことがらではない。むしろそれは、そのような地と図の区別が反転してしまわざるをえないような決定不能性につきまとわれている。だからこそ、自己差異性は禁止されねばならず、また自己差異性としての空虚（空＝間）は排除されねばならない。だが、マラルメがいうように、意味を成立させるのは排除された空＝間であり、現前性を支えているのは不在である。

詩篇の知的骨組みが隠され収められて——現実となって——いるのは、詩節を切り離している空間においてであり、紙面の余白のなかになのである。意味深奥な沈黙であって、詩句そのものに劣らず構成の妙を尽すべきものである。（マラルメ「ポーについて」）

マラルメがここでいう「余白」は、たとえば語句と語句のあいだにあるのではない。テクストが一つの図（意味）としてありうるのは、まさにそのために排除された地（余白）によってである。

4

すでにのべたように、ヤコブソンは、ソシュールにおいて乱雑な諸関係の体系にすぎないようにみえた音素の集合から、それらの要素がとる内部関係を、代数的構造（二項対立の束）としてとり出した。このとき音韻は、もはや特定言語の、特定の音素とは無関係に存する構造として、したがって〃無意識的な下部構造〃としてつかまれる。それは経験的なレベルにあるのではなく、イデアル（象徴的）なレベルにある。注目すべきことは、ヤコブソンが、このような構造を完成させるためにゼロの音素を導入したことだ。

ゼロの音素は、……それが、何らの示差的性格をも、恒常的音韻価値をも内包しないという点において、フランス語の他のすべての音素に対立する。そのかわり、ゼロの音素は、音素の不在を妨げることを固有の機能とするのである。(「フランス語の音韻パターン」)

このようなゼロ記号は数学的にみれば、ありふれている。数学的構造は、基本的に〝群〟、すなわち変換する働きとしてある。この場合、変換しない働きもそこにふくまれねばならない。ヤコブソンによって設定されたゼロの音素は、数学的な可換群における単位元eに対応するものだといってよい。ヤコブソンが、個々の音素ではなく、音素の対立関係の束を構造としてみた以上、ゼロを導入したことはある意味で当然のことである。そのことによって、群(構造)が成立するのだから。ヤコブソンにおいて、ゼロ記号はそれ以上の意味をもっていない。

もともとゼロは、算盤において、珠を動かさないことに対する命名である。ゼロがないならば、たとえば205と25は区別できない。つまりゼロは、数の「不在を妨げることを固有の機能とする」(レヴィ=ストロース)のである。ゼロの導入によって、place-value system(位取り記数法)が成立する。インドにおいて発明されたゼロは、仏教における空と同じ語であったとしても、無関係であり、実践的・技術的に導入されたのである。ヤコブソンにおけるゼロ記号もそのようなもので、構造を構造たらしめるための理論的要請でしかない。

たとえば、マラルメの「余白」に関しては、老子の「無用の用」という考え――武田泰淳の言葉でいえば、無為は為すなくまた為さざる無しともいえる――の影響があると指摘されている。ヤコブソンのゼロ記号は、それに比べると、たんなる技術的なものである。しかし、ゼロはいったん技術的に導入されると、それ自体われわれに何かを考えさせずにいない。ドゥルーズは、「構造主義は、場所がそれを占めるものに優越すると考える新しい超越論的哲学と分かちがたい」(「構造主義はなぜそう呼ばれるのか」)といったが、place-value system（位取り記数法）において、すでにそのような「哲学」が文字通り先取られているといってもよい。この意味で、構造主義はゼロ記号の導入とともにはじまったのである。

レヴィ＝ストロースが、ヤコブソンのゼロ音素からヒントを得て、ゼロ記号を導入するのは、マルセル・モースの『呪術論』におけるマナや『贈与論』におけるハウを構造論的に解釈しようとしたときである。たとえば、モースは贈与に対して返礼を強いる力を、原住民がいうハウに求めたのだが、レヴィ＝ストロースにとって方法的に許しがたいのは、原住民の〝意識〟に依拠(いきょ)してしまうことであり、またハウやマナのように超越的なものを前提してしまうことである。こうして、彼は、ヤコブソンのゼロ音素にならって、「マナ型の概念の機能は、それ自身のなかになんらの特殊な意味を内包することなくして意味の不在を妨げることであるということができよう」という。

さらに、彼はこのゼロ記号を、浮遊するシニフィアン（signifiant flottant）とよぶ。それがこれはババ抜きのババや、数字をそろえるゲーム盤における空所のようなものだ。それが浮遊することで、ゲームが可能となる。だが、レヴィ＝ストロースは、そのような「構造主義」に満足したりはしない。彼はそこから「言語の発生」に遡行しようとするのである。《言語の誕生はただ一挙にしかありえなかったのである》。だが、実は、これも発生論的問題であるかにみえてそうではない。

他のどこにおいても、またわれわれ自身の社会でもなんら変わることなしに（それも確かにずっと以前から）、人間の条件に属する基本的な状況が維持されている。すなわち、人間は、そもそもの初めから、意味するものの総体をどうにでも処分することができるのであるが、意味されるものにそれを割り当てるためには、後者がそれに見合うほど知られないままかかるものとして与えられているので、まったく当惑せざるをえないという状況がそれである。意味するものと意味されるものとのあいだには、神の理解力をもってしてのみ解消しうるような種類の不均衡があり、その結果、意味されるものに対比して意味するものの過剰が存在し、この過剰は意味されるもの次第できまることになる。それゆえ、人間は、世界を理解するための努力のなかで、つねに余分の意味を処分している。（「マルセル・モース論文への序文」）

おそらくレヴィ＝ストロースは、近親婚の禁止の発生について語ったときと同様に、ここでは、閉じられた群（構造）あるいは冷たい社会を好む構造主義者の姿勢をすてている。言語の誕生が一挙にしかないということは、そこにけっして解消しえない「不均衡」が存するということと同義である。

だが、この不均衡は、シニフィアンとシニフィエのあいだにあるのだろうか。そもそもシニフィアンとシニフィエを実体的に分離し、それらの数を比べるというような考え方が批判されねばならない。そのような二分法は派生的なものであって、閉じられた形式体系において存する。しかし、すくなくともここでレヴィ＝ストロースは、彼のいう〝構造〟が、けっして解消しえない不均衡をもったシステム——すなわち自己言及的な形式体系——を処理する一様態であることを示している。そのような不均衡システムは、「そもそもの初めから」在り、「われわれ自身の社会でもなんら変わることなしに」在る。

われわれは、レヴィ＝ストロースのいう構造を動態化する必要はない。なぜなら、それは本来的に動的なものの静態化だからだ。また、それは未開社会について語られているからといって、けっして歴史的な段階を意味するものではなく、一つの様態（モード）としてあると考えらるべきである。

その二

1

ベートソンはいっている。《形式論理学においてはクラスとそのメンバーとの間の非連続性を維持しようとする企てがあるけれども、現実的なコミュニケーションの心理学において、この非連続性はつねに不可避的に破られると、われわれは主張する》(「精神のエコロジーへのステップ」)。このことは、とくに「コミュニケーションの心理学」に限定されるのではない。すでに明らかなように、ベートソンが「コミュニケーションの心理学」において主張していることは、自然数論におけるゲーデルの証明と共通している。彼らはいずれも、ラッセルのロジカル・タイプを標的としているのだ。

注目すべきことは、ベートソンが、人類学から動物行動学、精神病理学へと研究対象を移動させながら、一貫して右の問題を追求していることである。それは、彼がサイバネティックスを知的前提としていたことと結びついている。彼は「自然科学と文化科学」を原理的に区別しない。つまり、「文化科学」もまた「自然科学」の視点から語りうると考える。ところで、サイバネティックスとは、いわば「形式体系」であるから、それはすべての対象を形式化しうるということにほかならない。むろん彼はそれに満足したのではまったくない。逆に、諸学問の形式化を前提したがゆえにこそ、そのことの不可能性に焦点をしぼることになったのである。いうまでもなく、それは自己言及性のパラドックスに集約される。

したがって、彼がどのような領域を論じているとしても、それは形式的な問題としてあらわれるほかないし、彼がたとえ進化論的に語っていたとしても、それはいささかも発生論的ではない。たとえば、いつもデジタル言語とアナログ言語、言語的(ヴァーバル)コミュニケーションと非言語的(ノンヴァーバル)コミュニケーションが対比される。一方は、非連続的であり、他方は連続的である。また一方は一義的であり、他方は多義的である。だが、このような二分法と対比から出発することは、つねに安易であり且つ危険である。

たとえば、非言語的コミュニケーションと言語的コミュニケーションの安易な区別に関して、市川浩は次のように〝注意〟している。

> とはいえ、つぎのことは注意しておいていいだろう。言語的コミュニケーションに関して、人間と動物のあいだに非連続的な断絶をみとめる人も、非言語的コミュニケーションに関しては、連続性をみとめがちであるが、これはまちがっている。言語の発生とともに、非言語的コミュニケーションもまた、動物のコミュニケーションか

ら、ある面で飛躍したのであり、言語ほど明瞭ではないとはいえ、表示的意味作用（デノタシオン）や伴示的意味作用（コノタシオン）に類似した性格をも帯びる可能性をもったのである。（「非言語的記号学への歩み」）

われわれは、「言語の発生」に関して、発生論的・歴史的に語ることを許されていない。どのように語ったとしても、そのときすでに言語が可能にしたものが暗黙に前提されてしまうからだ。それは、のちにのべるように、マルクスが「貨幣の発生」に関して直面したのと同じ問題である。つまり、マルクスと同様に、われわれはそれを発生論的にではなく形式的（論理的）に突きつめるほかない。

たとえば、ベートソンは、非言語的コミュニケーションと言語的コミュニケーションについて、あるいはアナログ的なものとデジタル的なものについて常識的に想定されるような差異をしりぞけるところからはじめている。サイバネティックスにもとづいている以上、彼が基本的にはすべてをデジタル化（形式化）しうると考えるのは当然である。その上で、彼が見出すそれらの差異は、一言でいえば、ロジカル・タイプが可能であるか否かにある。彼の考えでは、非言語的コミュニケーションの特徴は、形象的であるとか連続的であるとかいうことにあるのではなく、「メタコミュニカティヴな枠組の欠如」にある。（メタコミュニケーションとはコミュニケーションについてのコミュニケーションのことである。）彼は、夢を例にとって、次のようにいう。

メタコミュニカティヴな枠組の欠如によって課された限界のもとで、夢が、肯定的であれ、否定的であれインディカティヴな言明をなすことは明らかに不可能である。内容を〝メタフォリック〟とみなす枠組がありえないので、その内容を〝リテラル〟とみなす枠組もありえない。夢は雨や旱魃を想像することができるが、〝雨が降っている〟とか〝雨が降っていない〟と主張することはできない。（「精神のエコロジーへのステップ」）

ベートソンは、有名なダブル・バインド論において、分裂病を「メタコミュニカティヴなシステム」の障害としてとらえている。ダブル・バインドとは、コミュニケーションにおいて、相手が二つの異なるレベル（ロジカル・タイプ）のメッセージを発し、且つそれらが互いに矛盾しあうときに生じる「決定不能性」の状態である。いいかえれば、「メタコミュニカティヴな枠組の欠如」は、ロジカル・タイプがうしなわれざるをえないような状態をさしている。そこでは、排中律（あれかこれか）が成立しない。フロイトの言葉でいえば、「無意識には否定がない」。《判断の働きを遂行するには、否定の象徴の創出をとおしてのみ可能である》（「否定」）。

しかし、われわれは、無意識あるいはアナログ的・形象的なものを、発生論的に先行させるべきではない。フロイト自身もこういっている。《「私はそんなことは考えたことがありません」とか「そういうことは思ってみませんでした」、被分析者がこういう言葉で反応したときほど無意識の発見に成功したという強い証拠が存在することはない》(「否定」)。それは、患者がコンシステンシーを保とうとして、言明の一義性に固執するかぎり、且つそのかぎりにおいてのみ、「無意識」の存在が証明されるということである。ゲーデルの不完全性定理も、形式体系がコンシステントであるかぎり、且つそのかぎりにおいてのみ、その形式体系のなかでは証明しえない真なる命題が存在するというものである。

決定不可能性と定義不可能性の証明に用いられている自己言及的な表現は、自己言及性という特徴と並んで、もうひとつ、否定を含んでいる点に注目してよいであろう。「証明可能である」ことではなくて「証明可能でない」こと、「真である」ことではなくて「真でない」ことを主張している点を特徴としている。事実、これらを肯定的表現におきかえたのでは矛盾は生じない。自己言及的かつ否定的表現が証明においてもっとも肝要な役割を演じている。(大出晁「メタ論理学の基礎」『現代論理学』所収)

われわれの考えでは、フロイトのいう「無意識」とは、自己言及的な形式体系（自己差異的な差異体系）であり、どこかにポジティヴに存在するのではない。それは、形式体系の（ロジカル・タイプによって可能な）コンシステンシーに固執するかぎりパラドックスにおちいるほかないという、ネガティヴなかたちでのみ確証される。

われわれは、分節的・離散的な言語の彼岸に連続的な〝実在〟を想定すべきではない。そのような考え方は、宗教的（仏教的）ですらないだろう。たとえば、禅は、たんに瞑想によって「言語をこえた実在」に到達するのではなく、ひとをダブル・バインドに追いこむ公案を用いるし、竜樹（ナーガルジュナ）は、あらゆる言語表現をパラドックスに追いやる弁証を徹底的に敢行している。それがしりぞけるのは、たとえば「アナログとデジタル」といった二分法そのものなのである。

2

意識と無意識であれ、言語的記号と非言語的記号であれ、シニフィアンとシニフィエであれ、そのような二分法から出発することは、すでに自己言及性（自己差異性）が排除された「体系」を前提している。その点において、チャールズ・パースも例外ではない。ただ、彼が、記号の意味とは、それによってその記号が翻訳されうる別の記号のことだといっていることは注目に値する。つまり、ある記号の意味は、それ自体べつの記号であらわされ、さらにその記号の意味もべつの記号であらわされる……。

この無限後退的な連鎖においては、記号（シニフィアン）から分離されて存する意味（シニフィエ）を実体的に考えることができないはずである。記号の意味は一瞬あらわれるが、ただちにべつの記号の下に消えて行く。ここでもし記号がそれぞれの意味と結合したり、あるいは同じことだが、記号から分離して意味が存在するとすれば、この無限後退的な連鎖が、どこかで閉じられているのでなければならない。

ロラン・バルトは、西欧において記号のシニフィエをたどって行けば、けっしてシニフィアンにはなりえない窮極のシニフィエとしての神に到達するといっている。窮極のシニフィエとは、無限後退的な連鎖を閉じるものであり、そのことによって記号体系を完成するものである。逆にいえば、どんな記号体系も、それが体系であるかぎり、暗黙にそのような窮極のシニフィエ（超越者）を前提している。

言語学・記号論は、すでにのべたように現象学的還元においてのみ可能である。すなわち、記号は、意識にとって何か（音声であれ事物であれ）が**意味する**かぎりで記号なのだが、そこから出発するかぎり、われわれが見出すものは不可避的に閉じられた体系（ラング）である。たとえシニフィアンとシニフィエの結合の恣意性、あるいはそれらのずれの可能性を主張したとしても、もともとシニフィアンとシニフィエの二分法そのものが、そのような**体系性**（体系を体系たらしめるもの）によってのみ成立するのだ。

この二分法から出発するかぎり、どんなに精細な分析表を作成したとしても、それは閉じられた静的な体系であるほかない。つぎのようにいうとき、レヴィ＝ストロースは実は逆立した考え方をしている。《意味するものと意味されるものとのあいだには、神の理解力をもってしてのみ解消しうるような種類の不均衡があり、その結果、意味されるものに対比して意味するものの過剰が存在し、この過剰は意味されるもの次第できまることになる。それゆえ、人間は、世界を理解するための努力のなかで、余分の意味を処理している》。このとき、彼は、シニフィアンとシニフィエのずれ、あるいは前者の過剰を解消しうる「神」が存在しない以上、ゼロ記号（浮遊するシニフィアン）がその役割をするといっているにひとしい。ここでは、ゼロ記号は体系の体系性を保証するものなのであり、神（超越者）の代理にほかならないのである。ゼロ記号は、ほとんどつねにそのような要請によって登場する。

このことは、レヴィ＝ストロースが、サイバネティックな均衡体系（冷たい社会）を、それ以後の状態に比べてより望ましいものとしてみていることに対応している。ゼロ記号とは、彼がいうように、不在の打ち消しである。だが、ゼロ記号によって打ち消されるのは、自己差異性（自己言及性）である。この不在の打ち消しは、根拠の不在——それゆえに「不均衡」が常態であるような——の打ち消しにほかならない。したがって神をもってこようと、ゼロ記号をもってこようと、根拠の不在（自己差異性）を打ち消すことにおいて、本質的なちがいはない。

ところで、バルトは、シニフィアンを窮極のシニフィエから解放させるために、空虚な記号（ゼロ記号）をおくという考え方を提出している。この場合のゼロ記号は、レヴィ＝ストロースにおけるそれとは、ちがっている。おそらくバルトは、ゼロでも超越でもないような何か、いわば空＝間について語っているのだ。それは、差異体系の自己差異性——したがって差異体系の無根拠性——にほかならないといってよい。シニフィアンの連鎖関係の基底に空虚な記号をおくということは、基底をもたないということである。バルトは、自己差異的な差異体系、つまりたえまなく横断的に交叉し拡散する連鎖的な多様体を、閉じることによって根拠をもつのではなく、それをそのまま肯定するようなヴィジョンについて、あるいは、意味が固定的に定着してしまう瞬間をたえず廃棄して行くような思考の可能性について、告げたいのだといってよい。

しかし、このことは必ずしも「思考」の問題ではない。また、西洋の形而上学に対する批判に限定されてしまうものでもない。われわれは、ここでマルクスに即して、いわば「貨幣の形而上学」についてのべよう。

3

くりかえしていえば、シニフィアンとシニフィエ、アナログ的なものとデジタル的なものといった二分法は、すでに体系の下に、つまりゼロとしてであれ超越者としてであれ体系を体系たらしめるものの下に属している。たとえば、マルクスは、古典派経済学における使用価値と交換価値の二分法を、それ自体貨幣形式を暗黙に前提しているとして批判している。経済学批判として語られたマルクスの認識は、いうまでもなく、そこにはとどまりえない。だが、それはマルクスの仕事が記号論的であったり記号論的に読まれうることを意味するのではなく、記号論的な〝構え〟そのものへの批判としてあったことを意味するのである。『資本論』におけるマルクスの、価値の「形式化」とそこからもたらされる省察をみないのならば、マルクスについて言及することはやめた方がましだ。

たとえば、テルケル派は、使用価値＝シニフィアン、交換価値＝シニフィエと読み、その結果、シニフィアン＝使用価値の復権を唱え、古典派経済学における価値生産に対応して、意味生産を強調したりする。これらが基本的に古典派経済学の考えであることに注意しなければならない。ここでは、古典派経済学が暗黙に棚上げしてしまった貨幣の問題に、マルクスがあれほど固執したことがまったく無視されている。どうせそれを無視するなら、マルクスそのものを無視すればよかったのである。

「生産」をもち出せば何かが変わると思いこむ、救いがたく不毛な企てのあとで、ボードリヤールは、「生産」を攻撃することによって、マルクスをのりこえる。彼は、「経済学の批判は実質的に終った」といい、「その批判をこえて経済学の決定的な解決を可能にするような」、「象徴交換とその理論のレベル」に移行しなければならない、という（「生産の鏡」）。しかし、彼もまた、マルクスが古典派経済学への批判者だったことを忘れている。古典派経済学にとっては、貨幣はたんなる「価値尺度」であって、それ以上考察に値しない。それに対して、マルクスは、恐慌――ひとびとは商品を見すて貨幣にむかって殺到する――を例にとって、古典派経済学者を皮肉たっぷりに批判している。

　だから、諸支払の連鎖とそれらを相殺する人為的制度がすでに発達しているところでは、支払の流れをむりやりにせきとめてそれらの相殺の機構をかきみだすような激動が生じると、貨幣は、突然、価値の尺度としてのそのかすみのような、まぼろしのような姿から、硬貨つまり支払手段に急変するのである。そこで、商品所有者がずっとまえから資本家になっていて、かれのアダム・スミスを知っており、金銀だけが貨幣だとか、貨幣はそもそもほかの商品とはちがって絶対的商品だとかいう迷信を、えらそうに嘲笑しているような、発達したブルジョア的生産の状態のもとでも、貨幣は、突然、流通の媒介者としてではなく、交換価値の唯一の適当な形態として、貨幣蓄蔵者が考えるのとまったく同様な唯一の富として再現するのである。貨幣がこのような富の排他的な定在としてその姿をあらわすのは、たとえば重金主義のばあいのように、あらゆる素材的な富が単に表象のうえで価値を減少し、価値を喪失するにすぎないようなときではなく、それらの富が実際に価値を減少し、価値を喪失するときである。これこそは、貨幣恐慌とよばれる世界市場恐慌の特別の契機である。こういう瞬間に唯一の富として叫びもとめられる summum bonum《至上善》は、貨幣であり、現金であって、それとともにほかのすべての商品は、まさにそれが使用価値であるという理由によって、無用なものとして、くだらないもの、つまりがらくたとして、あるいはわがマルティン・ルター博士のいうように、単なる華美と飽食の品としてあらわれる。信用制度から重金主義へのこういう突然の変化は、実際上のパニックに、さらに理論上の恐怖をつけくわえる、そして流通当事者は、かれら自身の諸関係のはかりしれない神秘のまえに戦慄するのである。(「経済学批判」)

ケインズが新古典派経済学に対して重商主義を評価したように、ここでマルクスは古典派経済学に対して、重金主義を評価しているといっても過言ではない。要するに、彼が貨幣にこだわったのは、それが労働時間説などに解消しえないパラドックスをはらんでいたからである。そして、「貨幣の発生」という問題が、もはや歴史的・発生論的には解きえないがゆえに、それを形式的(論理的)に扱おうとしたのである。

われわれにとってマルクスの仕事が重要なのは、彼が古典派経済学に即して語ったり、歴史的に語った部分ではない。「価値形式論」において、生産概念はまったく不要である。また、そこでは、貨幣の発生が歴史的に語られているわけでもない。貨幣の謎は歴史的に扱いえないのだ。

ボードリヤールは、こうした点をすべて見ない。「われわれは生産の終焉の時代に生きている」(『象徴交換と死』)と、彼はいう。だから、マルクスの経済学批判は終ったというわけである。つまり、彼は極度に歴史主義的なのだ。もっとも、彼がいう「生産の終焉の時代」とは、せいぜいケインズ主義者(ケインズと区別されねばならない)、あるいはマクルーハンや、ブアスティン、リースマンといったアメリカの社会学者が一九五〇年代に省察したことの再確認(彼にとってだけ新鮮な)でしかない。むしろ、「生産の終焉の時代に生きている」からこそ、われわれはマルクスの仕事を新鮮な眼で読むことができるというべきである。

このように「……が終った」というボードリヤールのいい方は、実は、彼が攻撃してやまないマルクス主義の思考方法である。「終った」以上、次の目標が設定されねばならない。実際、彼は「生産の終焉の時代」における新しい戦略を提示するのだ。

4

マルクスの〝経済学批判〟は、何よりもまず形式化の企てとしてあらわれる。われわれは、それをあらためて検討してみよう。たとえば、商品とはなにか。商品を外的対象としてみると、その瞬間にそれは商品ではなくただの事物となる。またわれわれの必要・欲望という観点からみても、商品は消えてしまう。きわめて容易であるかにみえて、実は商品をつかまえることは困難である。あるものを商品たらしめているのは、そのものの有用性でも人間の欲望——それがルネ・ジラールのいうように媒介された欲望であれ——でもなく、商品形式である。

古典派経済学は、商品とは使用価値と価値（交換価値）であるといい、マルクスもそれにしたがっているようにみえる。しかし、それらはまさにあるものが商品形式をとるがゆえに生ずる結果であって原因ではない。マルクスの経済学批判の鍵は、あるものを商品たらしめている形式、あるいはあるものを価値たらしめる形式への注視にある。くりかえしていえば、価値形式（形態）に関する考察こそが、古典派経済学とマルクスをわかつものなのである。

マルクスはいう。《古典派経済学が、商品の、とくに商品価値の分析から、まさに価値を交換価値たらしめる形式をみいだせなかったことは、この学派の最良の代表者においてさえ、価値形式（形態）は、なにかまったくどうでもよいものとして、あるいは商品自身の性質に縁遠いものとしてとりあつかわれている》。だが、それは、彼らが貨幣を自明の前提としたからである。貨幣は、それぞれの商品にあたかも貨幣量で表示さるべき価値があるかのような幻影を与える。すなわち、貨幣形態は、価値が価値形態、いいかえれば相異なる使用価値の関係においてあるという事実をおおいかくす。

周知のように、マルクスは、『資本論』の冒頭で、二つの相異なる商品が等価であるためには、なにか「共通の本質」がなければならない、そしてそれは商品に対象化された人間的労働だといっている。だが、それは貨幣をいいかえたものでしかないし、古典派経済学をすこしもこえるものではない。彼は等価の秘密を諸商品の「同一性」に還元する。しかし、そのような同一性は貨幣によって出現するのだ。貨幣形態こそ、価値形態をおおいかくす。したがって、貨幣形態の起源を問うとき、マルクスは、もはや「等価」や「共通の本質」という考えを切りすてている。それらこそ、価値形態の隠蔽においてあらわれるのだからである。

いいかえれば、商品を直接に考察しようとするとき、われわれはいわば「貨幣の形而上学」に汚染されている。フッサールの言葉でいえば、われわれは自然主義的・心理主義的・歴史主義的態度をまぬかれない。そこで一種の態度変更、すなわち現象学的還元が不可欠となる。われわれはもはや現存する商品を直接に考察することや、それの歴史的発生について考察することをひとまずカッコに入れなければならない。

マルクスがとりあえず相異なる商品に「共通の本質」をとり出したとしたら、それはフッサールがいった意味でイデアルな形式を取出したことを意味する。つまり、それはプラトン的なイデア、あるいは現象と対立する本質を見出すことではなく、形式化にとって必要な方法的手続きにすぎない。

だが、いずれにしてもこの手続きは、「労働時間」と結びつけられているかぎり、misleadingであり、しばしばマルクスの特異な企てを古典派経済学＝ヘーゲル的な枠組に引き戻させるワナとなっている。

しかし、たとえそのような言葉が使われていないとしても、マルクスによる価値の形式化には、現象学的還元が不可欠である。『資本論』に先立つ『経済学批判』において、彼は「経済学の考察範囲」を画定しようとしている。範囲の画定とは、還元（カッコ入れ）にほかならない。

それが美的にであろうと機械的にであろうと、娼婦の胸においてであろうと、あるいはガラス切り工の手においてであろうと、使用価値として役立っているばあいには、それはダイアモンドであって商品ではない。使用価値であるということは、商品にとっては不可欠な前提だと思われるが、商品であるということは、使用価値にとってはどうでもよい規定であるように思われる。経済的形式規定に対してこのように無関係なばあいの使用価値、つまり使用価値としての使用価値は、経済学の考察範囲外にある。この範囲内に使用価値がはいってくるのは、使用価値そのものが形式的規定であるばあいだけである。直接には、使用価値は、一定の経済的関係である交換価値が、それでみずからを表示する素材的土台なのである。(「経済学批判」)

マルクスのいう「経済学」においては、それまで紛らわしくも使用価値とよばれてきた使用対象物が「考察範囲」からとりのぞかれている。つまり、レファレントがカッコにいれられる。さらに次の指摘において、第一に、使用価値と交換価値は商品形式においてのみあるがゆえに分離できないこと、第二にそれらが関係体系においてのみ存することが確認され、また「人間主体」はそのような関係形式のたんなる担い手として還元されている。

これまで商品は、二重の視点から、使用価値として、また交換価値として、そのつど一面的に考察されてきた。けれども商品は、商品としてはまさに使用価値と交換価値との直接の統一である。同時にそれはほかの諸商品にたいする関連のうちでだけ商品なのである。商品同士の現実的関連は、それらの交換過程である。それはたがいに独立した個人がはいりこむ社会的過程であるが、しかしかれらはこの過程にただ商品所有者としてはいりこむにすぎない。かれらのおたがい同士の定在は、かれらの諸商品の定在であり、こうしてかれらは、実際には交換過程の意識的な担い手としてあらわれるにすぎないのである。(「経済学批判」)

これらは、『資本論』よりずっと前に、マルクスによって確認されていたことがらである。商品は、ここでは、たんなる形式（記号）としてのみ存する。われわれはそこに生産や労働時間や人間主体などをもちこむことを許されていない。

5

マルクスは「単純な、個別的な、または偶然的な価値形態」をつぎのように説明している。

x量商品A＝y量商品B、あるいは、x量の商品Aはy量の商品Bに値する。（リンネル20エレ＝上衣一着、または20エレのリンネルは一着の上衣に値する）

右の例において、「リンネルがその価値を上衣で表示する」場合、マルクスはリンネルは相対的価値形態にあり、上衣は等価形態にあるといっている。つまり、マルクスがここでいっているのは、「リンネルは上衣と等価である」ということではなく、「リンネルの価値は上衣の使用価値で表示される」ということなのである。《一商品の価値は他の商品の使用価値で表示される》。しかし、たとえばリンネルの価値なるものが内在的・イデア的に存在するわけではない。ここには、たんにリンネルと上衣という「相異なる使用価値（シニフィアン）」があるだけであって、その関係においてリンネルの「価値」が出現するだけだ。それは、記号の「意味」はべつの記号で示されるというのと同じことである。つまり、価値（意味）は出現するとともに消滅してしまうのであって、それが定在するかのようにみえるのは、のちにのべるように、無限後退的な連鎖関係を閉じるような、「窮極のシニフィエ」すなわち一般的等価物（貨幣）の出現においてである。

とはいえ、その出現は発生論的な問題ではない。「単純な偶然的な価値形態」なるものは、そこから「総体的な価値形態」が生じるような始源としてあるのではない。われわれは、それを歴史的発展として読むべきではないし、またヘーゲル的な弁証法的発展として読むべきでもない。「単純な偶然的価値形態」に関して注目すべき点は、つぎのような点にある。

> 一商品の価値の大きさは、ただ他の一商品の使用価値においてのみ、相対的な価値としてのみ、表現されることができるのである。これに反して、直接に交換可能な使用価値の形式すなわち等価物の形式を、一商品は、逆にただ他の一商品の価値がそれにおいて表現されるところの材料としてのみ、受けとるのである。
>
> この区別は、その単純な、または第一の形式における相対的な価値表現の特性によっ

て不明瞭にされている。すなわち、等式20エレのリンネル＝一着の上衣（または20エレのリンネルは一着の上衣に値する）は、明らかに、同じ等式、一着の上衣＝20エレのリンネル（または、一着の上衣は20エレのリンネルに値する）を含意している。つまり、リンネルの相対的な価値表現においては上衣が等価物としての役割を演じているのであるが、この価値表現は逆関係的に上衣の相対的な価値表現を含んでいるのであって、それにおいてはリンネルが等価物としての役割を演じているのである。

つまり、「リンネルの価値が上衣の使用価値で表示される」というとき、「上衣の価値がリンネルの使用価値で表示される」といってもかまわない。重要なのは、このような「反転可能性」である。マルクスはこれを「王と臣下」の関係という比喩によって説明しているが、つぎのようにいいかえてもよい。このような価値形式においては、どちらが地となり図となるかは決定不可能である、と。いうまでもなく、この反転可能性が禁止され、一商品が排他的に等価形式におさまるとき、それ以外の商品（記号）がそれぞれ価値をもつことになる。

このことを考慮した上で、「拡大された価値形態」をみてみよう。

Z量商品A＝U量商品B

〃　＝V量商品C
〃　＝W量商品D
〃　＝X量商品E

むろん、この関係は反転可能であるから、商品Aのおかれた場所に他のすべての商品が位置することが可能である。ここで考えられる、商品（記号）の関係体系は、たんなる一方向的な無限連鎖ではないし、またたんに「中心のない関係体系」でもない。むしろそれは、中心が無数にありながら、どれも決定的な中心たりえない関係体系なのだ。マルクスはその「欠陥」をつぎのようにいっている。

第一に、商品の相対的な価値表現は未完成である。というのは、その表示序列がいつになっても終らないからである。一つの価値方程式が他のそれを、それからそれへとつないでいく連鎖は、ひきつづいてつねに新しい価値表現の材料を与えるあらゆる新たな商品種にひきのばされる。

ここでは、マルクスは、一般的価値形式または貨幣形態、すなわち超越的中心としての一商品の出現を、論理的必然であるかのように論じている。けれども、この叙述の順序は実は転倒している。というのは、一般的価値形態または貨幣形態によって〝完成〟された世界——古典派経済学はその上で思考している——こそ、「総体的な価値形態」、つまりいわばリゾーム的な多様体を中心化することによって得られるものにほかならないからである。

『資本論』初版において、マルクスは次のようにいっている。（ここで形態Ⅱとよばれるのは、「総体的な価値形態」のことであり、形態Ⅲとよばれるのは「一般的な価値形態」または「貨幣形態」のことである。）

> 形態Ⅱ　20エレのリンネル＝1着の上衣　または　＝u量のコーヒー　または　＝v量の茶　または　＝x量の鉄、等々　においてリンネルはその相対的な価値表現を展開するのであるが、この形態Ⅱにおいては、リンネルは一つの特殊的な等価物としての各個の商品、上衣、コーヒー、等々に関係し、そして、その特殊的な諸等価形態の広がりとしてのすべての商品をいっしょにしたものに関係する。リンネルにたいしては、どの個別的な商品種類も、個別的な等価物におけるように、まだ単なる等価物そのものとしては認められていないのであって、ただ特殊的な等価物として認められているだけで、その一方のものは他方のものを排除している。これに反して、逆関係にされた第二の形態であり、したがってまた第二の形態において包括されているところの、形態Ⅲに

おいては、リンネルはすべての他の商品にとっての等価物の類形態として現われる。それは、ちょうど、群をなして動物界のいろいろな類、種、亜種、科、等々を形成している獅子や虎や兎やその他のすべての現実の動物たちと相並んで、かつそれらのほかに、まだなお動物というもの、すなわち動物界全体の個体的化身が存在しているようなものである。このような、同じ物のすべての現実に存在する種をそれ自身のうちに包括している個体は、動物、神、等々のように、一つの一般的なものである。それゆえ、リンネルが、一つの他の商品が価値の現象形態としてのリンネルに関係したということによって、個別的な等価物となったのと同じように、それは、すべての商品に共通な、価値の現象形態としては、一般的な等価物、一般的な価値肉体、抽象的な人間労働の一般的な物質化となるのである。それだから、リンネルにおいて物質化されている特殊な労働が、いまでは、人間労働の一般的な実現形態として、一般的な労働として、認められるのである。（「資本論」初版）

より整備されたために、よりヘーゲル的にみえる第二版以降に比べて、ここでは注目すべきことが論じられている。すなわち、マルクスは、一般的等価物の出現（一商品が排他的に等価形態の位置を占めること）に関して、クラス（メタレベル）がメンバー（オブジェクト・レベル）に降りこんでくるようなパラドックスを指摘している。

「総体的な価値形態」においては、どの商品（記号）もメタレベルに立ちうるがゆえに、結局は、体系を体系たらしめる超越的中心がありえない。が、「貨幣形態」においても、けっしてロジカル・タイピングが完成するわけではない。たしかに貨幣（一商品）は、メタレベルに立つことによって、他のすべての商品に価値を付与するだろう、つまり古典派経済学においてそう考えられているように価値尺度となるだろう。

　しかし、奇怪なことは、メタレベルにあって商品の「関係体系」を閉じている貨幣（一商品）が、自らオブジェクト・レベルに降りこんでくることだ。価値形式論は、貨幣の必然的な生成をもって、めでたく終るのではない。それは、いわば貨幣の生成によってはたされたはずのロジカル・タイピングが、不可避的に侵犯されざるをえないことを無気味に示唆して終るのである。ここにある「不均衡」こそ、基本的に、資本主義的な成長の不可避性をもたらすといってもよい。

『不均衡動学』（イエール大学出版）の著者、岩井克人が指摘するように、古典派経済学も新古典派経済学も、貨幣（クラス）が商品体系（メンバー）にずれこんでくることによって生じるような「不均衡」を没却してきた。それらは、ある均衡体系を仮定するが、実はそれは貨幣によって可能であると同時に貨幣を除外することによって可能な形而上学的な仮説である。マルクスが古典派に対して、ケインズが新古典派に対してなした批判は、共通している。両者がいずれも「重商主義」を評価したことは偶然ではない。彼らは、貨幣に注目することによって、古典派や新古典派の仮定する「均衡」概念にゆさぶりをかけたのである。

貨幣を除外するかぎりにおいて――実は貨幣によって保証されているのだが――、均衡体系を想定しうる。また、そこに、古典物理学における均衡概念を適用することができる。たとえば、ソシュールは新古典派経済学からの類推で、「共時的体系」を考えたといってよい。均衡概念は、構造主義・サイバネティックス・一般システム理論・エコロジーなどにおいて前提されている。そこでは、ある均衡システムが、外的・内的な諸作用によって不均衡になるとき、より高度なシステムによって再均衡化されるというふうに考えられている。それをマルクス主義的にいいかえれば、矛盾が新たな段階において止揚されるということになる。（むしろソ連・東欧のマルクス主義者はそれを逆にシステム論でとらえなおしているといってもよい。）しかし、そこで考えられる不均衡は、均衡体系を前提にしたものでしかない。

6

マルクスの価値形態論は、何度もいうように歴史的な問題ではない。たとえば、「総体的な価値形態」なるものは、貨幣の発生に先行する状態ではない。それは、「抽象力」（マルクス）すなわち形式化によってのみとりだされるようなマイクロスコピックな領域にある。われわれは、それを自己言及的な形式体系（自己差異的な差異体系）とよぶ。むろん、それはネガティヴにしか確証しえない。われわれにとって存在するのは、つねに、それがなんらかのかたちで〝体系化〟された状態である。

たとえば、それがレヴィ＝ストロースのいう「冷たい社会」のようにゼロ記号によって体系化されている場合、ドゥルーズ＝ガタリにしたがって、それを「コード化」とよんでもよい。また、それが超越者（神・王・貨幣）によって体系化されている場合は、「超コード化」とよぶことができる。それに対して、マルクスが指摘するように、メタレベルがオブジェクト・レベルにずれこんでくるような不均衡が体系のたえまない差異化を強いる場合、「脱コード化」とよぶことができる。（以上は、ドゥルーズ＝ガタリというよりも、浅田彰の明解な図式にしたがっている。）

最後の段階は、近代資本主義に対応している。近代資本主義は、いわば「不均衡」を部分的に解放することによって、累積的な差異化と自己増殖をとげるシステムである。この意味において、ボードリヤールのように、近代工業（インダストリアル）資本主義とポスト工業資本主義を区別するものは何もない。たんに、体系の自己差異化から剰余価値を獲得せねばならない資本の運動が、より一層の差異化に到着しただけである。また、後者において分裂病的な非方向的差異化が存するようにみえても、それは一定方向に誘導されたものでしかない。

そうだとすれば、このようなシステムと闘うことは、逆にそれが付与する時間性のなかで、先へ先へと目標をひきのばして行くことにしかならない。むろんボードリヤールはそのことを承知している。《したがって、ただひとつ採りうる戦略は、カタストロフィックな戦略であって、弁証法の戦略では決してない。事態を極端にまでおしすすめて、きわめて自然に事態が逆転し崩壊するようにさせなくてはならない》(「象徴交換と死」)。

それは、「どんなシステムでも、完全な操作可能性をめざせばめざすほど死にたえるほかない」がゆえに、それを極端におしすすめようという戦略である。いいかえれば、それは徹底的に「形式化」することである。だが、それはたとえばボードリヤールの非難するマルクスが企てたことではなかったか。問題は「……を終らせる」という動機そのものによって、たえず終りを先にのばして行く時間性にからめとられてしまうことである。

第三章　順序構造――分裂生成

その一

1

ジェーン・ジェイコブスは、農業あるいは農村の発展によって都市が生れたという、アダム・スミス以後の支配的意見に対して、「はじめに都市ありき」という考えを提起している（『都市の経済』）。それが実際の歴史的起源に関する論争でないかぎりにおいて、彼女の考えはきわめて示唆的である。事実ジェイコブスは、農業が発明されるような原都市の姿を想像的に描写しているとしても、それはけっして歴史的な問題ではない。彼女が想定する原都市は、むしろ形式的なモデルであって、かつてどこかに実在したというべきものではない。彼女の考えでは、都市は大脳中枢神経系のような微分的（差異的）な多様体である。そこにおけるたえまない横断的な異種結合が農業を発明するのであって、都市の周囲に形成される農村そのものは停滞的である。つまり、農村における生産の過剰が都市を生みだすのではなく、都市という在り方の〝過剰〟が農村を生みだすのである。

くりかえしていうように、ジェイコブスの省察が画期的なものだとすれば、それが歴史的起源にかんして順序を逆転させたからではなく、歴史主義的な設問の構えそのものを打破しようとしたかぎりにおいてのみだ。われわれの考えでは、彼女の想定する原都市は、自己差異的な差異体系にほかならない。たぶん、これは、いかなる考古学的な知見によっても確証されることはないだろう。また、これは未開社会の観察から推論しうるものでもない。というのは、現存する未開社会が構造的に安定した均衡体系であるのに対して、〝原都市〟は根本的に不均衡であり過剰であり非方向的に開かれているからだ。

この意味で、〝原都市〟は始源にあるだけでなく、現存しているといってもよい。未開社会とは、それぞれの段階で、そこから脱落・孤立することによって、閉じられた「体系」を形成したものだといえる。要するに、右のような〝原都市〟は形式的にのみ〝存在する〟のであり、歴史的・現実的に存在するのではない。

むろんジェイコブス自身は、そこまで考えているわけではない。「都市および経済的発展に対するわれわれの理解は、農業の先行というドグマによってゆがめられてきている」と、彼女はいう。そして、彼女はマルクスでさえアダム・スミス以来のドグマに毒されているといっている。

おそらく通念的なマルクス主義にかんしてはそういってよいだろう。しかし、のちにのべるように、マルクスは『ドイツ・イデオロギー』において、何よりも分業（差異化）と交通（偶然的で横断的な結合）という視点を提起しているのであって、べつに「農業の先行性」などを主張しているのではない。

のみならず、ジェイコブス自身が実際にやっていることは、もはや歴史的な順序や考古学的な仮説の問題ではなく、むしろそのような問題意識を構成してしまうドグマへの批判である。いいかえれば、彼女はもはやそのようなドグマが見出させる歴史的データに依拠することができない。そのとき、実は彼女は、気づかなかったとしても、マルクスが貨幣形態の〝起源〟に関してとるほかなかった方法に近接していたはずである。

完成した態容（すがた）を貨幣形態に見せている価値形態は、きわめて内容にとぼしく、単純である。ところが、人間精神は二〇〇〇年以上も昔からこれを解明しようと試みて失敗しているのに、他方では、これよりはるかに内容豊かな、そして複雑な諸形態の分析が、少なくとも近似的には成功しているというわけである。なぜだろうか？　でき上った生体を研究するのは、生体細胞を研究するよりやさしいからである。そのうえに、経済的諸形態の分析では、顕微鏡も化学的試薬も用いるわけにいかぬ。抽象力なるものがこの両者に代わらなければならぬ。しかしながら、ブルジョア社会にとっては、労働生産物の商品形態または商品の価値形態は、経済の細胞形態である。素養のない人にとっては、その分析はいたずらに小理屈をもてあそぶように見えるかもしれない。事実上、このばあい問題のかかわるところは細密を極めている。しかし、それは、ただ顕微鏡的な解剖で取扱われる問題が同様に細密を極めるのと少しもちがったところはない。(『資本論』一序文)

2

先にのべたように、マルクスは、この分析を通して、商品の関係体系が、自己言及的な形式体系(自己差異的な差異体系)であること、つまり一商品(貨幣)によって体系化されるとしても根本的に不均衡であるほかないことを明らかにした。このような分析は歴史学的事実に対応するものではない。だが、彼が「抽象力」に依るほかなかったのは、歴史学的資料が欠けていたからではない。もしたんにそうだとすると、マルクスの仕事はその後の経済人類学などの成果の前に消滅してしまうだろう。だが、彼が形式的に提示したのは、どんな経験的な調査も結局はそれにかたどられてしまうようなドグマ(均衡システム)そのもののディコンストラクションである。

右の引用文でマルクスがいう「顕微鏡」は、むろん比喩である。自然科学には顕微鏡や化学的試薬があるが、文化科学にはそのようなものがないために「抽象力」がその代りをする、ということではけっしてない。たとえば、ジェーン・ジェイコブスは、「農業の先行」という支配的ドグマがどれほどわれわれの眼をゆがめてきたかをいうために、ルネッサンスまで疑われたことのない「生命の自然発生」のドグマを例にあげている。ルネッサンスの時期に、あるフロレンスの詩人＝科学者が、肉を蠅から隔離しておくと腐敗しても蛆がわかないということから、新しい生命はすでにある生命から生じると推測した。この考えが浸透しはじめたころに、顕微鏡が発明され、それまで見えなかった微生物がみえるようになった。その結果、再び「自然発生説」が支配することになり、十九世紀にパスツールによって廃棄されるまで存続したというのである。

顕微鏡あるいは可視性の量的な拡大は、新たな認識をもたらすのではない。それはせいぜい新たな理論を実証するために役立つだけであって、むしろ古いドグマを強化することの方が多い。このことは二十世紀の物理学をみれば明瞭である。ニュートリノ（パウリ）や中間子（湯川秀樹）は、いわば「抽象力」によって想定されたのであり、ずっとあとで観察手段の発展によって実証された。

したがって、その当時自然科学に対してナイーヴな信頼を抱いていたとしても、マルクスがいっていることは自然科学についてもあてはまるのだ。そこでわれわれは、マルクスのいう「顕微鏡的な微細さ」に注意を払う必要がある。この微細さは、量的な度合で考えられてはならない。マルクスの言葉を逆転していえば、この微細さは、ある「抽象力」によってのみ〝存在する〟ような性質のものである。（ただし、この場合の「抽象力」は、「抽象化」ではなく「形式化」というべきものである。）

　十八世紀にニュートンやライプニッツの微分学（無限小解析）は、その種の「微細さ」を問題にしたといってよい。微分＝差異化（ディファレンシエーション）はまったく思考実験の問題であり、ゼノンのパラドックスをよみがえらせた。そして、微分学の基礎をめぐる「危機」は、二十世紀における「数学の危機」、すなわち無限を可算的であるとみなすカントールの集合論にはじまる危機につながっている。

　以前に示唆したように、マルクスもカントールも、もはや理念的（イデアル）・形式的にしか存在しないような領域にふみこんだ。しかも、マルクスのいう顕微鏡的（マイクロスコピック）な微細さは、そこで「自己言及性のパラドックス」が発生せざるをえないようなレベルにある。おそらく、それは、観察者（観察行為）がその対象に影響を及ぼさずにいないようなレベルの「微細さ」であるといいかえれば、理解されやすいだろう。だが、すでにできあがった量子力学の不確定性原理においては、この「微細さ」は、あたかも原子以下の極微世界というふうに量的にはかられるかのように受けとられている。また、不確定性の幅も〝確定〟されている。

しかし、もともとハイゼンベルグは、アインシュタインが相対性理論に関してそうしたように、不確定性原理をまったく〝思考実験〟によって考え出したのである。つまり量子的な「微細さ」は、量的に考えられる微細さ、あるいはそのような微細さが想定されるような日常的知覚＝ユークリッド的空間からあえて絶縁するところで考えられた。たとえば、アインシュタインの相対性理論は、非ユークリッド幾何学がなければ成立しえなかった。非ユークリッド幾何学は、ユークリッド幾何学の公理体系が完全ではなく知覚にもとづいているがゆえに、その第五公理に反して「平行線はまじわる」という公理を採用したところに成立している。現代物理学は、けっして観察手段による知覚の拡張によって、微細さ（あるいは巨大さ）の領域に入っていったわけではない。それは、そもそも経験的な〝知覚〟に背を向けること、あるいは、欺瞞（ぎまん）的にその基礎を〝知覚〟においていたにすぎないユークリッド的公理体系を疑うことからはじめている。

3

相対性理論や量子力学は、こうして「数学の危機」と深くかかわっている。というより、それはもっと一般的に、「形式化」が要請されるような危機とかかわっている。このことは、現代物理学とまったく無関係に考えられたソシュールの「共時性」という概念を検討してみるだけでも明らかである。

一見すると、ソシュールは共時性と通時性を古典物理学的な座標軸で考えているようにみえる。つまり共時性が通時的な線の瞬間的な切断面であるかのように。この結果、通時性と共時性が対立させられ、また共時的な構造と通時的な歴史が対立させられ、したがってまたそれらをどうつなぎあわせるかという問題（にせの問題）が立てられる始末である。

いうまでもなく、共時性は同時性ではない。たとえば、レヴィ＝ストロースの親族構造の分析において、実際は何世代（何十年）もかかるような事柄が共時的構造といわれている。つまり、共時性は瞬間ではなく、〝客観的〟（ニュートン的）には、不確定なある〝幅〟をもっているわけである。ソシュールのいう「共時性―通時性」は、したがって、古典物理学的な時間概念とはまったく異質である。

彼にとって、時間はある共時的体系からもう一つの体系への変容においてのみ見出される。ソシュールが歴史的言語学に対して共時的体系を主張したのは、前者の時間とは異なる「時間」をみようとしたからだ。彼は、体系（空間）をはなれて存するような時間をしりぞけている。ここに、アインシュタインとはべつの意味においてだが、いわば時－空連続体のような考えを見出してもよい。

だが、「時間」がそこから見出されるような共時的体系は、どこに存するのだろうか。それは〝客観的〟にはどこにもない。たんに形式的（イデアル）なものである。たとえば、未開社会の親族の構造は、それが実現されるためには何十年もかかるといったが、かりに長期的な観察者がいたとしても、それは可視的にはならない。機能主義的な構造が見出されるだけだ。共時的な構造は、経験的な時間‐空間からはなれたところでのみ見出される。

しかし、ソシュールの考えは、構造主義やシステム論のように明解ではなく、両義的（あいまい）である。それは、彼が言語を閉じられた共時的「体系」としてみると同時に、それが不可能であることを感じとっていたからだ。いいかえれば、彼は、「共時性—通時性」の区別そのものが抑圧的な派生体でしかないような何かをたえずみようとしていたのである。われわれの言葉でいえば、言語をたんに差異体系としてではなく、自己差異的な差異体系としてみようとしていたのである。

あらためていうが、このような認識は、現代物理学の影響によるものではない。不確定性原理がきわめてポピュラーであり、認識論的に大きな影響を与えてきたことは事実である。しかし、それは、われわれが量的に（経験的に）微細なレベルに下降したためにもたらされた認識ではない。もともとそれは、「形式化」の徹底のなかで見出されてくる「決定不能性」の一変種である。物理学的な比喩は、われわれを再び量的な意味での「微細さ」に連れもどす危険がある。したがって、われわれは物理学的な比喩を回避する。

たとえば、ドゥルーズ＝ガタリは、この種の「微細さ」を、モル（グラム分子）的なものに対してモレキュール（分子）的とよんでいるが、それはいうまでもなく、物理学的な比喩である。

物理学における二つの方向——一つは大数と集合《マス》現象に向かうモル的な方向であり、もう一つは、反対に、相互作用や関係が稀薄であるか次元を異にするような個別性へと突きすすむ分子的方向である——のうち、パラノイアック（偏執狂者）は前者を選んだのだといってよい。彼は巨視的《マクロ》物理学を実践しているのだ。そして、対照的に、スキゾ（分裂病者）は、もはや統計的法則にしたがわないという点で、反対方向すなわち微視的《マイクロ》物理学・分子の方向にすすむ。つまり、もはや大数に依存しない波や微粒子、流れ《フロー》や局部的対象物に、あるいは、大きな集積の視点のかわりに極微の逃走の線に向かうのだといってよい。（「アンチ・オイディプス」）

要するに、ここでは、大きな集積・構造・体系（モル的）に対して、微細な多様性・横断的な多様性（分子的）が立てられている。しかし、彼らのいわんとすることは、マクロ物理学とマイクロ物理学という比喩によらなくても表現できるし、またそうすべきである。（むしろ彼らは、次にのべるように、物理学というよりも「自然哲学」を語っているのだといってよい。）

4

われわれは、『資本論』の序文から〝顕微鏡的な微細さ〟について語ってきたが、マルクスは若い時期に学位論文において同じ言葉で語っている。

……デモクリトスの自然哲学とエピクロスのそれを同一視するのは、古くから確立された偏見である。だから、エピクロスによるデモクリトスの自然哲学の変更は、たんに恣意的な気まぐれにすぎないと考えられている。一方、私はディテールに関して顕微鏡的な探究のようにみえるものに入りこんでいかざるをえない。しかし、まさにこの偏見が哲学の歴史と同じぐらい古いがゆえに、また差異が顕微鏡によってのみ発見しうるほどに隠蔽されているがゆえに、デモクリトスとエピクロスの自然哲学のなかに、その相互依存性にもかかわらず、微細なディテールに及ぶような本質的差異を明証することは、いっそう重要となるだろう。非常に一般的な考察はその結果がディテールに適用されるとき妥当するかどうか疑わしいけれども、微細なものにおいて明証される差異は、関係がより大きな次元で考察されるとき、よりたやすく示されるのである。（「エピクロスとデモクリトスにおける自然哲学の差異」）

それ以前の哲学史的通念では、彼らの物理学（自然哲学）は同じようなもので、エピクロスはデモクリトスの考えを模倣しただけであり、しかもエピクロスがそこに加えたわずかの変更は恣意的な改悪でしかないとみなされていた。たとえば、デモクリトスが、アトムの運動が必然的であり決定的であると考えたのに対して、エピクロスはそこに偶然、逸脱、偏差があると考える。マルクスはこの奇妙な「改悪」に積極的な意味を与えようとした。つまり、ドゥルーズ＝ガタリの言葉でいえば、デモクリトスはモル的であり、エピクロスは分子的である。のみならず、この論文では、直接名ざされていないけれど、アリストテレス（ヘーゲル）的な目的論的立場が念頭におかれている。すなわち、マルクスは、目的論的／機械論的という二項対立の底に、エピクロスの自然哲学をおいているのだ。つまりあくまで機械論的であると同時に、そこにたえまなく差異化が存するというようなイメージを。

しかし、この論文において注目すべきことはそれだけではない。マルクスが強調したのは、一見して明らかな彼らの哲学あるいは実践における差異ではなく、ほとんど近似している両者の自然哲学における微細な差異である。このような視点はトポロジカルであるといってよい。位相的な同一性と差異において肝心なのは、全体の形ではなく、局所的な近傍である。全体としてどんなに類似していても、たとえばコーヒー・カップは、穴のない取手つきのカップと位相的には異なるものであり、一見して似ても似つかないドーナツと同型である。マルクスの方法は、いわば、「全体」の形態のかわりに、微細な局所的な差異を注視することにある、といってもよい。このような位相構造的な差異は、可視的な有意味的な構造を還元してしまう集合論的視点においてはじめて見出される。そのとき〝細部〟は〝全体〟からみられたものとしてではなく、位相的な差異においてのみ重要なのである。

「古典派経済学とマルクスの差異」もまた、そのような細部（価値形態論）にみられなければならない。われわれは、先に、マルクスが、古典派経済学において考えられていた構造をいったん「商品の集合」として解体し、その上で前者からけっして出てこないような〝構造〟をみようとしたとのべた。むろんこの〝構造〟は、集合論的なパラドックスが入っているために、それを禁止したところに考えられる構造主義者の構造とちがって、根本的に動的＝不均衡的である。

われわれがいいたいのは、マルクスが文字通り右のような認識をもっていたということではなく、彼のいう「顕微鏡的な微細さ」が、日常的な知覚・意味、あるいはユークリッド的な空間・公理系をカッコにいれる〝形式化〟においてのみ見出されるものだということである。このようにみられたマルクスの思考は、否定的であれ肯定的であれ「初期マルクス」として位置づけられるものとは、まったく無縁である。

その二

1

すでにのべたように、マルクスのいう「顕微鏡的な微細さ」は、量的なものではなく、観察手段（顕微鏡）によって与えられるものでもない。グレゴリー・ベートソンは、情報理論にもとづいて、そのような〝科学〟の限界を指摘している。

絶対確実な予測はけっしてあり得ない。したがって、科学は一般化された命題をけっして証明することはできない。記述された内容をテストしていくことによって最終的な真実に到達することはできない。

科学が何一つ証明しないということを、他の方法によって示すことも可能である。本書で論じられることは、科学というものが一つの知覚による方法である、知覚から〝意味〟（と呼びならされているもの）を作っていく方法である、という前提の上に立っている。ところが差異のないところに知覚は生じない。われわれが受け取る情報はいかなる場合にも差異の知らせにほかならない。その差異の知覚は、しかし閾によって限定されている。あまりにも微妙な差異や、あまりにゆっくりと現われる差異は、知覚されない。それらは知覚の食物ではないのである。

科学の基盤をなす研究者の知覚にしても、常に閾によって限定されている点に変わりはない。識閾下にあるものは、いわばわれわれのひきうすにはかからぬ穀物である。いつの時代でも、入手可能な知識の量は、その時代が持っている知覚手段に固有な閾によって決定されているのだ。顕微鏡、望遠鏡、十億分の一秒まで測れる計時装置、百万分の一グラムまで計れる計量装置――これらの精巧な知覚装置が明らかにしたことを、以前の時代の知覚レベルから予測することは、まったく不可能だったのである。

「一瞬先は闇」というが、知覚の届く一歩先にある極微の世界も、宇宙の彼方も、地質学的に遠すぎる時代も、同じ闇に包まれている。そこで起こる出来事を、知覚による方法をもって予測することはできない。知覚による方法にほかならぬ科学には、真実かもしれないことの外在的可視的な記号を集め回る以上のことはできないのである。（「精神と自然」佐藤良明訳）

ここでいわれている差異は、実体的ではなくエネルギーでもない。《差異は量的ではなく質的である》。いいかえれば、「顕微鏡的な微細さ」の領域にふみこむとき、われわれは「知覚装置」から遊離した形式的領域に入りこむほかない。たとえば、アルチュセールは、マルクスは「歴史の科学」を確立したといっている。だが、むしろ、マルクスは「歴史の科学」の不可能性を提示したといった方が正確である。

マルクスのいう「生産力と生産関係」は、好意的な解釈によれば、巨視的な概念とみなされている。つまり、巨視的にみれば、歴史はそのような「下部構造」によって規定されているが、微視的にはそのような決定論は通用しないというふうに。だが、この意味での巨視的／微視的の対比は、きわめて凡庸であり、マクロ物理学／ミクロ物理学、マクロ経済学／ミクロ経済学の対比と類似している。むしろマルクスが提起したのは、巨視的／微視的という対立を無効にしてしまう微視的＝巨視的な視点であって、それは自然科学的であるよりも「自然哲学」（エピクロス）的な視点である。

《あまりにも微妙な差異や、あまりにゆっくりと現われる差異は、知覚されない》（ベートソン）。マルクスがとりあげようとするのは、そのような差異である。知覚＝認識装置からはこぼれおちてしまうような差異化。たとえば、かつてヴァレリーは、歴史家は外灯がついたというような出来事になぜ注目しないのかといっている。われわれはそのように微細な非連続的・非方向的な〝出来事〟の網目の上にある。いってみれば、「生産力と生産関係」とは、「あまりにも微妙な」あるいは「あまりにゆっくり現われる」差異化に注目するときにのみ可能な概念である。

マルクスのいうイデオロギーとは、そのような微細な生成変化をみのがすような知覚＝

認識装置にほかならない。それは巨視的であっても微視的であっても同じことだ。ある者は、マルクス主義（ヘーゲル主義）的な歴史観に反撥して、微細な個別的な部分に注目するかもしれない。「神は細部に宿りたまう」と、彼らはいうだろう。だが、そのような「細部」は、「全体」と相補的なものでしかない。われわれのいう微細さは、巨視的／微視的、全体／細部という対立を突き破るところに考えられている。

たとえば、外灯がつくという、歴史家に無視されるような出来事は、われわれの闇への感覚、あるいはコスモロジーを変えただろうし、人間関係をも変えただろう。つまり「生産関係」を変えただろう。しかし、ここで重要なのは、外灯がつくという出来事がそれゆえに意味深いということなどではなく、その逆に外灯がつくという出来事の徹底的な無意味さであり非方向性なのだ。あとでのべるように、マルクスは「交通」について語るとき、それをあけすけに示している。

ある地方でえられた生産諸力、ことに諸発明が、以後の発展に影響をおよぼすかどうかは、もっぱら交通の拡大いかんによる。直接の近隣を越えうる交通が、まだまったく存在しないかぎり、どの発明も地方ごとになされねばならない。そして蛮族の侵入のような通常の戦争でもよいが——まったくの偶然だけあれば、発達した生産諸力と諸要求とをもつ国を、またもとのもくあみからやり直しという状態にしてしまうことができるのである。歴史の発端においては、どの発明も毎日はじめからやりなおされ、どの地方においてもそれぞれ独自におこなわれねばならなかった。かなりな程度拡大された貿易が存在する場合でさえ、できあがった生産諸力が全滅するおそれがどれほどあるかということは、フェニキア人が立証している。かれらの発明の大部分は、この民族の貿易からの駆逐、アレクサンドロスの征服およびそれから生じた衰亡の結果、長期にわたって逸失されてしまった。たとえば、中世におけるガラス画がおなじ運命をたどっている。交通が世界交通となり、大工業を土台としてもち、あらゆる国民が競争戦にひき入れられるときにはじめて、獲得された生産諸力の確実な存続が可能となるのである。(「ドイツ・イデオロギー」)

つまり、マルクスの認識において重要なのは、大きな出来事であれ小さな出来事であれ、出来事の新たな意味を読みとることではなく、その徹底的な無意味さを露呈させたことなのだ。出来事とは、実体的に在るのではなく、差異として在る。というより、それは無い。なぜなら、知覚され意味づけられるような差異は、すでに同一性によって、あるいはシステム(構造)のなかにおかれているからだ。

2

「生産力と生産関係」は、『ドイツ・イデオロギー』においては、むしろ分業と交通というタームで語られている。《ある民族の生産諸力がどれほど発展しているかは、分業の発達がどの程度かによって一目瞭然に示される》。分業つまり労働の分割・分化とは、すなわち差異化である。マルクスがもたらしたのは、生産（製作）によって歴史をみる視点なのではなく（それはむしろヘーゲルである）、差異化として歴史をみる視点だというべきである。

一方、交通は結合だといってよい。しかし、マルクスが戦争を交通のありふれた形態といったように、交通という概念には、偶然的・無‐根拠的・横断的・エロティック・暴力的なニュアンスがふくまれている。「生産関係」という概念は、多かれ少なかれ閉じられた関係体系を考えさせる。『ドイツ・イデオロギー』において、マルクスがそのかわりに「交通」という語を用いたのは、たぶんそのためである。関係が静的であるのに対して、交通は動的である。

「生産力と生産関係」を「分業と交通」という角度からみるとき、われわれは不毛な理解や批判をまぬかれるだろう。たとえば、マルクスの「生産」概念を攻撃するボードリヤールは、たんに架空の標的を射っているだけだ。また、生産力と生産関係は物質的な下部構造であり、それが精神的な上部構造を規定するというような考えの愚かさが明白となるだろう。なぜなら、そのような区別そのものが「分業」によっているのだから。むしろ疑われなければならないのは、下部的であれ上部的であれ、「構造」概念そのものである。「人間とは社会的諸関係の総体である」と、マルクスはいう。この言葉は、ヘーゲルやフォイエルバッハに対する批判として、また関係主義的・構造主義的な認識としてとりあげられている。けれども、ここで疑わしいのは「総体」という概念だ。ヘーゲルのいう「精神」を、「諸関係の総体」といいかえることによってすこしも変わらないのは、諸関係を「総体」としてとらえることを可能にするメタレベル（中心）の存続である。マルクスがいわんとするのは、そのような「総体」（体系）こそイデオロギーだということなのであり、分業（差異化）と交通（横断的結合）が形成する網目には、それを体系たらしめる中心などありえないのである。むしろ、われわれは、「人間とは社会的諸関係の総体への自己関係である」といおう。

また、われわれは、生産力と生産関係を分離し、それらの矛盾から歴史的発展を説明するといった考えをとる必要もない。このような考えは、〝矛盾〟というヘーゲル弁証法の概念をしりぞけたシステム論においても受けつがれている。つまり、あるシステムにおいて生じた〝不均衡〟がより高次のシステムにおいて解消され再組織されるというような。だが、「分業と交通」が示唆するのは、根源的な〝不均衡〟である。そして、マルクスが示すのは、むしろ生産力／生産関係という二分法によっておおいかくされてしまうものにほかならない。

それなら、われわれはいっそ生産力と生産関係という用語を廃棄すべきかもしれない。しかし、必ずしもそうは行かないのだ。

生産力は、しばしば量的なもの（GNPの如き）とみなされている。〝力〟という日常言語がそれを強いるからだ。しかし、われわれは力を現代物理学的な意味で、あるいはニーチェのいう意味で理解すべきである。差異が量的ではなく質的な概念であるように、力も量的ではなく質的な概念である。ドゥルーズがいうように、力は差異において、いわば強度（インテンシティ）として把握されねばならない。マルクスが「構造」という概念を最初にもたらしたことはたしかであり、その意味で「構造主義の祖」とよばれるかもしれない。しかし、マルクスは、構造を「力」から分離して考えたことはなかったのだ。

3

なぜ力の概念が必要なのか。さしあたっていえば、それは、起源・目的・真理・本質・矛盾といった形而上学的な概念と構えに対する批判として提起される。

社会的な力、つまり分業によって条件づけられる種々の個人の協働によって生ずる、幾倍にもなった生産力は、これら諸個人には、その協働そのものが自由意志的ではなくて、自然成長的であるため、かれら自身の結合された力としてはあらわれず、むしろなにか疎遠な、かれらの外に立つ強制力としてあらわれる。そして、この力については、かれらはその来しかた、行くすえが全然わからず、したがって、もはやこれを駆使することはできないばかりか、逆に、いまやこの力のほうが、それに固有の、一連の局面と発展段階の継起を——それは人間の願望や行動に依存しない。いやむしろこのような願望や行動に方向をあたえる働きさえする——通過するのだ。(『ドイツ・イデオロギー』)

人間の願望や行動に依存しないばかりかそれに方向を与えるような「力」。いうまでもなく、それは〝起源(アルケー)〟のない差異化である。そのような「力」を欠いた「構造」は、閉じられた抽象物であり、それを動態化するために再び外部との弁証法が要請されることになってしまう。

右の文において注意すべきなのは、「自然成長性」という言葉である。ふつうマルクス主義において、自然成長性という概念は、目的意識性と対置されており、後者が優位におかれている。レーニンにとって自然成長性は意識的にコントロールさるべきブルジョア的・無政府的なものであるが、ローザ・ルクセンブルグにとって、それは評価さるべきものであり、目的意識性はそれとの対話＝弁証法によって自己修正していくべきだと考えられている。しかし、およそこうした組織論的観点によっては、マルクスがいう自然成長性

(Naturwüchsigkeit) の意味はみおとされざるをえない。事実マルクスは『資本論』にいたるまで一貫して Naturwüchsigkeit という語を用いているのに、ルクセンブルグは Spontaneität という語を用いている。前者が植物の繁茂増殖していくイメージをもっているのに対して、後者は神学的なものである。マルクスが自然成長性というとき、彼はいわゆる自然成長性と目的意識性という対立が派生態にすぎないような Naturwüchsigkeit をさしている。

むろん右の文はまだ両義的である。『ドイツ・イデオロギー』は、マルクスとエンゲルスの共著なのだから、彼らの力点のちがいは、のちの著作から判断されなければならない。明瞭なことは、エンゲルスが自然成長性を無政府性と同一視し、それの意識的制御をもって「自由の王国」の実現とみなしたことである。《今日の生産力を、ついに認識されたその本性にしたがって、このように取り扱うようになれば、社会的生産の無政府状態がなくなって、社会全体と各個人との欲望にしたがって生産が社会的・計画的に規制されるようになる》(「空想から科学へ」)。

ここからレーニン主義が生じたといっても過言ではない。一方、マルクスは晩年にいたるまで次のような姿勢を保っていた。《労働者階級は、コンミューンから奇蹟を期待しはしなかった。彼らは人民の命令によってはじめられるべき、何らできあいのユートピアをももたない。(中略) 彼らは、崩壊しつつある旧いブルジョア社会そのものがはらみつつある新社会の諸要素を解放すること以外には、実現すべき何らの理想をももたない》(「フランスの内乱」)。両者の差異は歴然としている。したがって、おもにエンゲルスの手で書かれたといえる『ドイツ・イデオロギー』を、マルクス的な角度から読みかえてもさしつかえない。さもなければ、読む価値もない。

自然成長性は「分業と交通」という視点と結びついている。この場合の「自然」は歴史や文化や形式に対立するものなのではない。それはものごとを差異(関係)としてみる形式的な視点からこそ見出される。われわれの言葉でいえば、自然成長性は、たえまなく自己差異化して行く差異体系のありようにほかならない。いわばここにマルクスの「自然哲学」あるいは「自然史的立場」がある。この「自然史」は、自然科学的でもなければ歴史学的でもない。たとえば、つぎのようにいうとき、マルクスはべつに歴史的な起源や発達過程について語っているわけではない。

これとともに、もともとは性の場面における分業にすぎなかった分業が発展して、やがて自然的素質(たとえば体力)、諸要素、諸偶然等々によって、ひとりでに、いいかえれば、〝自然成長的〟にできあがる分業となる。分業は、物質的労働と精神的労働との分割があらわれる瞬間から、はじめて真に分業となる。(イデオローグの最初の形態、すなわち僧侶という形態が、時おなじくして生ずる——(マルクスの傍注))。この瞬間から、意識は現にある実践の意識とはなにかちがったものと思い込むことが実際にできるし、現実的ななにかあるものを思いうかべなくとも、なにかあるものを現実的に思いうかべていると実際に思いこむことができるようになる。――この瞬間から、意識は世界から解放されて、《純粋》理論、神学、哲学、道徳等の形成にうつることが可能になる。（「ドイツ・イデオロギー」）

彼がいうのは、たとえばある歴史的段階まで自然成長的な分業の発展があり、それ以後に「真の分業」があるというようなことではない。逆に、そのような歴史的順序や起源にかんする問いや思弁――ヘーゲル的なものであろうと実証主義的なものであろうと――が、すでにそのような「分業」のなかに閉じこめられているということだ。「物質的労働と精神的労働の分割」とは、いうならば、「対立」によって自然成長的な差異化を禁止・隠蔽することである。つまり、身体と精神、自然と文化、自然性と意識性といった「対立」の上で成立する思考こそイデオロギーなのだ。

マルクスは、歴史の主体としての「精神」（ヘーゲル）や「人間」（フォイエルバッハ）を、自己差異化する差異体系のなかに解消してしまう。そのような「主体」、あるいは完結的な体系や物語は、あの「分割」の結果として自立しうるかのように自らをみなす「意識」の産物である。「意識」がどう考えようと、それは自然成長的に分化していく構造＝

力によって動かされているのだが、「意識」はいつもその結果を〝矛盾〟として表象する。そのために、あたかも〝矛盾〟が原動力であるかのようにみなされる。あの「力」が消去され、にせの「生成」が仮構されるのだ。いうまでもなく、矛盾（対立）とは、多重的なずれ・偏差を、一つの体系に閉じこめ単純化したものである。「意識」が自然成長的な差異化の結果と原因を比較することによって仮構する生成の弁証法には、すでに生成変化そのものが消去されてしまっている。

「分業と交通」という視点からみられた歴史には、ヘーゲルのいうような「理性」もなければ、西欧中心主義的な「中心」もない。始まりも終り（目的）もない。それらを暗黙に前提する思考はイデオロギーである。「分業と交通」、つまり差異化と横断的結合としての歴史は、それ自体偶然的でありノンセンスである。だが、この偶然性は、「歴史は偶然だ」というのとはちがっている。後者の場合は、歴史になんらかの法則性や理念を設定したときにいわれるのであって、そのような必然と偶然（本質と現象）は、すでにあの〝分割〟の上にある。また、ノンセンスは、意味／無意味の〝分割〟以前に存する。

マルクスはいう。《こうして、思弁がおわるところ、すなわち現実的な生活のもとで、現実的で実際的な科学、人間たちの実践的活動と実践的過程の解明がはじまる。意識に関するおしゃべりがやみ、現実的な知識がとってかわらねばならない》。しかし、「現実的な知識」や「実際的科学」によって批判しうるようなイデオロギーなど高が知れているといわねばならない。むしろイデオロギーとは「虚偽の意識」ではなく、「真理の意識」である。ニーチェの言葉でいえば、それは「力への意志」をねじまげる「真理への意志」だといってもよい。（先に引用したように、マルクスも、イデオローグの最初の形態は僧侶の形態だといっている。）

要するに、われわれは、イデオロギー／現実的知識、幻想／真理という対立的な機制のなかにおちこまないように警戒せねばならない。したがって、われわれに必要な「現実的知識」は、実証科学的なものであるどころか、マルクスのいう「抽象力」によってのみ獲得しうるものである。

その三

1

分業を重視し、そこから一般的な社会史を構想したのは、アダム・スミスである。基本的には、マルクスはそれにしたがっているようにみえる。だが、そこに微細な差異があり、本当はそれだけが重要なのだ。スミスが一般的に社会史を分業システムとしてみたのは、それまでの階級社会・カースト社会にではなく、イギリスの産業革命において生成してきた「工場」、あるいは「工場内分業」に注目することによってである。「工場内分業」こそが、それまでの社会を分業システムあるいは差異体系(システム)の変容としてみることを可能にしたのである。

だが、そのようにして開かれた歴史的展望のなかで、「工場」あるいは「工場内分業」の生成=出来事だけは隠蔽されることになる。いいかえれば、社会あるいは社会史は、すでに暗黙に「工場内分業」を鳥瞰(ちょうかん)する超越的な眼差によって囲いこまれてしまい、けっしてその超越的・透過的な視点そのものは疑われないのだ。このことは、ある意味でスミスの認識をドイツ哲学のタームに翻訳したといえるヘーゲルについてあてはまるし、さらにヘーゲルを〝唯物論的に転倒した〟エンゲルスについてもあてはまる。

たとえば、エンゲルスはつぎのようにいっている。ここでは、『ドイツ・イデオロギー』にあったようなディコンストラクティヴな力はうしなわれ、平板な歴史的遠近法がむき出しにされている。

> 自然発生的な、無計画的にしだいにできてきた、社会内部での分業が生産の基本形態となっているところでは、分業は生産物に商品という形態をおしつける。商品を相互に交換すること、つまり買うことと売ることによって、個々の生産者は彼らの多様な欲望をみたすことができるようになる。そして、これが中世での状態であった。たとえば、農民は農産物を手工業者に売り、そのかわりに後者から手工業製品を買っていた。ところが、個人的な生産者である商品生産者から成るこの社会のなかに、いまや新しい生産様式がおしいってきた。この生産様式は、社会全体におこなわれていた自然発生的な無計画的な分業のまっただなかに、個々の工場内で組織されていた計画的な分業をもちこんだ。個人的生産とならんで社会的生産があらわれた。(「空想から科学へ」)

ここから「社会を一工場たらしめる」というレーニンの考えが導き出されても、なんら不思議ではない。また、マルクス主義に反対しているシステム論(社会工学)も、基本的には右のような視点に立っている。要するに、それらは「工場内分業」から社会あるいは社会史をみる視点にほかならない。そこでは、自然成長性は計画性（意識性）と対立させられており、克服さるべきものとしてある。

しかし、そのような工学的姿勢に対して、〝自然〟を強調することも前者のたんなる裏返しでしかない。デュルケムがいうように、アダム・スミスの「分業」概念は、のちに生物学にまで適用され拡張されていった（『社会分業論』）。それは、たとえば、動物の〝社会〟や植物の〝システム〟（エコシステム）を考える手がかりを与えたのだ。つまり、工業社会のもたらす諸弊害を批判するエコロジストたちの根拠は、実は、アダム・スミスがそこから分業システムの概念をひき出した、工業資本主義にもとづいている。アダム・スミスが「工場内分業」から一般的に社会史をとらえなおしたように、エコロジストはそこから自然（自然史）をみなおしただけなのだ。エコシステムとは、反工学的であるどころかまさに工学的な思考にもとづいた構成物である。いいかえれば、自然／人工という二分法の上を動いている思考は、どんなに対立したとしても同じ位相に属するのである。

われわれがアダム・スミスの「分業」概念を検討するのは、経済史的な関心からではまったくない。すでに示唆したように、それはより一般化されたとき、システム論あるいは構造主義・記号論的なかたちであらわれるのだから、前者に対する批判は、後者に対する批判を射程にいれておかねばならない。また、そうでなければ、経済学者による古くさい限定された議論にしかなりえないだろう。

ここで確認すべきことは、自然／人工、自然成長性／計画性という二項対立（そのどちらが重視されるにせよ）のなかで形成されている議論が、窮極的にシステムあるいは「工場内分業」にもとづき、しかもそのことをすこしも疑わないところに存するということである。問われなければならないのは、「工場」（工場内分業）の生成＝出来事そのものである。

2

しかし、この問いは歴史学的に、あるいは歴史主義的に問われてはならない。歴史学の方こそすでにそれにもとづいてしまっているのだから。マルクスは『資本論』において「工場内分業」あるいは機械的生産の起源を問うている。が、それは歴史主義的ではなく、いわば系譜学的（ニーチェ）である。たとえば、彼は、機械について考察し、道具としてであれ、原動力としての蒸気機関であれ、それらが機械的生産よりはるか前に発明されていたことを指摘している。つまり、機械が発明されたから機械的生産がはじまったというわけではない。そのような歴史的順序をいったんカッコに入れなければ、工場＝機械的生産の生成＝出来事にせまることはできない。彼は、機械的生産あるいは「工場」が、マニュファクチュアの上にのみ形成されたことを指摘するのだが、これもけっして歴史的な順序の問題ではありえない。

《機械体系がはじめて導入される部門では、概して、マニュファクチュアそのものが、機械体系に対して、生産過程の分割の、したがってその編成の、自然成長的(naturwüchsig)な基礎を提供する。》

《……したがって、この点で、マニュファクチュアのなかに、大工業の直接の技術的基礎がみられるわけである。マニュファクチュアが機械装置を生産したわけだが、その機械装置をもって大工業は、自分が最初とらえた生産部面で、手工業的経営とマニュファクチュア的経営を片づけたのである。したがって、機械経営は、それにふさわしくない物的基礎のうえに、自然成長的にそびえ立つものであった。機械経営は、ある程度まで発展すると、この基礎そのものを、まず既成のものとして与えられついでの古い形のままでさらに仕上げられた、この基礎そのものを変革し、自らの生産の仕方に見合った新たな基礎をつくりださねばならなかった。》

《こうして、大工業は、その特徴的な生産手段を、機械そのものをわがものとし、機械によって機械を生産しなければならなかった。こうしてはじめて、大工業は、それにふさわしい技術的基礎をつくりだし、自らの足で立ったのである。》(「資本論」)

ここでマルクスがいわんとするのは、むろん、マニュファクチュアは自然成長的で機械的生産（工場）は計画的である、というようなことではなく、その逆に、大工業（工場）は、計画的に必然的に開始されたのではないという、まさにこのことなのだ。工場がマニュファクチュアという自然成長的な基礎の上にあるということは、実はそれが明確な〝基礎〟や〝始源〟をもたないということであり、いいかえれば〝出来事〟だということである。むろん、いったん工場が成立するやいなや、そのことは隠蔽されてしまう。

マニュファクチュアの自然成長性とはなにか。いうまでもなく、マルクスはそれに否定的な意味をこめてはいない。彼の分析によれば、マニュファクチュアは、一方では異種の独立手工業の結合によって、他方では同種の手工業者たちの協業による分割によって生成変化する。

《だから、マニュファクチュアは、一方では生産過程に労働分割を導入し、あるいはこれをさらに発展させるのであり、他方ではそれまで分離していた手工業を結合させるのである。しかし、マニュファクチュアの最終的な姿は、その出発点がどのように別々であるにせよ、同じもの、——人間をその器官とする生産の仕組みなのである。》

《こういう偶然の分割がくりかえされて、その特有の利益を明らかにしながら、しだいに組織的な労働の分割に固まってゆく。商品は、いろいろなことをする独立手工業者の個人的生産物から、そのだれもがひきつづき同じ部分作業しかおこなわない手工業の集団の社会的生産物に転化する。》(『資本論』)

マニュファクチュアにおける分業の発展は、こうして、同一的なものを差異化し、相異なるものを横断的に結合する〝偶然的〟な過程である。このような生成の仕方(分裂生成)を自然成長性とよぶとすれば、それは工場のような計画的なシステムとは根本的にことなるし、またそれはたんにでたらめでカオス的なものともちがっている。

具体的にいえば、マニュファクチュアは、それまでギルドによって固定されていたさまざまな手工業のさまざまな諸要素の、偶然的な組みかえとしておこっている。ところが、それが「工場」として確立されるやいなや、分業＝労働の分割は、最初から意識的・計画的なものとみなされる。エンゲルスのいうような、一方に自然成長的(非計画的)な分業があり、他方に意識的な分業があるという二分法は、工場が確立したあとではじめて成立するのであり、そしてそれは分裂生成(自然成長性)を隠蔽することになる。

先に引用したように、『ドイツ・イデオロギー』のなかで、つぎのように書かれていたことを想起しよう。《(自然成長的な)分業は、物質的労働と精神的労働との分割があらわれる瞬間から、はじめて真に分業となる。(中略)この瞬間から、意識は世界から解放されて、〝純粋〟理論、神学、哲学、道徳等の形成にうつることが可能になる》。マルクスはここで、いわば形而上学の〝起源〟について語っているのだが、それは、工場がその自然成長的な基礎たるマニュファクチュアから解放され、「機械によって機械を生産する」自律性(オートノミー)を獲得し、「自らの足で立つ」過程と共通している。それらは、いずれも歴史学的な〝起源〟の問題ではない。マニュファクチュアという言葉によってマルクスが意味しているものは、形式的にいえば、たえまなく自己差異化する差異体系にほかならないのである。

そのようにみるならば、マルクスは『資本論』においてマニュファクチュアと工場について語るとき、その冒頭において「抽象力」によってつかんだ価値形態論をそこで反復しているのだということがわかるだろう。一商品が超越的な中心となることによって、もともと中心・基礎をもちえない自己差異的な差異体系を閉じる——実際は閉じえないが——こと。

また、マルクスはいっている。《マニュファクチュアでは、労働者は生きた仕組の手足をなしている。工場では、死んだ仕組が労働者から独立に存在し、労働者はこの仕組に生きた付属物として合体される》(『資本論』)。ここでは一見すると、マニュファクチュアが「生きた仕組」、つまり身体・有機体・共同体であるかのように語られているけれども、すでにのべたように、それは横断的に異種結合し差異化するあり方そのものである。逆にいえば、「生きた仕組」あるいは身体は、そのようなものだというべきなのだ。身体は基礎

（基底）ではないし、また奥深くあるのでもない。

たとえば、ニーチェが「一つの主観」（精神）から出発するかわりに、身体から出発せよというとき、その身体は次のようなものである。

肉体と生理学とに出発点をとること。なぜか？――私たちは、私たちの主観という統一がいかなる種類のものであるか、つまり、それは一つの共同体の頂点をしめる統治者である（「霊魂」や「生命力」ではなく）ということを、同じく、この統治者が、被統治者に、また、個々のものと同時に全体を可能ならしめる序階や分業の諸条件に依存しているということを、正しく表象することができるからである。生ける統一は不断に生滅するということ、「主観」は永遠的なものではないということに関しても同様である。（「権力への意志」）

3

ジェーン・ジェイコブスが「都市」とよぶものは、マルクスが「マニュファクチュア」とよぶものに対応している――もちろん、彼女自身は、マルクスの分業理論をアダム・スミスの亜流とみなして批判しているのだが。彼女の『都市の経済』は、エンゲルスの好むあの〝計画的〟な都市プラニング――ブルジョアの手によるものであれマルクス主義者の手によるものであれ――が原理的に失敗せざるをえない理由を解き明かそうとしている。結論的にいえば、彼女は都市を都市たらしめるためには、つまり「生きた仕組」（マルクス）たらしめるためには、上からの計画的な大量の投資や方向づけではなく、いわば自然成長的で非方向的な網目の差異化を促進させるほかないというのである。

具体的に諸都市のケースに言及しながら、実は、彼女は都市・町・村といった概念を抽象化している。「都市」は、対象的に現存するものというより、発展しつつある状態そのものをさすといってよい。一方、「町」とは停滞した「都市」であり、たとえば彼女によれば、デトロイトやピッツバーグのような都市はすでに「町」である。つまり、こうした区別は、非歴史的で形式的なものである。（ある意味で、この村・町・都市という区分は、ドゥルーズ＝ガタリのコード化・超コード化・脱コード化という区別に照応する。いずれも歴史的な概念ではない。）

ジェイコブスの考えでは、都市とは分業の発展にほかならず、分業の発展は、新しい仕事が古い仕事につけ加えられることによっておこる。新しい仕事はどのように創出されるか。《創出者は、自分の仕事と何かそれと異なる仕事とを〝結合〟することによって、新しい仕事をつくりだす。》《重要なのは、新しい仕事が古い仕事につけ加えられるとき、しばしばこの追加がしばしば仕事のカテゴリーを容赦なく横断してしまうことだ。停滞的な社会においてのみ、仕事は所与のカテゴリーの中にどっしりととどまっている》（「都市の経済」)。

彼女は、D（ある仕事の分業）にA（新しい活動）がつけ加えられるとき、増殖（多様化）が生じるという。すなわちD＋A→nDということになる。その多様化は図(1)のようなかたちで示されている。この種の「論理」について、彼女は次のようにいっている。

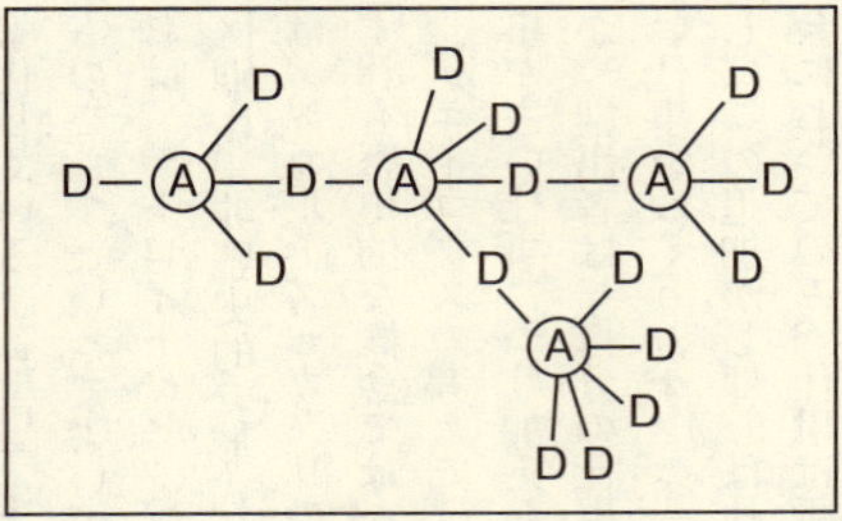

> たしかに、そのプロセスは不意打ちにみち、それがおこる前に予言することは難しい――おそらく予言不可能だ。しかし、その事実のあとでは、つけ加えられた財貨やサーヴィスが存在したあとでは、それらの追加はいつもすばらしく論理的で〝ナチュラル〟のようにみえる。

図(1)

これは、どのような論理だろうか。それは、芸術家が用いる論理形式、またはそういいたければ直観と類似している。

彼女の考えでは、都市計画・経済計画は、ある超越的な中心から全体を〝論理的〟なツリー状に構成してしまうけれども、生きた都市（分業の発展）は、いわば多数の中心によって、あるいは〝予言不可能な〟〝カテゴリーの横断〟によってのみありうる。すでに、明らかなように、ジェイコブスは、マルクスがマニュファクチュアについてのべた以上のことをいってはいない。

しかし、ジェイコブスの考察から、逆にマルクスを読み直すことはむだではないだろう。たとえば彼女はいう。《新しい仕事を古いものにつけ加えるプロセスと、ギルド的な仕事のカテゴリーとの葛藤は、中世ヨーロッパ社会における争論のたえまない源泉だった》。マルクスがいう「階級闘争」は、いつも右のようなものだといってよい。それは、〝予言不可能〟な〝不意打ち〟によって非方向的に差異化していくアクションと、それを旧来の安定的なシステムのなかに封じこめようとするリアクションの間にしかあったためしはない。

マルクスにおいて、階級闘争は実体的に存在する闘争ではなく、むしろ読解によってのみ証明される何かだ。ニーチェが宗教や哲学を「階級闘争」において読解したように。それは、たとえば資本家階級と労働者階級という二項対立あるいは〝矛盾〟において存在するのではない。そのような対立は、実際に、たえず生成変化する生産力＝生産関係の具体的な様相を捨象し、単純化してしまうイデオロギーでしかない。つまり、歴史を〝矛盾〟によって、すなわちにせの生成によって説明してしまう物語でしかない。むしろそれは細部的に多様に生成する「階級闘争」を抑圧するものとして機能する。

マルクスが、歴史の原動力として階級闘争を見出したとすれば、それはヘーゲル的弁証法の唯物論的再版であるどころか、まさにそれを打ちくだくためである。たとえ常識的には階級闘争の観念が形而上学的なものだとしても、われわれはそれを廃棄する必要はない。たとえば、体系（構造）の変容として語られる歴史には、分裂生成としての力が捨象されている。つまり、力から切りはなされた構造なるものは、もう一つの形而上学にすぎない。マルクスにおいて、階級闘争は、そのような力の場を暗示するかぎりにおいて、決定的に重要な概念なのだ。

4

現在われわれは、マルクスが自然成長性とよぶほかなかった〝論理〟を、「芸術家がもちいる論理形式」（ジェイコブス）などといわずに、より明確にしうるはずである。そして、その緒（いとぐち）は、ジェイコブスと並んで一九六〇年代に都市プラニングの欠陥を原理的に衝いたクリストファー・アレグザンダーに見出されるといえる（「都市はツリーではない」）。アレグザンダーは、多年にわたって多かれ少なかれ〝自然成長的〟に発展してきた都市を「自然都市」とよび、デザイナーやプランナーによって慎重に創造された都市またはその一部分を「人工都市」とよんでいる。「人工都市」には何か本質的な要素が欠けている。一般の人々が計画的にデザインされた現代都市を嫌うのには根拠がある。むろん、デザイナーたちは、現代的形式をとりながら、しかもそれに生命を与えるようにみえる「自然都市」のさまざまな特性をとりこもうとしてきたが、今までのところ、それらのデザインはたんに古いものを作りかえただけで、新しいものを作ることができていない。それは、「自然都市」の外見だけを考えて、その内的構造そのものをとらえようとしなかったからだ。アレグザンダーは、自然都市はセミ・ラティスの組織をもっており、人工都市はツリーの組織をもっているという。われわれが都市を人工的に組織するとき、それをツリーとして組織してしまう。ツリーとセミ・ラティスは、多くの小さなシステムがどのようにして大きな複雑なシステムを形成するかについて考える方法であり、もっと一般的にいえば、それらは集合（セット）の順序的構造に対する名称である。

たとえば、ここにオレンジ、すいか、フットボール、テニスボールがある。それらを記憶にとどめるためには分類するほかない。ある人は、それらをオレンジとすいか（果物）、フットボールとテニスボール（ボール）に分けるだろうし、他の人は、それらを形態によって、オレンジとテニスボール（小）、すいかとフットボール（大）に分けるだろう。いずれの分類もそれだけではツリーになる（次ページ図(2)のbおよびc）。二つあわせると、セミ・ラティスになる（図(2)のd）。しかし、後者は視覚化するのが難しいので、一般に、われわれが明瞭に視覚化できるのは、ツリーであり、実際、自然都市のようにその内部で集合（セット）がオーヴァラップするようなセミ・ラティス構造を想いうかべねばなら

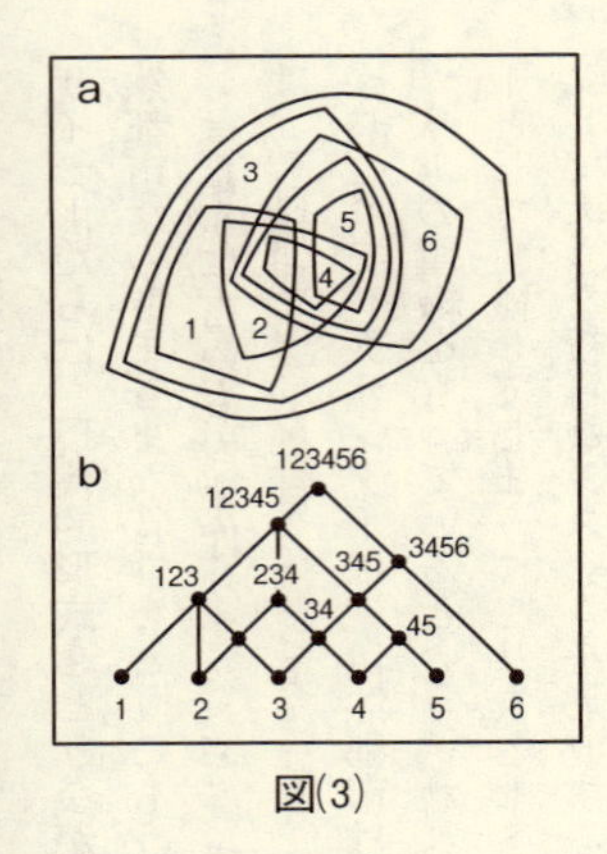
a
1
2
3
4
5
6
b
123456
12345
3456
123
234
345
34
45
1
2
3
4
5
6

図(3)

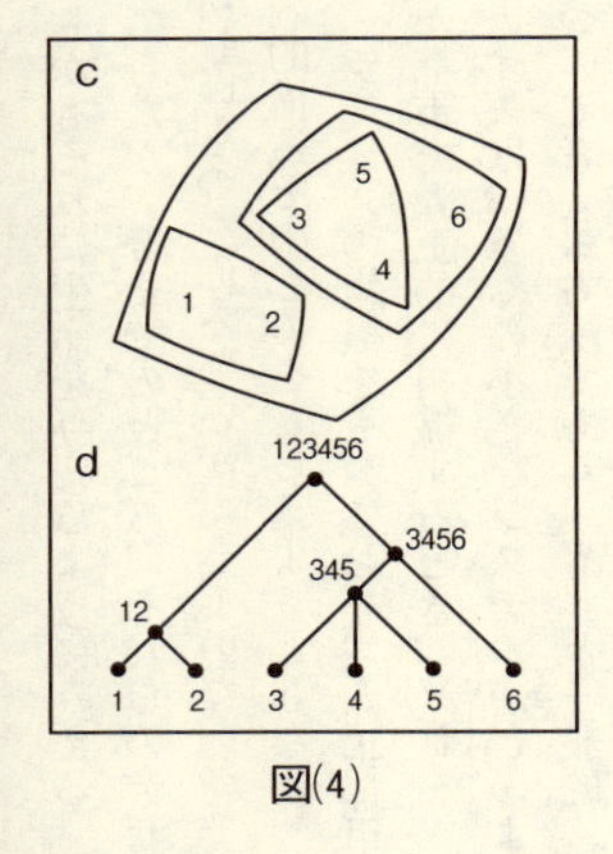
c
1
2
3
4
5
6
d
123456
3456
345
12
1
2
3
4
5
6

図(4)

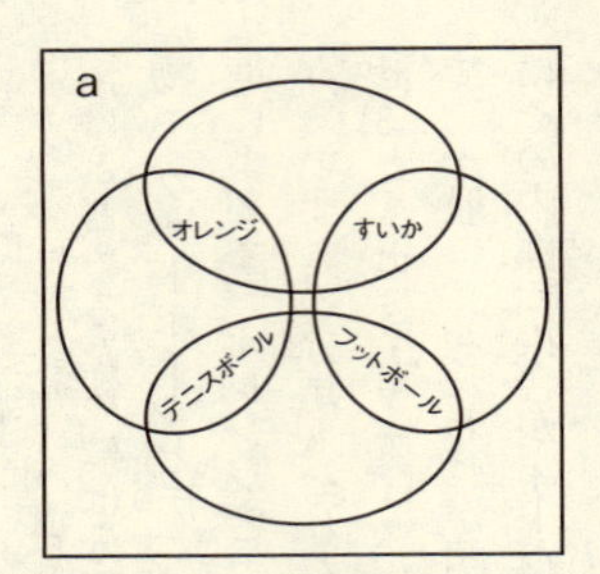
a
オレンジ
すいか
テニスボール
フットボール

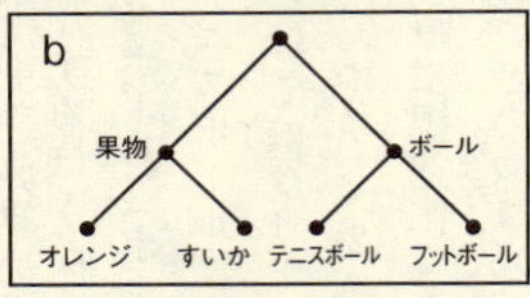
b
果物
ボール
オレンジ
すいか
テニスボール
フットボール

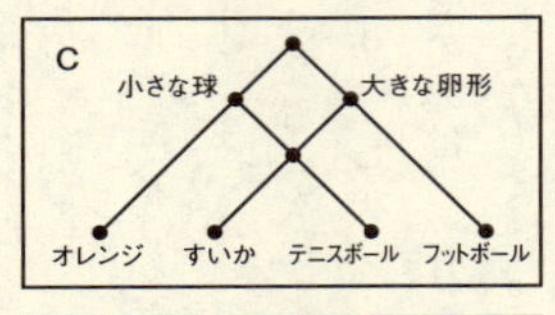
c
小さな球
大きな卵形
オレンジ
すいか
テニスボール
フットボール

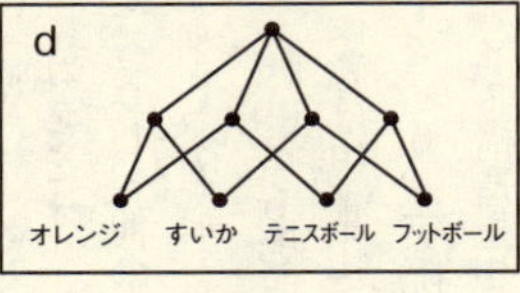
d
オレンジ
すいか
テニスボール
フットボール

図(2)

ないとき、それをツリーに還元してしまう傾向がある。

自然都市がセミ・ラティスだというのは、どういうことか。たとえば、アレグザンダーはいう。バークレーのある交叉点で、ドラッグ・ストアと、その前におかれているニューズラック（新聞をいれた箱）、さらに交通信号がある。一方で、これらのものは変化しない要素（エレメント）である。他方、通行人は、赤信号のあいだに立ちどまって新聞を眺めたり買ったりする。すなわちこの三つの要素が組み合わさるとべつの機能をはたす。彼はそれらを都市の単位（ユニット）とよぶ。ユニットとしてのまとまりは、その要素をたがいに結びつける力と、ユニットを固定した変化しない部分としてふくむ、より大きなliving systemがもつ動的なまとまりから生じる。都市にある無数の固定した具体的なサブ・セットは、システムの容器であり、意味のある物的な単位とみなしうる。それらのサブ・セットの集まりは無定形ではなく、サブ・セットがいったん選ばれると、それらの間に諸関係が生まれるから、サブ・セットの集まりは明確な構造をもつようになる。そこで、都市にある無数の現実の因子について語るかわりに、彼は、六つの要素からなる簡単な構造を考え、要素を1から6までの番号でよぶ。

この場合、図(3)はセミ・ラティスである。

《集合（セット）の集まりは、つぎの場合、そしてその場合にのみ、セミ・ラティスを形成する。すなわち二つのオーヴァラップする集合（セット）が全体に属し、また両者に共通の諸要素もまた全体に属しているときである》。たとえば、図(3)において、(2・3・4)と(3・4・5)はともにこの集まりに属しており、両者の共通部分(3・4)もまた、この集まりに属している。都市に関するかぎり、二つのユニットが重なり合うとき、オーヴァラップの領域がそれ自身認知できる実在であり、それ自身ユニットでもある。先の例でいえば、一つのユニットは、ニューズラックと歩道と交通信号からなり、もう一つのユニットは、ドラッグ・ストアそのもの(入口とニューズラック)からなる。この二つのユニットはニューズラックで重なり合い、この重なった領域は、それ自身認知できるユニットであるから、この集まりの構造はセミ・ラティスの性質をもつ。人工都市においては、こうした重なり合いは破壊されてしまうのである。

それに対して、ツリーは次のように定義される。《セットの集まりがツリーを形成するのはつぎの場合、そしてその場合のみである。すなわち、この集まりに属する任意の二つのセットをとれば、一方が他方に完全にふくまれるか、まったく無関係(ディスジョイント)であるかのいずれかである場合である》。図(4)はツリーであって、ここではオーヴァラップはおこらない。

アレグザンダーは、この二つの構造を区別するのは、オーヴァラップがおこるか、おこらないかだけではない、という。より重要なのは、セミ・ラティスがツリーよりも、はるかに複雑で微妙な構造になる可能性をもっているということである。たとえば、二十個の要素からなるツリーは、せいぜい十九個のサブ・セットをふくむにすぎないが、二十個の要素からなるセミ・ラティスは百万通り以上の異なるサブ・セットをもつことができる。しかし、さきにのべたように、ツリーは、複雑なものをユニットに分割する単純で明晰（めいせき）な方法を与えてくれるので、われわれは、自然の構造がつねにセミ・ラティスであるにもかかわらず、それをツリーに還元する傾向がある。人工都市に構造的な複雑さが欠けているのは、ツリーだからである。アレグザンダーは、ブラジリア計画、東京計画など現代の都市プランナーが実現した、あるいは未実現の有名な九つの都市計画を分析して、それらがすべてツリー構造をなしていることを明らかにした。これらの計画では、いかなるユニットも全体としてのユニットを介さないで他のユニットと結びつくことはないというツリー原理が貫徹されている。

（註――この節は『隠喩としての建築』と重複していることをことわっておきます。）

5

アレグザンダーによる、人工都市と自然都市の差異にかんする数学的考察は、それが形式的であるがゆえに豊かである。実際、われわれはそれを都市やマニュファクチュアといったものに限定する必要がない。たとえば、それは組織機構についてもあてはまる。軍隊や官僚機構はツリーであり、そこでは上位組織を介することなしの横断的交通（カテゴリーの横断）は許されない。アレグザンダーが指摘しているように、ヒルバーザイマーのられている。

『都市の本質』は、ローマの町が軍事的キャンプに発している事実から、軍事的キャンプを都市設計の原型とみなしている。〝軍隊〟は、しばしばツリー構造のモデルとして用いられている。

ポール・ヴァレリーは、〝自然〟の作ったものは人間の作ったものより構造的に複雑であるといった。つまり、ある構造よりその素材の構造の方がより複雑だというのだが、その場合に、軍隊の階級機構とその成員を例にあげている。マルクスも、「マニュファクチュア」から「工場」への転化において生じる「専制」について、こうのべている。

より大規模な協業の発展とともに、こういう専制もその特有な形式を展開させてくる。資本家は、自分の資本が本来の資本主義的生産をようやく開始するあの最低限の大きさに達するやいなや、まず手の労働から解放されるように、いまや彼は個々の労働や労働者群そのものを直接にたえず監督する機能を、あらためてある特別な種類の賃金労働者にゆずりわたす。同じ資本の指揮のもとで協働する労働者団は、軍隊と同じく、産業士官（支配人）、産業下士官（職工長）、を必要とするのであって彼らが、労働過程で資本の名において指揮をとる。監督という労働が、彼らの専有の機能として固定してくる。（『資本論』）

つまり、「工場」とは「軍隊」である。いうまでもなく、こうしたメタファーによって語られているのは、ツリー構造にほかならない。われわれはこういってもよい。マルクス主義的であろうとなかろうと、計画的（意識的）な管理は、本質的にツリー（工場＝軍隊）であるほかない、と。

ここで、われわれは、具体的なモデルからはなれて、形式的なレベルでこの問題を考えてみる必要がある。それは、べつに、マルクスのいう「自然成長性」が、数学的・形式的に処理されてしまうことを意味するのではない。実は、まったくその逆なのだ。

アレグザンダーがとらえる「自然都市」は、どんなに複雑であっても、すでに閉じられ透過されるシステムである。いいかえれば、「自然都市」はすでに人工的なものである。実際、アレグザンダーは、「自然都市」を人工的に設計しようとするプランナーなのだ。われわれが見出そうとする自然成長性（分裂生成）が、そのような自然／人工という二分法のなかで不可避的に消されてしまうほかないことは明瞭である。だが、自然成長性（分裂生成）にかんして、それが形式化しえず形式化をこえたものであるというようなことを百万遍となえたとしても、何一つ明らかにはならないだろう。われわれは逆にまず形式化からはじめなければならない。

すでに明らかなように、ツリーもセミ・ラティスも、集合論的にとらえられた順序的構造である。この場合注意すべきことは、セミ・ラティスがどんなに複雑多様なものであっても、一義的なツリーの複合にほかならないということである。混沌とみえるセミ・ラティス構造は、秩序的であり一つの中心をもっている。いいかえれば、それはどんなにオーヴァラップや不確定性をもっているとしても、基本的に矛盾律（あれかこれか）にもとづいており、あるいは、クラスとメンバーの区別（ロジカル・タイプ）にもとづいている。

ところが、われわれが自然成長性（分裂生成）とよぶのは、カテゴリーが不断に横断され、いわば「あれもこれも」が成立し、ロジカル・タイプが破られているために、多数の中心（メタレベル）が同時に成立してしまうようなありようである。すなわち、ツリーやセミ・ラティスが集合の順序的構造であるとすれば、それはそこに集合論のパラドックスを導入したときに現出するようなありようだ。われわれは、これを、自己言及的な形式体系または自己差異的な差異体系とよんできたはずである。

ドゥルーズ＝ガタリは、西洋哲学はツリーの図式を構成しようとしてきたといっている。ヘーゲルの論理学（弁証法）はその一例である。それに対して、構造主義者・システム論者は、多義的・多重的な網目構造（つまりアレグザンダーのいうようなセミ・ラティス）をとらえたといってよい。だが、それは、ドゥルーズ＝ガタリによれば、にせの多様体であり、その中心または根が、すぎさったもの、あるいはきたるべきものとして、要するに可能的なものとして存続している。彼らは、それを「側根（ラディカル）システム」とよび、われわれが自然成長性とよぶものを、「リゾーム」（根茎）とよんでいる。むろん、それらは

Naturwüchsigkeit（自然成長性＝繁茂増殖）と同様のメタファーである。

　われわれは、そのようなメタファーに回帰する必要はあるまい。実際に、ドゥルーズ＝ガタリも「リゾーム」というとき、大脳中枢神経系をモデルにしている。つまり、人工知能＝形式体系との対比にもとづいている。したがって、われわれは自然成長性を、論理的な形式化の側からみるべきである。だが、ある意味では、われわれはメタファーに訴えるほかないともいえる。なぜなら、自己差異的な差異体系は、つねにネガティヴにしか指示しえないからである。

6

　われわれは先に、マルクスのいう「顕微鏡的な微細さ」が量的なものではなく形式的なものにかかわるといった。たとえば、海岸線の長さを正確にはかろうとして、それを拡大していくと、無限の長さになってしまう。海岸線の長さは〝客観的〟にあるわけではない。「自然の形」は無限に微視的なレベルにおいてある。われわれが実用的に用いる地図での海岸線は、ある任意のレベルでとらえられた形態であり、それはスムーズな曲線であって、自然の海岸線とはほど遠い。

　B・マンデルブロートは、そのような「自然の作ったものの構造」（ヴァレリー）を幾何学的に再構成するために、フラクタル次元（非整数次元）を形式的に想定する（「自然のフラクタル幾何学」)。この場合、非整数次元が整数次元に比べて人工的・形式的であるとはいえない。もともとn次元も形式的に考えられたものだから。また、それは数学者だけに通用する特殊な考えではない。それは今日のコンピューター・グラフィックスにおいて応用されている不可欠な武器だから。「自然の形」を構成するために、マンデルブロートは、それが近似的にコッホ曲線やペアノ曲線のように自己相似性(セルフ・シミラリティ)をもった曲線、自己再生的無限階層性をそなえた関数とひとしいと考える。(自己相似性とは、たとえば、絵の中に絵をもった女がおり、その絵の中にまた絵をもった同じ女がおり……という無限の入れ子構造であって、どんなに微細なレベルに降りても、同じ形があらわれる場合をいう。)もちろん、それは「自然な形」そのものではなく、形式的に構成されたものである。

だが、興味深いのは、彼が「自然の形」に接近しようとしてとりあげるコッホ曲線やペアノ曲線などが、すべて十九世紀後半以来の「数学の危機」において出てきたものだということであり、またそれらを非整数次元としてとらえなおした世界が、スムーズでべったりしたものではなく、泡立ちでこぼこしたものだということだ。それは、前者に関していえば、「微細さ」の領域が形式的でありパラドキシカルな問題にかかわるということであり、後者に関していえば、そこに示される自然像がいわばエピクロス的なもの(アトムたちの偏りの重なり)に近いということである。実際、マンデルブロートは、ブラウン運動を解明した物理学者ペランから示唆されている。ペランは、微分方程式によって法則表現される巨視的な力学——形にかんしていえば、接線をもつ曲線でとらえられる概形である——に対して、不規則外力によるブラウン運動——形にかんしていえば、フラクタルな構造である——をとらえる微視的な「形の物理学」を二十世紀のはじめに提起したのである。

たとえば、マンデルブロートは、海岸線の長さは〝客観的〟ではないという。厳密にはかればはかるほど長くなるからだ。したがって、彼はいう。《観察者が不可避的にそこに介入する》。《自然は人間からはなれて存在するのではない》。このような「不確定性」は、量子力学のそれとはべつの対象から見出されているけれども、基本的には同じことである。

そのような認識はけっして対象そのものの量的な微小性によるのではないし、観察手段の拡大によるのではない。くりかえしていうように、それは「形式化」によってである。たとえば、われわれにとって自然にみえるユークリッド空間（スムーズで単純な空間）を、たんに一つの公理系（形式体系）としてみるような「形式化」によってである。「自然な形」への接近は、いわば自然への依存をあえて切断する形式化によってこそ可能となった。だが、同時に、それは自己言及性のパラドックス（決定不能性）を露呈せざるをえないのである。

微細な領域——「抽象力」によってのみとり出される——にふみこみはじめたとき、逆にひとはマンデルブロートのような問いを発するだろう。なぜひとは微細なディテールを問題にせず、スムーズな曲線を考えてしまうのか、と。さしあたって、彼は、それは前者が人間にとってなんら有用性をもたないからだと答えている。同じようなことを、アレグザンダーもいっている。ツリーは視覚的に一度でとらえやすいのに対して、セミ・ラティスはそれが難しく扱いにくい。したがって、ひとは「自然の形」を単純化してとらえてしまう。それは基本的に、「それが出会う相異なる出来事のあいだにバリアーを確立することによって、その環境の複雑さを少なくしようとする、生命体の必要に根ざしている」(「都市はツリーではない」)。

すでに、ニーチェもベルグソンも似たようなことをいっている。つまり、ニーチェによれば、そのような単純化は、生命体が存続するためにとる〝パースペクティヴ〟であり意図的〝忘却〟である。しかし、われわれは生物学的観点からではなく形式的な観点から、そのような問いをたてなおすべきである。なぜわれわれがとらえるのは、いつもすでに閉じられた形式体系であるほかないのか、と。だが、われわれはそうでないような形を一方に提示することはできない。自然成長性としての自然は、数学的(形式的)な構造によってはとらえられない。それは、そのような形式体系がぎりぎりのところで追いやられるパラドックスにおいてのみ、つまりネガティヴにのみ示されるだけである。

付論　転回のための八章
――「探究」からの抄録

1

ヴィトゲンシュタインは、言葉に関して「教える」という視点から考察しようとした。これは、はじめてではないとしても、画期的な態度の変更である。子供に言葉を教えること、あるいは外国人に言葉を教えること。いいかえれば、私の言葉をまったく知らない者にそれを教えこむこと。この場合、「教える」という言葉から、教える側に優位性があるかのように考えてはならない。逆に、それは「習う」側の恣意に従属する弱い立場なのだ。ヴィトゲンシュタインは「訓練」という言葉をつかうので、「教える」側に強制的な力があるかのように誤解されるけれども。

このことを理解するためには、「売る」立場を類推的に考えてみればよい。マルクスがいったように、商品はもし売れなければ（交換されなければ）、価値ではないし、使用価値ですらもない。そして、商品が売れるかどうかは、「命がけの飛躍」である。商品の価値は、前もって内在するのではなく、交換された結果として与えられる。前もって内在する価値が交換によって実現されるのではまったくない。

　言葉についても同じことがいえる。「教える」側からみれば、私が言葉で何かを「意味している」ということ自体、他者がそう認めなければ成立しない。私自身のなかに「意味している」という内的過程などない。しかも、私が何かを意味しているとしたら、他者がそう認める何かであるほかなく、それに対して私は原理的に否定できない。私的な意味（規則）は存在しえないのである。

　試みに、日本語をまったく知らない外国人に、日本語を教える場合を考えてみよ。この思考実験を極端化したとき、他者は、ヴィトゲンシュタインの「恐るべき懐疑論者」（クリプキ）としてあらわれるだろう。それは私自身が思いこむ確実性を崩壊させてしまう。この懐疑は、たとえばデカルト的な懐疑とはちがっている。後者においては、一つの確実性、私が疑っていることは疑いがないという確実性に到達する。実は、このような内省は、「習う＝受けとる」側から出発することであり、意味を前提してしまうことなのだ。そこでの懐疑は、せいぜい論理的に独我論のパラドックスをもたらすにすぎない。しかるに、前者の懐疑はほとんど倫理的な問題なのである。

　哲学は「内省」にはじまっている。いいかえれば、それは「習う＝受けとる」立場に立っており、「内部」に閉じこめられている。われわれはこの態度を変更しなければならない。「教える」立場あるいは「売る」立場に立ってみること。私の考察は、平易なようで困難なこの問題をめぐって終始するだろう。

2

われわれは、ある言葉（記号）で何かを了解するとき、つまりその「意味がわかる」とき、「意味」をどこかに想定したくなる。「意味がわかる」以上、「意味」は在るはずだ。それはどこに在るのか。この問いこそわなであり、答えるべきではないのだが、「受けとる」側から出発するかぎり、この問いは不可避的にあらわれる。この問いがある以上、われわれは、意味を、対象物や心像（イメージ）に求めるか、さもなければ、概念やイデアとしてとり出すことになる。しかし、ある程度充分な内省をもってすれば、意味が指示対象や心像でありえないことは明白である。とすれば、何か同一的な意味（概念）が在るのでなければならないはずだ。

こうして、たとえばソシュールも、言語を概念と聴覚イメージとの結合としてみるところから出発している。結果的に、また実質的に、彼が「言語は価値体系であり」、「言語には差異しかない」ことを強調したとしても、それは同じことである。ソシュールは、「ラングは実在体ではなく、ただ語る主体のなかにしか存在しない」といっている。この「語る主体」とは、実は聴く主体であり、受けとる主体にほかならない。まず言葉の意味を了解するという〝疑いようのない〟体験から、彼は出発している。そこから出発するかぎり、われわれは内部に閉じこめられるだろう。

だが、そのような内部が虚妄にすぎないといったところで、われわれはそこから出られるわけではない。ヴィトゲンシュタインは、「内なるもの」を斥けるが、唯物論的で行動主義的な見解によってではない。

ウィトゲンシュタインは彼の考察を、「内なるもの」を退けるような如何なる行動主義的前提にも基づかせてはいない。実はその反対で、彼の議論の多くは、詳細な内観的考察によって成り立っているのである。彼は論じている。我々の内的生活についての注意深い考察は、彼の反論者によって想定されている「意味している」という特殊な内的経験などは存在しない、ということを示すであろう。（クリプキ「ウィトゲンシュタインのパラドックス」黒崎宏訳）

むろん、内観のみによって、「意味している」という内的経験など存在しないということを省察することは不可能である。が、内観によらなければ、そのようにいうことも不可能である。われわれが示唆する「態度の変更」は、このパラドックスと結びついている。

3

哲学は内省（意識に問うこと）からはじまる。つまり、そこでは始原はいつも結果でしかない。しかし、「意識に問うこと」をやめるのは、外的な事実に直接訴えることを意味するのではない。逆に、外的な事実に訴えることこそが、つねに、内省の結果でしかないからである。たとえば、フッサールは、実験心理学（行動主義）について、「実験的方法はいかなる実験をもってしても成し遂げることのできないものを、すなわち意識そのものの分析を、すでに前提している」（「厳密な学としての哲学」）という。われわれが意味を体験するとき、それをいかなる外的事実によっても検証することはできない。そうであるかぎり、われわれが「意識に問うこと」からはじめることは不可欠であるように思われる。したがって、独我論または方法的独我論の優位、あるいは現象学の優位は避けがたいのである。

そこで、フッサールは「何ものかについての意識」におけるその何ものか（対象物・事実）を現象学的に還元し、「純粋意識」そのものを注視しようとする。もちろんフッサールは心的体験が生ずるためには必然的に身体が前提されるということを否定するのではなく、心的生活を生理学的事象の「因果的」結果とみる視点が、ニーチェのいう「結果を原因とみなす」遠近法的倒錯であるがゆえに、「純粋意識」そのものを前もって考察するために生理学的・心理主義的な事象を還元（カッコ入れ）するのである。

フッサールにとっては、哲学的態度とは内省的態度以外のものではない。そのかぎりで、彼はニーチェが批判する「哲学者」であり、彼自身また、それ以前の哲学を、「哲学から現象学への転換」における予備学とみなしてはばからなかった。しかし、彼の内省は、意識の志向対象をカッコに入れることによって、意識体験そのものを注視するような「態度変更」であって、それは内省（イントロスペクション）の徹底化として、内省そのものの反転——すなわち遡行（リトロスペクション）をはらんでいる。（ただし、フッサールのいう態度変更は、私がいうものとはちがっている。）彼のいう還元とは実は遡行であり、遡行は還元としてのみ可能なのだ。フッサールは、そのような現象学的還元にもとづいて、新たな還元、つまり「純粋に心的領域全体の本質形態」あるいはイデア的同一性をとりだす「形相的還元」へと進む。

だが、このような還元が個人の「意識」のなかでなされているかぎり、われわれは独我論に閉じこめられている。むろん、フッサールはそこでは終らない。彼は、さらに還元のなかでの還元、すなわち「超越論的還元」をめざす。そのとき、超越論的主観性、すなわち「あらゆる超越的（客観的）対象性を構成する主観性」が見出される。単純にいえば、フッサールは、生活世界の基底にそのような超越論的主観性を見出すことによって、独我論（意識の牢獄）を脱出しえたと信じたのである。

しかし、このように個人の「意識」から出発しつつ、一般的な「意識」に到達するということは、哲学においてはありふれた範例にすぎない。バフチンはいっている。《機能心理学者の大部分はこの問題では、一般に観念論的な、主としてカント学派の見解にしたがっている。個人心理および個人の主観的意識とならんで、彼らは「超越的意識」、「意識一般」、「純粋認識主体」などを仮定している》(「マルクス主義と言語哲学」)。
マルクスは、このような観念論を単純に攻撃してはいない。彼にとって、意識は社会的産物(結果)である。だが、そのことを、唯物論者ではなく、観念論者だけがとらえてきた、ただし神秘的なかたちで(註)。《哲学者を神秘主義へと導く神秘は、社会的生活のなかにひそんでいる》(「フォイエルバッハにかんするテーゼ」)。いいかえると、マルクスのいう社会性は、哲学においては、〝超越論的〟というかたちでとらえられてきたのだが、だからといって、社会的ということで〝神秘〟が消えてしまうわけではない。逆に、「社会的」というタームこそ、最も難解なのだ。のちにのべるように、それは、いわば「教える＝売る」立場からみたときにのみ意義のある概念であり、あるいは、マルクスの認識はそのような態度変更によってのみ画期的でありえたのである。

(註) アルチュセールは、レーニンがふつうのマルクス主義者とちがって、ヘーゲルの「絶対的理念」を単純に否定しなかったばかりか、そこに「主体のない過程」という概念をみいだしたといっている(「レーニンと哲学」)。カントの「物自体」や主観主義を

否定して絶対的精神をたてたヘーゲルは、そのことによって主体（主観）の不在を逆説的に示したことになる。いいかえれば、主体の不在は、絶対的主体という〝神秘的〟形態によってのみとらえられたわけである。マルクスがいう「社会的」という概念も、個人と社会というような経験論的な見方ではなく、逆に超越論的な観点から近づかねば理解できない。ただし、超越論的主観性や共同主観性という概念に安住すべきでないことはいうまでもない。

4

哲学が「内省」にはじまるとすれば、現象学はそれを徹底化している。デリダが出会うのは、われわれはそこから出発しなければならず、且つそこから出発してはならないという、あのパラドックスである。彼は、ハイデッガーのように、〝哲学〟以前の思考に帰着することを拒む。したがって、彼の仕事は、哲学の〝内部〟で、たえずそれを反転していく作業にほかならなくなる。

しかし、われわれはこのような方法を断念せねばならない。デリダは、現象学における明証性が「自己への現前」、すなわち「自分が話すのを聞く」ことにあるという。《声は意識である》（『声と現象』）。これは、西欧における音声中心主義への批判というふうに読まれてしまうけれども、彼は、たんに哲学あるいは現象学が、習う＝聴く立場に立っているということをいっているにすぎない。そして、デリダは、そのような態度の変更に向かうのではなく、「自己への現前」に先立つ痕跡ないし差延の根源性に遡行する。《このような痕跡は、現象学的根源性そのもの以上に〈根源的〉である――もしわれわれが〈根源的〉ということの言葉を、矛盾なしに保持することができ、直ちにそれを削除しうると仮定すれば》(『声と現象』)。

直ちに抹消されるものだとしても、この根源的な差異は、われわれを再び「神秘主義」に追いやることになる。デリダは、「超越論的なのは差異である」というが、このとき、差異が超越化されるのだ、といってもよい。しかし、われわれは、マルクスがいうように、「哲学者を神秘主義へと導く〝神秘〟は、社会的なもののなかにひそんでいる」と、考える。もとより、この「社会性」という概念がより難解なのだとしても。

それについて、われわれは、言語が〝他者〟に向けて語られているという、一見してありふれた事柄から出発しよう。この〝他者〟は、すでにいったように、外国人や子供のように、われわれの言葉をまったく理解しないような相手でなければならない。フッサールは、同一的意味と文脈的意味を区別し、さらに後者をも同一的な意味に帰着させるが、これは「聴く」立場を一つの極限に追いつめたものである。いうまでもなく、ここには〝他者〟はいない。

一方、ヴィトゲンシュタインは「話す」立場を一つの極限に追いつめている。ここでも、同一的意味と文脈的意味の区別はありえない。なぜなら、私がいうことが〝他者〟にとってそもそも「意味している」かどうかが問題だからだ。もし文脈という言葉を使いたければ、それは、「意味している」ことが成立することそれ自体である。とすれば、文脈をはなれた言葉は、言葉ではない。あるいは、「すべての言語は無意味であるという信じがたい、そして自己破壊的な結論」（クリプキ）が、ここから引き出されるのである。フッサールの、デカルトをより徹底化した懐疑が、同一的な意味をとり出すのに対して、ヴィトゲンシュタインの懐疑は、その逆に、そのような意味（規則）、内的な状態などありえないことを示す。

ここで、混乱をさけるために、「話す」と「聞く」、あるいは「書く」と「読む」といったいいまわしに注意しておこう。たとえば、われわれは、話すとき、それを自ら聞いている。「話す主体」とは実のところ「聞く主体」なのであり、そこに一瞬の〝遅延〟がおいかくされている。

ヴィトゲンシュタインは、「動物は考えないから、話さないのではない、たんに話さないのだ」といった。いいかえれば、人間は考えがあるから話すのではなく、たんに話すのである。ロラン・バルトは、「書く」という動詞は他動詞ではなく、自動詞だといったが、「話す」という動詞も同様である。つまり、何か考えを話すのではなく、たんに話すのだ。（たとえば、幼児は〝意味もなく〟たんにしゃべる。）だが、それをわれわれ自身が他者として聞くとき、その言葉が何かを意味していると思うのみならず、まるで前もってそのような「意味」が内的にあったかのように思いこむ。

デリダが、明証性を「自分が話すのを聞く」ことにあり、そこで〝差延〟が隠蔽されるのだというのは、いわばこのことである。結局「話す」立場に立つというとき、われわれは実際は「聞く」立場に立ってしまっている。私がむしろ「教える」立場という言葉を用いるのは、そのためであって、それは「話す＝聞く」立場とまったく異なる。

ところで、このことは、「書く＝読む」立場についてもそのまま妥当する。デリダの「音声中心主義」への批判は、まるで書くことや読むことの優位性を意味するかのように受けとられている。しかし、「書く」ことや「読む」ことが、純粋に存在することなどありはしない。

たとえば、われわれは一語あるいは一行書いたそのつど、それを読んでいる。書き手こそ読み手なのだ。そして、書き手の〝意識〟においては、この〝遅延〟は消されてしまっている。実際はこうだ。われわれは、一語または一行書くとき、それが思いもよらぬ方向にわれわれを運ぶのを感じ、事実運ばれながら、たえずそれをわれわれ自身の「意図」として回収するのである。書き終ったあとで、書き手は、自分はまさにこういうことを書いたのだと考える。

このような錯誤は、語られ書かれることを、われわれ自身が聞き読んでしまうということに存する。ここでは、他者とはわれわれ自身であり、したがって〝他者〟ではない。そして、語られ書かれることが、〝他者〟にとってはたして「意味している」かどうかは、すこしも疑われない。だが、〝他者〟が、あなたは、語り書く以前あるいは過程で、内的にべつのことを意味していたはずだと主張するとき、われわれにはそうではないと証明するすべはない。

このことは、しかし、テクストを「読む」者の、優位性あるいは創造性を意味するわけではない。読む者は、自らの読解を示したければ「書く」ほかない。そうでなければ、彼の読解は「私的言語」にすぎないからだ。そして、彼が「書く」とき、先にのべた過程をたどるほかないのである。私はべつにこのことについてのべるだろう。ここでは、ただ、テクストそのものに「意味生産性」があるかのようにいう〝神秘主義〟をしりぞけておくにとどめる。(テクストはまったく無意味である。)

「話す」とか「書く」とかいった語にかえて、私が「教える」という語を採用した理由はすでに明らかであろう。それは〝他者〟をたえず喚起するからだ。しかし、もしこのことが了解されていれば、「話す」立場といってもさしつかえない。この意味で、ヴィトゲンシュタインは、「話す」立場を一つの極限に追いつめたということができる。そして、そこに彼の懐疑がつきつめたかたちであらわれる。

クリプキは、ヴィトゲンシュタインの、そのような懐疑論について、次のようにいっている。

即ち、何らかの語で何らかの事を意味している、といった事はあり得ないのである。語について我々が行う新しい状況での適用は、すべて、正当化とか根拠があっての事ではなく、暗黒の中における跳躍なのである。如何なる現在の意図も、我々がしようとする如何なる事とも適合するように、解釈され得るのであり、したがってここには、適合も不適合も存在しえない。(「ウィトゲンシュタインのパラドックス」黒崎宏訳)

クリプキのこのいい方は、商品が価値をもつか否かは、それが売られる(交換される)という「命がけの飛躍」にかかっているというマルクスの言葉を想いおこさせる。あるいは、キルケゴールのいう質的弁証法を。キルケゴールにいわせれば、〝他者〟のないところで、自己自身たらんとすることが「死に至る病」である。

ただし、この〝他者〟が〝神〟である必要はまったくない。前期(「論考」)のヴィトゲンシュタインは、キルケゴールの影響を受けていたといわれる。「語りえぬものについては、沈黙せねばならない」と彼がいうとき、「語りえぬもの」は、宗教や芸術である。しかし、こうしたカント的区別(事実判断と価値判断)は、後期においては意味をもたない。なぜなら、そこでは、事実判断が「言語ゲーム」に属するだけでなく、価値判断も

「言語ゲーム」に属するからだ。
あるいは、論理的なものと倫理的なものとの区別が廃棄されている、といってもよい。なぜなら、論理的なものも、基本的に倫理的な、すなわちニーチェのいい方でいえば「価値」の問題にほかならないからである。

論理学の中にあいまいさなどありえない——とわれわれは言いたがる。われわれはいまや、理想的な〈ねばならぬ〉が現実の中に見出される、という考えにとらわれている。そのとき、ひとは、それがどのようにして現実の中に見出されるのかをいまだに見ておらず、この「ねばならぬ」の本質を理解していない。われわれはそれが現実の中に潜んでいると信じている。なぜなら、それをすでに現実の中で見ていると信じているからである。(「哲学探究」一〇一)

論理学は厳密で「なければならない」という価値判断が、論理学に先行している。日常言語はあいまいであり、厳密な理想的言語がどこかに「なければならない」という価値判断が、それを「現実の中に」見出すのである。「同一的な意味」とは、倫理的要求にほかならない。

5

われわれの言語を理解しない者、たとえば外国人は、誰かが「石板をもってこい！」という命令を下すのをたびたび聞いたとしても、この音声系列全体が一語であって、自分の言語では何か「建材」といった語に相当するらしい、と考えるかもしれない……（『哲学探究』二〇）

「われわれの言語を理解しない者、たとえば外国人」は、ヴィトゲンシュタインにおいて、たんに説明のために選ばれた多くの例の一つではない。それは、彼の懐疑論にとって不可欠な〝他者〟をあらわす例である。ここでは、いわゆる文脈が論じられているのではない。先にいったように、「意味している」ことが成立するか否かが問題なのであり、いわゆる文脈的意味はそのあとの問題にすぎない。われわれが今後「文脈」という語を用いるとしたら、「意味している」ことが成立しうるか否かがぎりぎりで問われるような事態をさすだろう。

言語ゲームとは、この意味での文脈をさすといってもよい。《「言語ゲーム」ということばは、ここでは、言語を話すということが、一つの活動ないし生活様式の一部であることを、はっきりさせるのでなくてはならない》（『哲学探究』二三）。とはいえ、このことは、言語を、身ぶりや表情をふくむ総体的活動のなかでみるということを、たんに意味しているのではない。それは、言語を〝生〟の基層においてみるべきだということを、あるいは、「生活様式」がちがえば、言葉は理解されないということを、たんに意味しているのではない。ここでも大切なのは〝他者〟である。ソシュール流に考えれば、われわれが互いに交通しうるのは、一つのラング（規則・コードの体系）を共有するからであり、コミュニケーションとはその意味でゲームである。ヴィトゲンシュタインは、まさにこの意味でのゲームを否定するためにこそ、「言語ゲーム」をもち出すのだ。

このとき、言語とゲームの類比が光明を投げかけてくれないだろうか。われわれは、ひとびとが野原でボール遊びに打ち興じ、現存するさまざまなゲームを始めるが、その多くを終りまで行なわず、その間にボールをあてもなく空へ投げ上げたり、たわむれにボールをもって追いかけっこをしたり、ボールを投げつけ合ったりしているのを、きわめて容易に想像することができる。そして、このとき誰かが言う。この全時間を通じて、ひとびとはボールゲームを行なっているのであり、それゆえボールを投げるたびに一定の規則に準拠していることになるのだ、と。

でも、われわれがゲームをするとき、――〈やりながら規則をでっち上げる〉ような

場合もあるのではないか。また、やりながら——規則を変えてしまう場合もあるのではないか。(『哲学探究』八三)

要するに、ヴィトゲンシュタインは、「言語ゲーム」によって、われわれのコミュニケーションが何らかの規則(コード)によっていることをいいたいのではなく、その逆に、そのような規則とは、われわれが理解したとたんに見出される〝結果〟でしかないといいたいのである。そのような規則は、ある記号で何かを「意味している」ことが成立するそのかぎりで、たちまち「でっち上げられる」。そして、このような規則の変改を規制するような規則はありえないと、ヴィトゲンシュタインはいう(『哲学探究』八四)。

こうして、「言語ゲーム」という概念は、一つの懐疑によってつらぬかれている。それは、どこまでも、内的な同一的な意味(規則)の想定を疑いつづけるのだ。「意味している」ことが成立するか否かにすべてがかかっている。が、それを根拠づける何ものもない。たとえば、「生活様式」が共通しているがゆえに、言葉が「意味している」ことが成立するのではなく、その逆である。この結果と原因をとりちがえてはならない。

「言語ゲームを始原的なものとみよ!」と、ヴィトゲンシュタインはいう。これは、言語を意識のレベルから、より基礎的な「生活世界」のレベルでとらえようとした後期フッサールの姿勢と、似て非なるものである。結局フッサールは、そこに超越論的な主観性、いいかえれば相互主観的な規則を見出す。しかし、ヴィトゲンシュタインは、あくまでそこに「不確実性」を見出すのである。フッサールが「確実性」や「基礎」を、より始源的なところで見出そうとしたとすれば、ヴィトゲンシュタインは、「不確実性」や「基礎の不在」を、より始源的なところに見出そうとする。それは、根源に相互主観性を見出し、そこから疎外（物象化）された私（主観性）をとらえかえすような陳腐な考えと、何の関係もない。

6

言語が差異的な形式体系であるというような認識は、「話す＝聴く主体」によって体験された〝意味〟を、現象学的に還元して行くことで得られる。したがって、構造主義・システム論・情報理論などは、それぞれ由来や意図を異にするとしても、結局現象学的な構えに内属しているということができる。それに対して、そのような差異体系の体系性――すなわちそれが一つの超越的な中心によって組織され閉じられていること――を批判する企てがある。この試みは、さまざまなヴァリエーションをもってあらわれている。しかし、差異的な形式体系を、〝外部性〟に訴えることなくその内部で瓦解させようとするならば、われわれは、いわば自己言及的な形式体系、あるいは自己差異的な差異体系というべきものを基底に想定するほかない。むろん、それはさまざまないい方でよばれるだろう

――たとえばリゾーム(ドゥルーズ＝ガタリ)。

しかし、このような試みは、基本的に「聴く立場」すなわち現象学的構えのなかでの、あがきにすぎない。たとえば、言語の共時的な体系があるとした場合、それはなぜいかにして変容するのかと問うてみよう。ここで、個々人の実践(パロール)をもちこむことは許されない。というのは、共時的な体系は、外在的なものではなく、「話す＝聴く主体」の意識において体験されるものの現象学的還元としてとりだされたものだから。体系の変容を個々人の実践に帰すことができない以上、われわれは、差異体系が自ら変わる(自己差異化する)というほかなくなる。人間の実践などとは無関係に、言語そのものが自ら活動するかのように。それは、われわれが道路で赤信号のときとまるとき、赤信号自体がわれわれをとまらせる力をもつかのように考えるのと似ている。

この場合、差異体系を〝作品〟とよび、自己差異的な差異体系を〝テクスト〟とよびかえれば、いわゆるテクスト論者のいい分も同じようなものだということが判明する。すなわち、テクストそのものが、いかなる体系性(囲いこみ)をも突き破り多方向的に〝意味〟を生産するかのような考え。ローティが、このような〝テクスチュアリズム〟を、フィヒテからヘーゲルにいたる〝アイデアリズム〟に類比したのは、ある意味で正しい(「プラグマティズムの帰結」)。彼らは、カントの〝形式〟を動態化するとき、〝形式〟自体の自己差異化を考えねばならず、そのとき〝自己〟や〝精神〟の自己運動を理論的に想定するほかなかったのである。

けれども、そのような「観念論」を、たんなる唯物論で否定しさることはできない。テクスチュアリズムの観念性に対する外在的な批判の多くは不毛である。それらは、「哲学者を神秘主義へと導く神秘」（マルクス）に直面していないからだ。その神秘は「社会的な生活」にあるが、だからといって、社会性や実践性ということをどんなに主張しても、神秘が消えさるわけではない。むしろマルクスがいったように、社会性や実践性の問題を把握したのは、フィヒテからヘーゲルにいたるドイツ観念論者たちなのだ。テクスチュアリストたちについても同じことがいえる。

われわれは、二者択一に追いこまれている。「意識」から出発することで、形式的な体系の内部に閉じこめられ、それを〝脱構築〟したりまたは〝観念的に〟それを破砕してしまう方向をたどるか。それとも、バフチンのように客観的（外在的）な視点から言語の社会性を考察し、モノローグ的な意識＝単一体系を批判するか。しかし、このいずれも、マルクスのいう神秘＝社会的なものに触れてはいない。

それに直面するためには、これまでの態度を根本的に変更しなければならない。聴く立場から教える立場へ。このことは、べつに難しい事柄ではなく、誰もが日常的に経験している事柄にかかわっている。たとえば、だれでも、自分のいうことが他人に「意味をなす」（make sense）と確信することはできないし、自分の生産物や労働力（商品）が他人に売れることを確信することはできないだろう。つまり、記号・形式（それがどんな素材であってもよい）の差異性が意味を成り立たせるというようなことではなく、そもそもその前に、そのような記号・形式で何かを「意味している」ことが、《他者》にとって成立するか否かが問題なのだ。あるいは、そこに存する無根拠的な危うさが。

たとえば、言語が標準的な意味でもちいられているときは、「意味している」ことが成立し、そうでないときは危ういと考えてはならない。そのような区別を許さないところに、ヴィトゲンシュタイン的懐疑の徹底性がある。言語が本来対話的であり、他者に向けられているというバフチンの主張でさえも、今やそれだけでは不十分である。ヴィトゲンシュタインは、《他者》を、「われわれの言語を理解しない者、たとえば外国人」とみなしている。むろん、それは子供であっても動物であってもかまわない。肝心なのは、「話す=聴く主体」における、「意味していること」の内的な確実性をうしなわせることであり、それを無根拠的な危うさのなかに追いこむことなのだから。

私はここでくりかえしていう。「意味している」ことが、そのような《他者》にとって成立するとき、まさにそのかぎりにおいてのみ、〝文脈〟があり、また、〝言語ゲーム〟が成立する。なぜいかにして「意味している」ことが成立するかは、ついにわからない。だが、成立したあとでは、なぜいかにしてかを説明することができる――規則、コード、差異体系などによって。いいかえれば、哲学であれ、言語学であれ、経済学であれ、それらが出立するのは、この「暗黒における跳躍」（クリプキ）または「命がけの飛躍」（マルクス）のあとにすぎない。規則はあとから見出されるのだ。

この跳躍はそのつど盲目的であって、そこにこそ〝神秘〟がある。われわれが社会的・実践的とよぶものは、いいかえれば、この無根拠的な危うさにかかわっている。そして、われわれが《他者》とよぶものは、コミュニケーション・交換におけるこの危うさを露出させるような他者でなければならない。

7

私的言語・私的規則はありえないと、ヴィトゲンシュタインはいう。だが、それは、規則が共同的・社会的なものだということを、ただちに意味するのではない。たとえば、デヴィド・ブルアは、ヴィトゲンシュタインがデュルケムの影響下にあるといっている（『知の社会的理論』）。が、この見方は、「社会的なもの」にかんする最も困難なポイントをみおとしている。

デュルケム的な視点からみれば、言語などの諸制度は「集合意識」であり、個々人の意識をこえた「社会的事実」である。これはありふれた二分法である。一方に、主観的な領域があり、他方にそれらの諸主観性をこえた制度・形式あるいは共同主観性の領域がある。これは、デュルケム自身の場合には、カントの倫理学の社会学的な変形であるが、

「個々人の意識をこえた」制度なり規則体系を考えるとき、ひとがいつのまにかおちいってしまう思考のパターンである。

個人的なものと社会的なものの二分法と、それをつなぐ方策。これは、「個と類」といいかえてもよいし、「個と全体」といいかえてもよい。どんないい方をしようと――主観的と客観的(バフチン)、パロールとラング(ソシュール)、実存と構造――、それらは何度もくりかえされた問題(=解決)機制のなかにとどまっている。

ヴィトゲンシュタインの「私的言語」批判を、この種の思考――社会的・制度的なものの優位――と同位におこうとするのは、まちがいである。たしかに、彼は、意識=主観から出発する思考をしりぞけようとする。だが、それは、〝誰にとっても〟存するような、共同主観的・社会的な形式に到達するためではない。彼の「私的言語」批判は、実のところ、それに対して想定されるような社会的・共同主観的規則への批判であり、あるいはそれらを対立させる思考そのものへの批判である。

規則はたしかに社会的である。しかし、それは、社会的規則、あるいは社会(共同体)がどこかにあって、われわれがそれに従うということを意味するのではない。たとえば、ふつうわれわれは、ある人が「規則に従う」とき、共同体に受けいれられる、と考える。英語なら、英語の規則に従うことで、英語を話す共同体に理解されるというように。しかし、ヴィトゲンシュタインは、クリプキがいうように、この命題を「対偶」のかたちに変える。つまり、ある人が共同体に受けいれられていないならば、その人は「規則にしたがっていない」とみなされる、と。

このわずかの変形は画期的だが、けっしてわかりやすいとはいえない。この点を強調したクリプキの論文でさえも、ほとんど誤解されている。それは、下手をすると、「知の社会的理論」（ブルア）とみまがいやすい。一つには、それは、われわれが「共同体」を、何か見渡しがきくものであるかのように考えてしまうからだ。しかし、「共同体」を、すでにいってきたような「他者」として理解すれば、誤解はありえないはずである。すなわち、「他者」がそう承認するかぎりで、われわれがある形式（記号）で何かを「意味している」ことが成立するのであって、そうでなければ、何も「意味して」いないのだ。われわれは、規則（意味）を、前もって、つまり私的に想定することができない。「内的な状態」が否定されるのは、この意味においてであって、行動主義者のいうような意味においてではない。

私的に「規則にしたがう」ことができないということ。それは、同一的な意味がありえないということと同じである。あるいは、「意味している（規則にしたがっている）」ことの無根拠的な危うさと同じことである。これに関して例外はない。フレーゲのようなプラトニストにとって、算術は〝誰にとっても〟受けいれられる普遍的な規則である。が、ヴィトゲンシュタインはそれをしりぞける。いいかえれば、数学の規則だけは超越論的だというカント主義をしりぞける。それは「規則」一般にあてはまるのだから。

8

「哲学」への批判は、マルクスの場合、「経済学批判」において、ほとんどそこにおいてのみあらわれている。彼の窮極的な問いは、「価値がある」(意味している)という事態が何であるかということだ。もしこの論点を見うしなえば、「価値形態」についての彼の議論も、記号論的な分析にすぎなくなるだろう。逆に、そこから見直せば、「価値形態論」は、実体的な価値がその物象化にすぎないような関係論的な視点に帰着するどころか、そういう呑気な視点を叩きつぶすものとなるだろう。たとえば、価値形態を事後的に成立させる交換(等置)という行為をみよ。

> だから、人々が彼らの労働諸生産物を諸価値として相互に連関させるのは、これらの物象が、彼らにとって同等な種類の、人間的な労働のたんなる物質的外被として意義をもつからではない。その逆である。彼らは、彼らの相異なる諸労働を人間的労働として相互に等置する。彼らはそれを意識していないが、そう行うのだ。
>
> だから、価値なるものの額には、それが何であるかということは書かれていない。むしろ価値が、どの労働生産物をも一つの社会的象形文字に転化する。のちに至って、ひ

とびとは、この象形文字の意味を解こうとし、彼ら自身の社会的産物——けだし、価値としての諸使用対象の規定は言語と同じように彼らの社会的産物である——の秘密を探ろうとする。

労働諸生産物は、それらが価値であるかぎりでは、それらの生産に支出された人間的労働のたんに物象的な表現である、という後代の科学的発見は、人類の発達史において時代を劃するものだが、しかしけっして労働の社会的性格の対象的仮象を追いはらいはしない。（「資本論」）

相異なる生産物が等置されるのは、それらが何らかの〝共通の本質〟（同質の労働）をふくんでいるからではない。実際にそれらが等置されたあとで、そのような共通の本質が想定されるにすぎない。

ここで、マルクスが、のちに至って物象化されてしまうという、「社会的性格」が何であるかは、すでに明らかだろう。「社会的」とは、たんに「関係的」ということではない。むしろ、それは、交換（＝等置）という「行為」に存する、盲目的な跳躍を意味するのだ。「規則」によって、等置という行為の仕方が決定されるのではない。その逆である。等置という行為があったあとで、そのつど規則が見出されるにすぎない。そして、この盲目的な跳躍は、結局「売る」こと、すなわち商品を貨幣と交換するということに存する「命がけの飛躍」としてあらわれている。

科学としての経済学は、言語学と同時に、このような「社会的性格」を無視したところに成立する規則体系の考察からはじめる。これは、マルクスが標的とした古典派経済学であろうと、のちの新古典派であろうと、同じことである。だが、この規則体系、あるいは経済学を科学的対象たらしめる法則性は、一つ一つの交換に盲目的な跳躍がひそんでいるがゆえにこそ成立するのだ。古典経済学（及び新古典派）は、自らの体系のなかの外部性（盲目性・社会性）を、いいかえれば貨幣を隠蔽したところに成立している。それは、言語の規則体系を考察する言語学が、それ自身のなかで外部性としてある言語（テクスト）を隠蔽してしまうのと同じである。そして、それは、「意識」すなわち「聞く＝買う」立場から出発するかぎり不可避的である。

人間は「意識しないが、そう行う」。このようにして語られる「社会的性格」、すなわち無根拠的・盲目的・実践的な在り方は、けっして、「無意識」というような概念によって解消されはしない。たとえば、「無意識」を解明しようとしたフロイトの精神分析は、〝共通の本質〟の如き規則を想定してしまうユングのそれとちがって、患者と医者の対話的関係、あるいはそこに存する「社会的性格」を、けっして排除することができない。そこでは、ラカンがいうように「終りなき分析」しかありえない。むしろ、精神分析の功績は、孤立した個人の「内省」からはじめることも、〝客観的〟な立場からはじめることもできないということを、明らかにしたところにあるというべきである。

あとがき

私は本書を、私の理論的仕事を丹念にフォローしてくれるかも知れない読者のために出版しようと思った。参考までに、本書に収録された二論文がどのような軌跡の上にあるかを示してみる。

(1)「マルクスその可能性の中心」一九七四年「群像」連載。未刊行。
(2)"Interpreting Capital"一九七六年。未発表。
(3)「貨幣の形而上学」一九七七年「現代思想」連載。未刊行。
(4)『マルクスその可能性の中心』一九七八年。(1)を大幅に改稿して講談社から出版。
(5)「手帖」一九七九年「カイエ」連載。未刊行。
(6)「内省と遡行」一九八〇年「現代思想」連載。
(7)「隠喩としての建築」一九八一年「群像」連載。—一九八三年『隠喩としての建築』講談社から出版。

(8)「形式化の諸問題」一九八一年「現代思想」連載――同右。
(9)「言語・数・貨幣」一九八三年「海」連載（未完）。
(10)「探究」一九八五年～「群像」連載。

このなかで本として出版したのは、(4)の『マルクスその可能性の中心』と、(7)の「隠喩としての建築」及び(8)の「形式化の諸問題」だけである。それもあまり積極的ではなかった。(4)に関しては、「序説」ということで自分を納得させ、(7)と(8)に関しては、第三者に任せるということで眼をつむった。といっても、私はべつに潔癖な perfectionist というわけではない。その証拠に、文芸評論集や対談集は躊躇なく出版してきたからだ。しかし、この系列の論文は別なのである。

たとえば、『マルクスその可能性の中心』で、貨幣論（価値形態論）からはじめたとき、私はそれが「形式化の諸問題」や「言語・数・貨幣」にまで至るなどとは予想もしなかった。私はいつも今度こそ結着をつけようと思って、それらの仕事に取りくんだ。しかし、書いているさなかに、決定的な疑問が生じ、とりあえず書きおえたころには、倦き倦きし且つうちひしがれていたのである。出版するどころではなかった。私はそれらを改稿するかわりに、次の仕事を試みてきた。その都度が、私にとっては〝切断〟であり、私は後をふりむかなかった。結果的に、その都度、仕事の領域は一般化し、より抽象化していった。

この十年間、私は何をめざしてきたのだろうか。一言でいえば、それは《外部》である。それは、⑷の『マルクスその可能性の中心』でいえば、古典経済学やドイツ・イデオロギー（ヘーゲル哲学）の外部である。私はそれをたとえば差異・自然・場所などとよんでいたと思う。しかし、この時期の私はまだナイーヴだった。商品の「価値」について論じているあいだ、私は言語の「意味」について考えたとたんに陥いるワナをまぬかれていたが、逆にいえば、それは不徹底だったからである。「内省と遡行」において、はじめて真正面から言語について考えはじめたとき、私はいわば《内部》に閉じこめられた。というより、ひとがどう考えていようと、すでに《内部》に閉じこめられているのだということを見出したのである。一義的に閉じられた構造すなわち《内部》から、ニーチェのいう「巨大な多様性」としての《外部》、事実性としての《外部》、いいかえれば不在としての《外部》に出ようとすること、それは容易なことではなかった。それは、内部すなわち形式体系をより徹底化することで自壊させるということによってしかありえない、と私は考えた。

私は積極的に自らを《内部》に閉じこめようとしたといってもよい。この過程で、私は二つのことを自分に禁じた。一つは、外部をなにかポジティヴに実体的に在るものとして前提してしまうこと。なぜなら、そのような外部はすでに内部に属しているからだ。それは、主観性をこえるどんな外的な客観性も、それとして提示されるならば、すでに主観性のなかにあるというのと同じことである。第二に、いわばそれを詩的に語ること。なぜなら、それは最後の手段だからだ。そして、実際には、ありふれた安直な手段だからだ。私は可能なかぎり厳密に語ろうとした。いかなる逃げ道をもふさぐために。

困難は、この二つの拘束から生じている。しかし、私は不徹底且つ曖昧な言説に止めをさすために、この不自由で貧しい道筋を積極的に選んだ。したがって、私は「内省」からはじめる方法において可能なぎりぎりのことをやったという自負がある。たぶん「言語・数・貨幣」は、この十年間の仕事の総決算となるべきものであった。だが、それを書いているあいだに生じた〝危機〟も、最も深刻なものだった。それは心身ともに私をうちのめし、書きおえることを許さなかった。

窮した果ての再度の試みが、⑽の「探究」である。読者の参考のために、その一部をここに抄録することにした。それは、これまでの仕事に対する根本的な批評であり、新たな転回を意味している。だからといってこれが最後的なものだと判断すべきではないだろう。実は、ある意味で、これは⑴の「マルクスその可能性の中心」（未刊）において直観的に示されていた視点に回帰することにほかならないからである。〝発展〟や〝綜合〟というものは虚構にすぎない。

むろん私は後をふりかえろうとは思わない。いいかえれば、自分の過去の仕事に、私的な意味づけを強いようとは思わない。したがって、「内省と遡行」と「言語・数・貨幣」という未完の論文を、そのままで読者の手に委ねたいと思う。

「内省と遡行」に関しては、当時「現代思想」の編集長だった三浦雅士氏の、「言語・数・貨幣」に関しては、元「ユリイカ」の編集長で「海」の編集部に移ったばかりの坂下昇氏のお世話になった。両氏のたえまない激励がなければ、これらの仕事は実現しなかっただろう。この本の出版については、また渡辺勝夫氏の手をわずらわした。厚く感謝する。

一九八五年三月

初出掲載誌

内省と遡行　現代思想　一九八〇年一月～四月、六、七月号
言語・数・貨幣　海　一九八三年四月～一〇月号

講談社学術文庫版解説

戦争の記録

浅田　彰

これは驚くべき敗北の記録である。

*

いそいで付け加えよう、それが敗北の記録であるということは、本書の価値を些(いささ)かも貶(おとし)めるものではない。そもそも、この戦いの目的は、形而上学の閉域そのものから脱出すること——著者自身の言葉を借りれば「一義的に閉じられた構造すなわち《内部》から、ニーチェのいう『巨大な多様性』としての《外部》、事実性としての《外部》、いいかえれば不在としての《外部》に出ようとすること」なのであり、しかもそれを、特定の領域で特殊なレトリックに頼って行う（たとえばデリダのように）のではなく、あらゆる領域を貫通するような場面において一般的に開かれた形で行うことなのである。最大最強の敵に真向から立ちむかうというに等しいこの無謀な試みがただちに成功したとすれば、そのほうがおかしいと言うべきだろう。行程は難渋をきわめ、一気に進展したかと思うと、すぐにまた停滞する。少しずつニュアンスを変えながら、同じことが何度も何度も繰り返される。脱出路が見えたと思ったら、やがてまた放棄される。こうして敗走を重ねながら、著者は絶えず新たな地点に立って攻撃を再開するのだ。その驚くべき粘り強さが、本書にほとんど悲劇的な輝きを与える――ただし、これ見よがしのドラマからは限りなく遠い、ギリギリまで切りつめられた鈍色の輝きを。それを目にするとき、われわれは同時代においてて真に思考と呼ぶに足る事件が少くとも一度は生きられた――それが一度だけでないという証拠はまわりを見まわすかぎりどこにもないのだが――ということを知るのである。

＊

《外部》に出るための戦略として本書で主に追求されているのは、《内部》を徹底的に掘り下げることで自壊させるという道である。前半の「内省と遡行」では、それは、内省を徹底化することによって、内省そのものの反転としての遡行――意識の統一性がそこからの派生物でしかないような複数の力の場に遡ること――にいたる、という形をとっていた。後半の「言語・数・貨幣」になると、それはもっと一般化されて、形式化を徹底していった果てにゲーデル的な反転を通じて決定不能性の亀裂を走らせる、という形になるだろう。そこで鍵となるのは、形式体系の自己言及性である。

構造主義の析出する形式体系は、実のところ自己完結的なものではない。それは、いわば「内なる外」としてメタレベルに留保され、そこから形式体系を吊り支えるような不可視の中心を、暗に前提しているのだ。そのような不徹底をこえて形式化を突き進めようとするときに立ち現れるのは、形式体系が自らの上に折り重なり、自らを根拠づけようとする、奇妙なループにほかならない。言語について語るのが言語であり、数についての命題を符号化して表現するのが数であり、商品の価値を表示するのがもともと一商品にすぎない貨幣であるというループ。それを含み込んだとき、形式体系は自己言及的な形式体系——自己関係的な関係体系にして自己差異的な差異体系——となる。それこそが、遡行によって垣間見られる、根源的な不均衡をはらんだ力の場なのだ。そこから平板な構造を切り出したとき、残余がその外部となり、両者の弁証法が語られるが、それは全体として自己言及の禁止の上に立つ物語にすぎないのだ。著者は粘り強い思考のはてにこうした徹底的認識に到達し、ついでそれを無造作に投げ捨てる——それが依然として内省の立場の枠内での「あがき」にすぎないがゆえに。

むろん、そのことを見てとるには、本書に「転回のため」の付論として抄録されている「探究」で示された、まったく新しい視点に立たねばならない。端的に言って、それは、常に他者——自己言及の極限において見出されるのではなく至るところに事実性として存在する《外部》——の懐疑にさらされた「教える＝売る」立場である。そこから見るとき、たとえばデリダのように「自分が話すのを聴く」というループの微細なズレから差延＝自己差異化の戯れの空間を切りひらくといった戦略は、「話す＝聴く」立場の内部でのアクロバットでしかないということになろう。それに代わって出てくるのは、真に複数的な力の交錯の場であり、その意味で「戦争」にほかならない、「言語ゲーム」である。そして、自己言及的な形式体系という結局は閉じたヴィジョンを「言語ゲーム」に向けて開いていくこと自体がどれほど苛酷な「戦争」であったかを、本書はその輝かしい敗北の連鎖において示している。

　付言しておけば、この転回を発展と見るのは軽率にすぎるだろう。たとえば、「言語・数・貨幣」の中の「順序構造——分裂生成」という章で語られている、偶然的な「分業（差異化）と交通（横断的結合）」の織りなす歴史という把握、「非方向的に差異化していくアクションと、それを旧来の安定的なシステムのなかに封じこめようとするリアクションの間」で戦われるものとしての階級闘争という把握を見てみよう。それらが差異体系の自己差異化という枠組の中で提示されているにもかかわらず、そこに収まりきらないことは明白である。むしろ、それらは「探究」の視点に立ってこそ十全に展開されるべきテーマであると言えるだろう。それは、しかし、これからの課題である。

＊

最後に強調しておくが、この転回を「自意識の球体から《外部》へ」といったドラマに仕立ててはならない。それは「戦争」ではなく戦争の物語にすぎないのだ。青年将校的な熱狂をもってそのような物語を生きようとする者は、われ知らず、「言語・数・貨幣」の段階で廃棄された筈の構造とその外部の二元論を復活させてしまう。むろん、《外部》とはそのような二元論の破砕によって開ける力の場、あくまでもノンセンスな「戦争」にほかならない。

＊

これは驚くべき戦争の記録、今もなお戦われつつある戦争の記録である。

文芸文庫版へのあとがき

私は二〇一五年に、「移動と批評——トランスクリティーク」という講演をしました。そのとき、私は、自分が書いたことをふりかえらないし、覚えてもいない。私にとって、批評はいつも移動であった、すなわちトランスクリティークであった、ということを述べました。その際、私はかつて「言語・数・貨幣」を未完のまま本にした事情を説明したのですが、それは本書の「あとがき」（一九八五年）で述べたのと同じようなことです。ただ、この講演の最後で、私はつぎのようなことを口走っていたのです。

実は、私は今、過去の仕事を再検討することを考えています。たとえば、文芸評論をまとめる、また、哲学的著作をまとめる、など。さらに、先ほど『内省と遡行』という本の「あとがき」で、ふりかえることをしない、と書いたことを話しましたが、三〇年前に未完に終った「言語・数・貨幣」をこれから完成することも、考えています。再び、挫折して放棄してしまうかもしれませんが。（『思想的地震』ちくま学芸文庫所収）

実はその後、私はそのような仕事をしなかった。私はそう思っていました。ところが、最近、私が近年取り組んでいる「力と交換様式」という論文がそういうものなのかもしれない、と思いいたったのです。この論の主題は、交換様式A・B・C・Dがそれぞれ異なる「力」をもたらすというものです。この力は、物理的な力ではなく、いわば、霊的な力です。たとえば、マルクスは商品の価値（他の物を購買する力）を、物に付着した霊（フェティッシュ）と見なした。同様に、贈与であれ、権力であれ、他人を動かす「力」を考えるためには、様々な交換に付随する霊的な力から始めなければならない。

私が気づいたのは、このような企てが、「言語・数・貨幣」における企てと類似するということです。かつて私が躓いたのは、代数的構造・順序構造を論じたあと、位相構造を論じようとしたときです。簡単にいうと、それは、「この世」が存在するためには「あの世」が存在しなければならない、というような考えです。その場合、「あの世」がたんに数学的な位相空間としてある間はよいのですが、次第にそれが本当に存在し始めた。そのとき、私は精神的な混乱を来して、仕事を放棄してしまったのです。

今考えていることも、かつて考えたことと似ています。「霊的な力」を口にするのだから。しかし、今は、もう前回のような混乱を来す恐れはない、と考えています。一つには、かつての混乱の際にさまざまに経験したことが身についているからです。そして、このような問題が私において再来するということは、そこに私個人の意図や関心を越えたものがあるからだと感じています。

二〇一八年三月九日

底本　『内省と遡行』（講談社学術文庫、一九八八年四月刊）

内省と遡行

柄谷行人

二〇一八年四月一〇日第一刷発行
二〇二四年六月一四日第三刷発行

発行者——森田浩章
発行所——株式会社　講談社
東京都文京区音羽2・12・21　〒112-8001
電話　編集（03）5395・3513
販売（03）5395・5817
業務（03）5395・3615

デザイン——菊地信義
印刷——株式会社KPSプロダクツ
製本——株式会社国宝社
本文データ制作——講談社デジタル製作

定価はカバーに表示してあります。

講談社文芸文庫

ISBN978-4-06-290374-5

講談社文芸文庫

柄谷行人 中上健次	柄谷行人中上健次全対話	高澤秀次──解
柄谷行人	反文学論	池田雄一──解／関井光男──年
柄谷行人 蓮實重彥	柄谷行人蓮實重彥全対話	
柄谷行人	柄谷行人インタヴューズ1977-2001	
柄谷行人	柄谷行人インタヴューズ2002-2013	丸川哲史──解／関井光男──年
柄谷行人	[ワイド版]意味という病	絓 秀実──解／曾根博義──案
柄谷行人	内省と遡行	
柄谷行人 浅田彰	柄谷行人浅田彰全対話	
柄谷行人	柄谷行人対話篇Ⅰ 1970-83	
柄谷行人	柄谷行人対話篇Ⅱ 1984-88	
柄谷行人	柄谷行人対話篇Ⅲ 1989-2008	
柄谷行人	柄谷行人の初期思想	國分功一郎-解／関井光男・編集部-年
河井寛次郎	火の誓い	河井須也子-人／鷺 珠江──年
河井寛次郎	蝶が飛ぶ 葉っぱが飛ぶ	河井須也子-解／鷺 珠江──年
川喜田半泥子	随筆 泥仏堂日録	森 孝──解／森 孝──年
川崎長太郎	抹香町|路傍	秋山 駿──解／保昌正夫──年
川崎長太郎	鳳仙花	川村二郎──解／保昌正夫──年
川崎長太郎	老残|死に近く 川崎長太郎老境小説集	いしいしんじ-解／齋藤秀昭──年
川崎長太郎	泡|裸木 川崎長太郎花街小説集	齋藤秀昭──解／齋藤秀昭──年
川崎長太郎	ひかげの宿|山桜 川崎長太郎「抹香町」小説集	齋藤秀昭──解／齋藤秀昭──年
川端康成	一草一花	勝又 浩──人／川端香男里-年
川端康成	水晶幻想|禽獣	高橋英夫──解／羽鳥徹哉──案
川端康成	反橋|しぐれ|たまゆら	竹西寛子──解／原 善──案
川端康成	たんぽぽ	秋山 駿──解／近藤裕子──案
川端康成	浅草紅団|浅草祭	増田みず子-解／栗坪良樹──案
川端康成	文芸時評	羽鳥徹哉──解／川端香男里-年
川端康成	非常|寒風|雪国抄 川端康成傑作短篇再発見	富岡幸一郎-解／川端香男里-年
上林暁	聖ヨハネ病院にて|大懺悔	富岡幸一郎-解／津久井 隆──年
菊地信義	装幀百花 菊地信義のデザイン 水戸部功編	水戸部 功──解／水戸部 功──年
木下杢太郎	木下杢太郎随筆集	岩阪恵子──解／柿谷浩一──年
木山捷平	氏神さま|春雨|耳学問	岩阪恵子──解／保昌正夫──案

▶解=解説 案=作家案内 人=人と作品 年=年譜を示す。 2024年6月現在

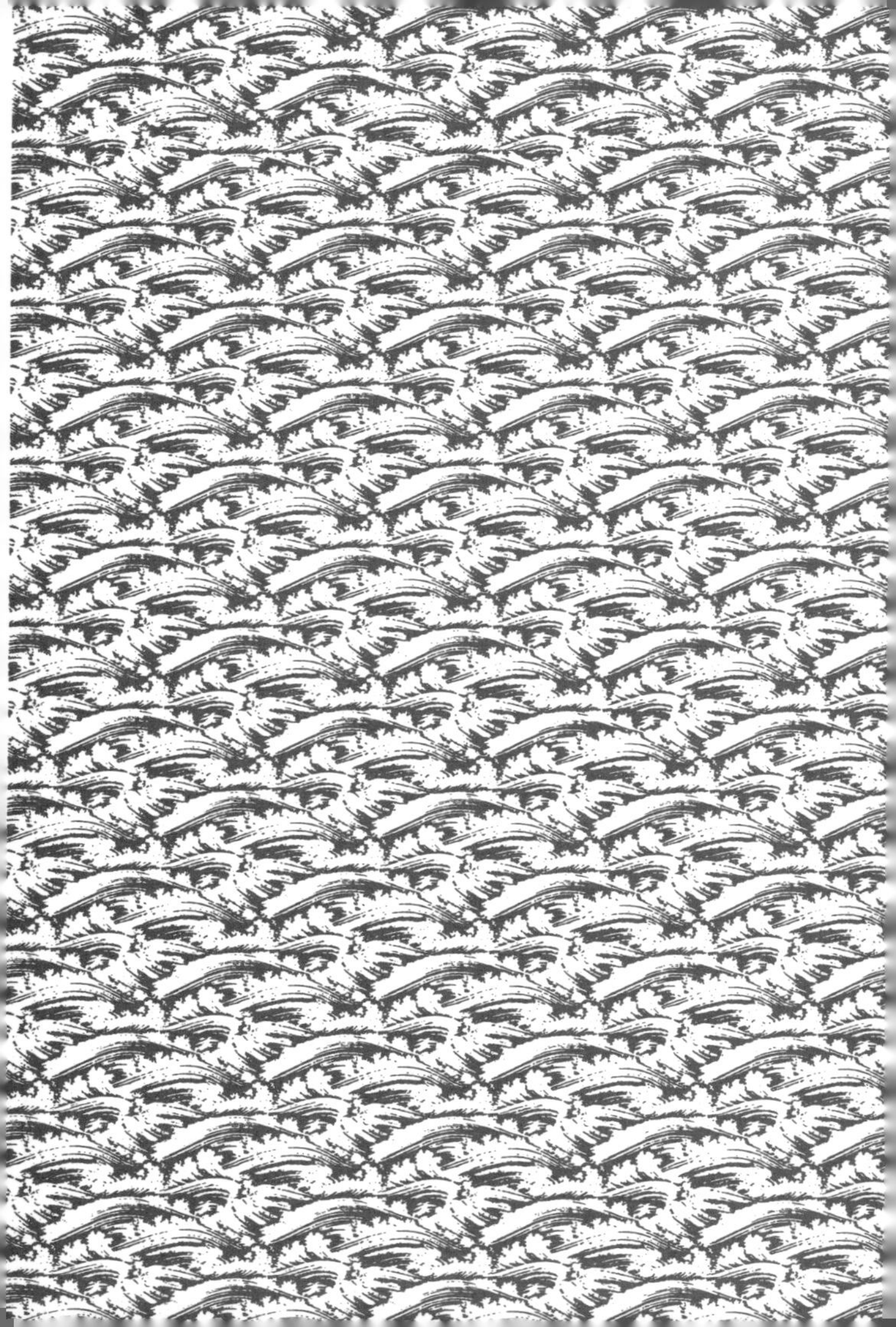